La modiste du Puits Saint-Antoine

Michel Blondonnet

La modiste du Puits Saint-Antoine

ROMAN

Albin Michel

Pour Lily

Pour Grand-Mère

1

Automne 1893

Il faisait froid ce matin-là. L'aube tardait à percer la grisaille. Dans les bosquets disséminés le long de la vallée de la Creuse, la nuit finissante distillait encore par endroits son trop-plein de ténèbres. Le jour allait se lever sur un ciel de novembre, un ciel sans surprise, écrit d'avance.

Le village de Chanteloube était réveillé depuis longtemps. Chaque maison résonnait des mêmes bruits familiers : le raclement des seaux sur les pavés, le crissement des ronds sur la cuisinière, le tintement de la vaisselle qui s'entrechoque.

Chez les Bussière, c'était toujours Alphonsine qui se levait la première. Avant toute chose, elle devait allumer le feu et tisonner le foyer. Il restait parfois des braises, qui avaient couvé toute la nuit sous la cendre. Une poignée de tiges de fagots, soigneusement enlacées, permettait de raviver l'âtre. Une flamme timide se formait alors, en balbutiant quelques instants. Encouragée par le souffle d'Alphonsine, elle s'enhardissait et montait peu à peu en dévorant les brindilles. Puis il suffisait de disposer adroitement quelques bûchettes – fendues avec soin par le grand-père Adrien – et le tour était joué.

Une fois la cuisinière en marche, Alphonsine préparait le café pour toute la maisonnée, non sans avoir réutilisé pour elle le marc de la veille – qu'elle versait ensuite dans une seille –, lequel finirait dans le jardin, au pied de ses rosiers ou de ses hortensias.

Alphonsine avait l'amour des choses bien faites. Chacun de ses gestes était le fruit d'un savoir-faire familial, sublime condensé d'efficacité et d'économie d'énergie, transmis par sa mère et sa grand-mère.

Elle transvasait les grains de café dans le ventre de son moulin *Peugeot Frères* avec une dextérité qui ne laissait pas d'épater sa fille cadette. Jamais elle n'en faisait tomber un seul ! Après avoir fait pivoter le couvercle pour le refermer, elle s'asseyait toujours sur la même chaise, coinçait l'appareil entre ses genoux et empoignait avec détermination la manivelle.

En moulant son café, c'est sa vie qu'Alphonsine passait à la moulinette. Des souvenirs remontaient par bribes, des images resurgissaient, avec une totale impudeur, des strates réapparaissaient, offertes à l'intimité de son regard intérieur. Ce manège ne cessait que lorsque les aigus succédant aux graves, le cerveau d'Alphonsine lui signifiait que l'opération touchait à sa fin, ce que lui confirmait sa main droite, qui terminait en roue libre.

Quelques instants plus tard, une bonne odeur de café se répandait dans la pièce commune. C'est généralement à ce moment-là que Firmin rejoignait son épouse. Marthe, qui dormait dans un lit voisin – séparé de celui de ses parents par un simple rideau –, ne se levait que lorsque ces derniers avaient pris leur petit déjeuner.

Marthe était une jolie jeune fille de vingt ans, à la rousse chevelure ramenée sur la nuque en un ravissant chignon. Quant à Prudence et Adrien, qui couchaient à l'étage dans une petite chambre juste au-dessus de la cheminée, ils attendaient sagement chaque matin que leur petite-fille les appelle du bas de l'escalier.

Dès que le grand-père arrivait au rez-de-chaussée, il s'emparait du seau à charbon, vidait son contenu dans la caisse, à côté de la cuisinière, et sortait pour aller le remplir sous l'appentis qui jouxtait la maison. C'était là que les Bussière entreposaient les boulets, tout droits issus du bassin houiller de Lavaveix, situé à deux kilomètres de Chanteloube. Les trois femmes y étaient employées, préposées au triage du charbon. Le grand-père Adrien y avait lui aussi trimé toute sa vie. Pendant quarante ans, il était descendu au fond de la mine. Depuis six mois, il convoyait des briquettes, du Puits Robert jusqu'à la voie de chemin de fer, dans un tombereau tracté par un cheval ardennais.

Firmin, lui, travaillait la terre. Il s'occupait de ses sept hectares et de ses six vaches. Lors de son mariage avec Alphonsine, il avait conservé la part qu'il avait héritée de ses parents, disparus prématurément. Anatole avait reçu une surface équivalente. Les deux frères, qui avaient gardé les bâtiments d'exploitation en indivision, s'entraidaient à l'occasion.

Firmin était venu habiter chez les parents d'Alphonsine, dont la maison se trouvait au cœur du village. Chanteloube dominait d'un côté la vallée de la Creuse et de l'autre le bassin houiller. De là-haut, on embrassait du regard les installations minières, du Puits Sainte-Barbe jusqu'à celles du puits de Fourneaux, en passant par celles du Puits Saint-Antoine et du Puits Robert. Les cheminées – rondes ou carrées – étaient impressionnantes, notamment celles des usines d'agglomérés, d'où sortaient annuellement plus de cinquante mille tonnes de briquettes, destinées principalement aux compagnies de chemins de fer. L'une d'elles venait de démarrer la fabrication de petits boulets ovoïdes, pour les particuliers.

Leur café avalé, les femmes firent un brin de toilette puis enfilèrent une robe noire tombant aux chevilles, robe par-dessus laquelle elles passèrent un gilet, orné de six boutons blancs. Avant de sortir, elles chaussèrent leurs sabots et ajustèrent leur ravissant chapeau noir, décoré de rubans agencés avec goût – tout aussi noirs. C'est à cause de ces couvre-chefs que les trieuses de charbon de la mine de Lavaveix avaient été affublées du surnom de « modistes ». Coincée sous leur chapeau, une serviette – à carreaux, le plus souvent – venait compléter leur tenue de travail. Elle leur couvrait la nuque et les cheveux, les protégeant ainsi, autant que faire se pouvait, de cette poussière de charbon, qui ne demandait qu'à s'introduire par chaque pore de la peau.

Alphonsine, Prudence et Marthe prirent chacune un panier, pour y glisser leur déjeuner, ainsi qu'une pelote de laine et des aiguilles, afin de ne rien perdre de leur temps de repos. Leurs sabots sonnèrent bientôt sur la route récemment empierrée. Adrien, lui, préférait faire le voyage seul. Payé au nombre de tombereaux de briquettes transportés, il n'avait pas d'heure pour commencer son travail. À soixante-quatre ans, il avait décidé de s'économiser. Et puis, les femmes avec les femmes…

Chanteloube était l'un des plus gros hameaux des environs. Il avait sa propre église, érigée au début du XVe siècle. Elle trônait au milieu d'un cimetière, dont le mur d'enceinte était écroulé par endroits.

Celles et ceux qui travaillaient au Puits Robert coupaient par le chemin du Patural Blanc. Les autres descendaient vers la route d'Aubusson, qu'ils traversaient pour rejoindre le Puits Sainte-Barbe ou le Puits Saint-Antoine.

Au fur et à mesure que l'on se rapprochait du carreau de la mine, les groupes s'agrégeaient. Une file ininterrompue cheminait sur l'artère principale, déjà largement encombrée de carrioles, car c'était jour de marché, à Lavaveix. Des mineurs s'arrêtaient dans les cafés pour faire leur provision de tabac à rouler, à priser ou à chiquer. Certains en profitaient pour se jeter un verre derrière la cravate, un peu d'eau-de-vie, de quoi se « fouetter les sangs ».

Prudence, qui pointait à Sainte-Barbe, quitta sa fille et sa petite-fille à l'embranchement du chemin des Fosses et continua en direction du centre-ville, puis bifurqua un peu plus loin sur sa droite. Marthe et Alphonsine durent patienter à la voie ferrée, pour laisser passer un convoi chargé de charbon. Lorsqu'elles arrivèrent à leur poste de triage, un homme, qui se tenait sur une passerelle, tira un oignon de son gousset et leur fit remarquer qu'elles avaient deux minutes de retard.

– La prochaine fois, je me verrai dans l'obligation d'en référer à la direction. En attendant, je fais sauter une demi-heure de votre paye !

Marthe jeta un regard inquiet à sa mère et baissa la tête.

L'homme avait regagné d'un pas suffisant l'auvent surplombant le bâtiment et les installations de triage. Alphonsine empoigna les mancherons de sa brouette en maugréant. Décidément, cet Émile Mativon en prenait à son aise, gommant comme si de rien n'était ce qui s'était passé vingt-quatre ans plus tôt.

Marthe saisit une massette et suivit sa mère dans le grand bâtiment. Des wagonnets circulaient sur une voie de chemin de fer de type Decauville – située en contre-haut –, et venaient vider leur chargement de charbon dans des goulottes spécialement conçues à cet effet. Chaque déversement générait un abondant nuage de poussière, lequel n'avait pas le temps de s'estomper qu'un autre wagon basculait sa cargaison à son tour, si bien que les modistes se démenaient du matin au soir au milieu d'une myriade de particules noirâtres en suspension.

Marthe et sa mère s'affairèrent sans répit toute la matinée. Elles remplirent tour à tour leur brouette, en mettant de côté les cailloux, qu'elles devaient ensuite évacuer sur un terrain vague en face du bâtiment de triage. La houille, elle, terminait sa course dans des wagons – standards ceux-là – qui seraient expédiés vers Aubusson ou au nord de la Creuse, et même à Limoges, en empruntant le réseau ferré de la Compagnie d'Orléans.

Le triage, réalisé à mains nues, était réservé aux femmes. Le nombre de brouettes était limité, sans quoi cela eût causé des « embouteillages » dans certaines parties du bâtiment. La plupart des modistes entassaient le charbon dans des panières spéciales – les banastons – que l'on portait en principe à deux.

À midi, la cloche annonça la pause et l'on cessa le travail. Chaque puits bénéficiait d'une salle où l'on pouvait s'asseoir pour avaler ce que l'on avait préparé chez soi. Piqueurs et boiseurs, eux, mangeaient leur briquet au fond de la mine. Ouvrières et ouvriers avaient également des lavabos et des toilettes à leur disposition.

Marthe et sa mère s'installèrent à leur table habituelle, trois simples planches posées sur des tréteaux, en compagnie d'Adèle et d'Augustine – deux voisines de leur village –, qui étaient du même âge qu'Alphonsine. À la fin du repas, les femmes sortirent leurs aiguilles des paniers et mirent à profit le quart d'heure restant pour avancer dans leur ouvrage.

La conversation porta sur la Sainte-Catherine, que l'on allait célébrer dans une dizaine de jours. On dressa la liste des catherinettes. Chacune lança une pique au passage. Et puis Adèle se pencha vers Alphonsine.

– Il a encore fallu que l'Émile fasse son intéressant, ce matin ! lui dit-elle à voix basse.

– Bah ! On commence à avoir l'habitude ! Il ne faut pas faire attention.

– Ce type est un malade ! reprit Adèle. On en sait toutes ici quelque chose. Le mois dernier, il a coincé la Zélie du Moutier au fond du vestiaire. Elle n'a pas failli s'en dépêtrer. En début de semaine, il a convoqué sa fille, pour des problèmes de rendement, soi-disant. Heureusement la petite s'est méfiée. Elle y est allée avec sa mère. J'ai remarqué qu'il reluquait souvent Marthe. Tiens-toi sur tes gardes, il la trousserait bien, le saligaud !

– Qu'il essaye un peu, pour voir, et je le dénonce aux gendarmes ! chuchota Alphonsine.

– Si seulement ce gars-là pouvait crever, je ne le regretterais pas ! Même si je pouvais le sauver, je ne lèverais pas le petit doigt. Je lui marcherais plutôt sur la gueule pour l'achever, s'il le fallait. Il a fait trop de mal au pays.

Marthe n'avait pu entendre ce que sa mère et son amie s'étaient dit, mais à leurs regards fuyants, elle avait compris qu'on avait parlé d'elle. À l'heure de la reprise, elle s'enquit de la conversation auprès de sa mère, en retournant sur la passerelle. Alphonsine se contenta de répondre qu'elle lui expliquerait en rentrant à Chanteloube.

Quand Marthe rejoignit son poste, elle passa devant Émile, qui lorgna ostensiblement son corsage en se frisant la moustache. Ce regard n'avait pas échappé à Alphonsine. Cela la renvoyait à de douloureux souvenirs. Son esprit la ramena vingt-quatre ans en arrière. C'était un soir de juin. Depuis le début de l'après-midi, les hirondelles faisaient du rase-mottes. Les martinets, eux, volaient haut dans le ciel. Du côté de Fourneaux,

Alleyrat, Blessac, le ciel avait viré en quelques minutes du bleu outremer au bleu profond, puis au noir.

Un éclair avait déchiré l'horizon, dans la direction d'Aubusson. Entre Saint-Médard et Courbarioux, un autre avait semblé allumer la tête du Puits Quatre. L'orage s'était propagé à une vitesse folle. Une bourrasque avait balayé le carreau de la mine et les terrils, soulevant au passage des nuages de poussière. La pluie s'était mise à tomber sans prévenir, violente et drue, au milieu des grondements assourdissants du tonnerre.

Le déluge avait surpris les ouvrières au moment précis où la cloche sonnait la fin de la journée. Alors que les autres modistes couraient sous l'auvent le plus proche, Alphonsine avait voulu gagner le bâtiment qui abritait le réfectoire et le vestiaire – à une centaine de mètres de là –, pour récupérer sa gamelle. Lorsqu'elle y était parvenue, ses vêtements étaient trempés.

Alphonsine avait pris une serviette dans son casier et avait commencé de se sécher. Comme il n'y avait personne dans le local, par commodité, elle avait enlevé sa robe. Après un dernier coup d'œil circulaire, elle avait posé culotte et chemise – qui étaient à tordre – et les avait roulées dans sa serviette. C'est à ce moment-là que la porte donnant sur les toilettes s'était ouverte.

Tétanisée, Alphonsine n'avait pas eu le temps de remettre sa robe. Sans qu'elle ait pu faire un seul geste, Émile Mativon avait fondu sur elle, le visage congestionné, les yeux exorbités, un sourire bestial au bord des lèvres. Alphonsine n'avait même pas eu le réflexe de crier. Le contremaître l'avait plaquée contre le mur et avait collé sa bouche sur la sienne. Ses mains s'étaient engouffrées entre ses cuisses ; ses doigts avaient déchiré sa chair. Les douleurs n'en avaient fait qu'une. Pendant qu'il la forçait, Émile avait ahané comme un dément. L'assaut avait duré une trentaine de secondes, mais l'épreuve avait semblé interminable à Alphonsine. Et puis son agresseur s'était détaché d'elle. Il avait rajusté son pantalon sans un mot.

Avant de partir, il s'était retourné et lui avait demandé de tenir sa langue, si elle voulait garder sa place. Tirant alors un crayon de sa poche, il avait inscrit une barre sur le pourtour intérieur de sa casquette, qu'il avait brandie sous les yeux de sa victime comme un trophée.

– Tu es la treizième depuis le début de l'année ! lui avait-il lancé en quittant la pièce. J'espère que tu me porteras bonheur !

En y repensant, Alphonsine fit une moue de dégoût et sa vue se troubla. Marthe s'en rendit compte. Elle interrogea sa mère du regard.

– J'ai une poussière de charbon dans l'œil !

Alphonsine se remit au travail, mais son esprit caracolait de nouveau vingt-quatre années en arrière.

Dans un premier temps, elle avait caché son agression à ses parents. Cependant, quand elle eut la certitude d'être enceinte, elle s'en ouvrit à sa mère et lui relata les faits. Bien qu'affectée, Prudence ne parut nullement surprise. À la mine, toutes les femmes étaient au courant des agissements odieux d'Émile qui, étant le neveu d'un directeur-adjoint, se croyait tout permis.

Lorsque Prudence mit Adrien au courant de cette malheureuse affaire, le père d'Alphonsine voulut aller « régler son compte à ce salopard qui avait déshonoré sa fille ». Son épouse réussit à lui faire entendre que ces gens-là étaient trop puissants. On ne pouvait lutter contre eux. Il n'y avait pas eu de témoin du viol. Alphonsine était nue. Émile aurait dit pour sa défense qu'elle l'avait aguiché et qu'elle était consentante. Les apparences étaient contre eux. Et leurs trois emplois étaient en jeu. S'ils étaient congédiés, que deviendraient-ils ? Adrien dut ravaler son désir d'en découdre. L'urgence, désormais, commandait de trouver un mari pour leur fille.

On n'eut pas à chercher bien loin. Averti de la situation, Firmin, le fils d'un de leurs voisins, qui avait grandi dans le village avec Alphonsine, accepta par amitié de l'épouser.

La jeune femme mit au monde un garçon, qui mourut trois jours après sa naissance. Marthe naquit quatre ans plus tard.

Entre-temps, Alice avait vu le jour. Ses parents venaient de la marier en début d'année à Léon, un veuf de cinquante-cinq ans sans enfants, qui avait deux grosses propriétés à Villemeaux, un village de la commune voisine de Marsat. Alice avait vingt-deux ans.

Tout en triant ses morceaux de charbon, Alphonsine jetait de furtifs coups d'œil à sa fille. Marthe ne savait rien de cette terrible histoire. Ses parents s'étaient juré de ne jamais y faire la moindre allusion.

En cette saison, les modistes cessaient leur travail à dix-sept heures trente, la lumière venant à manquer à l'intérieur du bâtiment de triage. Alphonsine et Marthe retrouvèrent Prudence, qui les attendait au carrefour de la route d'Aubusson. Les trois femmes n'arrivèrent à Chanteloube qu'à la nuit tombée. Il leur faudrait bientôt s'équiper d'une lanterne.

2

À l'école, Marthe avait été une élève brillante. Elle avait été reçue haut la main au certificat d'études. Comme elle était passionnée de littérature, son institutrice lui avait fait lire les grands textes du XIXe siècle. Elle aurait aimé que Marthe poursuivît sa scolarité, or sa famille n'avait pas les moyens de faire face à la dépense.

Marthe avait passé de longues heures chez une voisine, qui avait hérité de la bibliothèque d'un oncle archiprêtre. Depuis plusieurs années, elle se plongeait dans les livres et s'était découvert une passion pour la poésie. Dès l'âge de seize ans, elle avait commencé d'écrire des poèmes en cachette, dans sa chambre.

Cela faisait dix-huit mois que Marthe travaillait à la mine. Elle avait intégré l'équipe de modistes du Puits Saint-Antoine. Sa mère l'avait initiée à ce dur labeur. Armée d'une massette, Marthe savait désormais débarrasser le charbon des schistes, dont les piqueurs arrachaient inévitablement quelques fragments avec leurs pics, après avoir prédécoupé les blocs de houille à la rivelaine.

Dans certains filons, l'épaisseur de la couche n'excédait par endroits guère plus d'une vingtaine de centimètres. L'inconfort de la posture que les piqueurs devaient adopter rendait difficile l'extraction des blocs. Cela les obligeait fréquemment à abattre plus de schistes qu'ils ne l'auraient souhaité. Les mineurs devaient néanmoins être vigilants en remplissant les wagonnets, car le chef porion veillait au grain, sur le carreau de la mine : s'il y avait trop de gravats, le chargement était refusé et l'équipe – payée au rendement – pénalisée. Des plaques de zinc numérotées, rivées à chaque wagonnet, facilitaient les contrôles et la comptabilité.

Marthe avait très vite assimilé la façon d'extraire avec dextérité les schistes, condamnés à atterrir sur le tas de déchets, avec les autres impuretés. Venait ensuite le calibrage, opération qui n'avait plus de secret pour elle. En observant les autres modistes, elle avait appris en une semaine à trier le charbon selon les cinq qualités de commercialisation : gros premier, gros deuxième, gaillette, menu, tout venant.

Une fois trié, le charbon était donc réparti en cinq tas. Six, avec celui des déchets. Chaque catégorie était finalement évacuée dans des banastons, que les « garçons » – des porteurs d'une quinzaine d'années – entreposaient dans un premier temps sur des chariots. Puis ils les roulaient sur le plancher du quai d'embarquement, situé en contre-haut de la voie ferrée. Le contenu de chaque panière était alors déversé dans le wagon correspondant.

Gaétan, l'un des garçons, s'arrangeait toujours pour

se placer à côté de Marthe. Il était amoureux d'elle, mais, trop timide, il n'osait pas lui adresser la parole. Avant de se baisser pour ramasser son banaston, il la gratifiait invariablement d'un sourire.

Gaétan était un peu plus âgé que ses collègues. Il avait dix-neuf ans. Un an plus tôt, il était descendu avec son père au fond de la mine. Il n'avait jamais pu s'y faire : l'étroitesse des boyaux, au niveau du front de taille, avait eu raison de sa claustrophobie. Gaétan devait se contenter de deux francs cinquante par jour, alors qu'il aurait pu en espérer quatre. C'était une perte sèche pour sa famille, ses parents ne l'avaient toutefois pas blâmé ; un de leurs cousins, à qui il était arrivé la même mésaventure, n'avait pas supporté les reproches qu'on lui assénait quotidiennement : il s'était pendu.

Le manège de Gaétan amusait Marthe. Elle le trouvait plutôt beau garçon et le regardait parfois à la dérobée, ce que n'avait pas manqué de remarquer Alphonsine.

Un jour, à la pause de midi, au lieu de s'installer avec sa mère et sa grand-mère, Marthe s'assit à la table de Gaétan, juste à côté de lui, et engagea la conversation.

– Où habites-tu ? lui demanda-t-elle en mordant à belles dents dans la tartine qu'elle avait sortie de sa gamelle.

– Là, tout près, dans le coron du faubourg Saint-Jacques, montra-t-il en écalant un œuf dur, tiré de l'une de ses poches. Je rentre même souvent manger chez moi. Et toi ?

– Moi, j'habite à Chanteloube. Ce n'est pas très loin non plus. Le matin, pour descendre jusqu'ici, je ne mets qu'un quart d'heure. Le soir, dame, ça va moins vite, parce que ça grimpe ! Et puis il y a la fatigue de la journée.

Gaétan hocha la tête, tout en entamant son œuf.

– Il y a une dizaine d'années, j'étais moi aussi dans la commune de Saint-Martial. Je suis né au moulin des Gazes. Mon grand-père y est d'ailleurs toujours meunier.

Marthe connaissait les lieux : son père allait y faire moudre son blé depuis cinq ans, car le meunier de Chantegrêle rasait trop les boisseaux qu'il rendait à ses clients. Il lui arrivait de l'accompagner.

– C'est drôle, je ne t'y ai jamais vue ! rétorqua Gaétan, la bouche pleine. J'étais pourtant toujours fourré chez lui, avant de travailler ici. L'été, surtout, quand le ruisseau commençait à baisser.

Il s'interrompit, prit le temps d'avaler sa bouchée et reprit doucement :

– Je suis le meilleur pêcheur à la main de la région. Il y a trois ans, j'ai pris deux truites de huit cents grammes le même jour. Mon grand-père en était jaloux. Si tu veux, cet été, je t'emmènerai avec moi, un dimanche.

– Je ne dis pas non, sourit Marthe. J'ai déjà pêché à la main. Ma mère raconte partout que je suis un vrai garçon manqué. L'année dernière, j'en ai attrapé trois, dans le ruisseau de Chamberaud, un jour que j'étais allée me baigner dans la Creuse avec des amies.

Gaétan avait terminé son œuf. Il sortit des noix d'une autre poche de sa veste et entreprit de les casser entre ses mains, en les écrasant l'une contre l'autre.

– Il paraît qu'il y a un projet de barrage, par là-bas, annonça-t-il en « dépiautant » deux magnifiques cerneaux.

– Comment as-tu appris ça ?

– C'est Auguste, un chef porion du Puits Sainte-Barbe qui l'a dit à mon père.

– Pourquoi diable va-t-on construire un barrage ? reprit Marthe.

– Pour fabriquer de l'électricité, pardi ! s'exclama Gaétan. C'est la grande mode, à ce qu'on dit. Auguste prédit que dans dix ans, tous les puits du carreau seront équipés en moteurs électriques. Les pompes d'épuisement, surtout. Fini, les machines à vapeur ! Il faut vivre avec son temps.

Il avait accompagné ses dernières paroles d'une mimique tellement drôle que Marthe se retint pour ne pas éclater de rire.

– Vivre avec son temps, tu en as de bonnes, toi !

Gaétan expliqua que, pour une fois, la Creuse n'était pas à la traîne. Elle était même en première ligne. Bourganeuf n'était-elle pas la troisième ville de France à avoir été éclairée à l'électricité ? Avant Paris ! C'était désormais la cascade des Jarrauds, sur la Maulde – au pied de laquelle on avait installé une turbine hydraulique de cent trente chevaux-vapeur –, qui fournissait l'énergie électrique à la sous-préfecture creusoise, située à une quinzaine de kilomètres. C'était la première fois que l'on transportait du courant sur une telle distance.

– Comment sais-tu tout ça ? s'étonna Marthe.

– Auguste l'a raconté à mon père. Il a un cousin qui

habite juste à côté de l'usine électrique. Et puis, ça me plaît ; je me suis toujours intéressé aux sciences.

– Tu es drôlement savant, dis donc ! Moi, ma passion, c'est la littérature. J'écris même des poèmes !

Marthe avait terminé sa tartine. Elle tira une pomme de son panier, la lustra machinalement sur la manche de son gilet et mordit dedans, l'air rêveur.

– Est-ce que tu t'intéresses aussi à l'histoire ?

– Ça dépend laquelle !

– Celle des Gaulois et des Romains.

– Pourquoi tu me demandes ça ?

– Parce que mon père a découvert un puits, dans l'un de ses champs, en labourant, répondit Marthe en mordant derechef dans sa pomme. Il en a déjà trouvé d'autres, dans les terres de Chanteloube.

– Un puits avec de l'eau ?

– Non. Un puits ancien, comblé avec de la terre. Un puits romain.

Gaétan ouvrit de grands yeux.

– Comment tu peux savoir qu'il est romain ?

– Parce que, dans les autres, mon père a récupéré des poteries et des statuettes antiques. Il paraît que ce sont des puits funéraires. C'est un érudit de Guéret qui l'a dit. Il nous a affirmé qu'on en avait trouvé plusieurs dans les faubourgs d'Ahun.

Marthe précisa qu'elle avait participé à la fouille de trois de ces puits, l'année précédente, et que l'un d'eux mesurait presque sept mètres de profondeur.

– Mon père a juste déblayé l'orifice de celui-là. Il a prévu de commencer à le fouiller dimanche après-midi.

Tu peux venir, si tu veux; je t'invite. Ça risque d'être intéressant!

– Je pourrai creuser, moi aussi?

– Naturellement!

– On va peut-être découvrir un trésor! Si j'en trouve un, il m'appartiendra?

Marthe eut un sourire amusé.

– Il faudra voir ça avec mon père. Mais ne te fais pas trop d'illusions. Jusqu'à présent, personne dans le coin n'en a déniché. Ni à Chanteloube, ni à Ahun, ni au Moutier. Et puis, creuser n'est pas de tout repos.

Quand la cloche sonna, Gaétan rejoignit le poste de tri avec Marthe, l'esprit tourné vers la formidable aventure qui l'attendait.

Au réfectoire, Alphonsine avait surveillé sa fille du coin de l'œil, avec sa mère. Aussi ne fut-elle pas étonnée, lorsque Marthe vint lui annoncer, à la fin de la journée, que Gaétan voulait lui montrer où il habitait.

– Ne tarde pas! lui recommanda-t-elle. Il va bientôt faire nuit.

– Gaétan me raccompagnera; ne t'inquiète pas. On prendra le raccourci du Patural Blanc. On vous rattrapera dans la côte.

Marthe disparut avec son nouvel ami. Ils se fondirent dans la foule des modistes, longèrent la voie ferrée et se mêlèrent aux premiers mineurs, qui remontaient du Puits Sainte-Barbe. Ils arrivèrent bientôt faubourg Saint-Jacques. Une vingtaine de maisonnettes en brique étaient alignées de chaque côté de la rue.

Gaétan tendit la main.

– C'est ici que je vis. Dans la troisième à droite.

Il tira Marthe par la manche et fit demi-tour.

– Ne restons pas là, mes jeunes sœurs pourraient nous voir.

– Quel âge ont-elles ?

– Dix et douze ans. C'est l'âge bête. Elles vont me poser des questions.

Gaétan prit son amie par la main et l'entraîna à sa suite. Comme Marthe préférait passer par la rue du Centre, ils poussèrent jusqu'au passage à niveau de la gare. Un conducteur revenait des bassins de schlamm, avec un tombereau tiré par un cheval blanc. Une fois sur la route, ils prirent à gauche, en direction du centre-ville, et tombèrent sur une file de mineurs qui sortaient du Puits Robert. Marthe avait lâché la main de son compagnon, car deux jeunes garçons s'étaient poussés du coude en les croisant.

– Ce sont mes cousins, chuchota Gaétan. Il ne faut pas faire attention, ils sont bredins !

La rue du Centre était noire de monde, les bistrots pris d'assaut. Un attroupement s'était formé devant le Grand Bazar. Gaétan grimpa sur le trottoir de la boucherie voisine. Deux mineurs passablement éméchés s'étaient agrippés par le col. Ils voulaient manifestement en découdre. Marthe n'avait pas interrompu sa marche. Ces rixes étaient quotidiennes. On se battait parfois pour une femme, mais on se battait la plupart du temps pour un rien.

Absorbé par le spectacle que donnaient les deux ivrognes, Gaétan avait perdu son amie de vue. Il pressa le pas, bouscula une modiste au passage, s'excusa et retrouva Marthe devant la vitrine du tailleur Félix Thomas. Elle s'était arrêtée pour admirer une robe de mariée. En voyant Gaétan, elle rougit et repartit, confuse.

Place Carnot, le Café de l'Hôtel-de-Ville était bondé. Des écoliers se poursuivaient devant la Poste en criant. D'autres jouaient aux billes ou à la toupie. Au carrefour de la route d'Ahun, Gaétan fit une halte chez Léniaud pour acheter un paquet de tabac à son père. En l'attendant, Marthe goûta la dextérité des charpentiers qui s'affairaient sur la toiture de l'Hôtel de France dans le jour finissant, tout en hésitant sur le chemin à prendre pour rentrer chez elle.

– Je voulais couper par le Patural Blanc, mais cela monte trop, fit-elle à Gaétan. Je vais passer par l'autre côté. Tu tiens vraiment à m'accompagner ?

– Quelle question ! Chose promise, chose due.

– Quand tu redescendras, il fera nuit. Tu n'y verras rien.

– Je ne vais pas me perdre. Je connais le chemin.

Des pierres taillées étaient entassées de loin en loin, sur les bas-côtés de la route d'Aubusson.

Les deux jeunes gens longèrent la gendarmerie, sous l'œil goguenard du brigadier, juché sur le trottoir, les bras derrière le dos. Puis ils tournèrent à droite et s'engagèrent sur la route de Chanteloube.

Dans la côte, Gaétan reprit la main de Marthe, ce qui ne fut pas pour lui déplaire. Comme il savait que Chanteloube était un gros hameau, il lui demanda à quel endroit elle habitait exactement.

– Tout en haut, juste à côté de l'église.

Ils progressaient lentement, pour faire durer le plaisir. Des femmes les dépassèrent, en échangeant à voix basse des paroles entrecoupées de petits rires nerveux. Marthe voulut retirer sa main, mais Gaétan avait anticipé sa réaction en la serrant encore plus fort dans la sienne.

– De toute façon, maintenant, tout le carreau de la mine va savoir que je suis ton petit ami, lui glissa-t-il à l'oreille.

3

Gaétan raccompagnait désormais Marthe chez elle tous les soirs. Ils ne se quittaient qu'aux abords de l'église et se volaient parfois un dernier baiser à l'intérieur même du cimetière. Lorsque Gaétan rentrait chez lui, il faisait nuit noire.

Il remonta plusieurs dimanches de suite chez Marthe participer à la fouille du « puits funéraire ». Munis d'une pelle et d'une pioche, les deux amis s'improvisèrent archéologues. Firmin supervisait les opérations. Il laissait les jeunes creuser et n'intervenait que s'il fallait dégager une grosse pierre. Le diamètre de la margelle n'excédant pas quatre-vingt-dix centimètres, on ne pouvait de toute façon pas tenir à trois dans un espace aussi restreint. Les fouilleurs durent bientôt utiliser une échelle, pour descendre à l'intérieur du puits.

Les deux premiers dimanches, ils ne trouvèrent rien d'autre que quelques morceaux de tuiles gallo-romaines et une dizaine de tessons de céramique grossière. Le troisième, alors qu'ils venaient d'atteindre une profondeur d'environ trois mètres, ils dégagèrent un fragment de statuette en terre blanche représentant une silhouette féminine assise, tenant un enfant sur ses genoux. Le père de Marthe les félicita chaudement, en leur précisant toutefois qu'un de ses voisins avait découvert la même, l'année précédente, dans un de ses champs. Gaétan mit également au jour un fond de vase en céramique sigillée, avec un décor d'animal qu'il ne put identifier.

Quand la profondeur de quatre mètres fut atteinte, Firmin descendit par précaution dans le puits. Les jeunes suivaient la manœuvre depuis le bord de la margelle, en veillant à ne pas faire tomber de pierres. Gaétan remontait les seaux à l'aide d'une corde, pour évacuer les gravats. De son côté, Marthe avait entrepris de tamiser la terre, dans l'espoir de trouver une monnaie romaine, mais en vain.

Il s'avéra que le puits avait une profondeur de huit mètres cinquante. Le fond était constitué d'une couche plus humide, au sein de laquelle Firmin dégagea une semelle de chaussure cloutée. Marthe fut extrêmement peinée de ne pas avoir mis la main sur un trésor. Le dernier dimanche, Gaétan aida son père à reboucher le puits.

Si la fouille avait été décevante, elle avait eu néanmoins l'avantage de resserrer les liens entre Gaétan et la famille de Marthe.

– Je suis sûr qu'il y a d'autres puits dans cette terre, lui avait confié Firmin en le prenant par l'épaule. Je te promets que pour le prochain, c'est toi qui descendras tout au fond !

Marthe et Gaétan avaient également pris l'habitude

d'aller se promener sur le chemin de Saint-Martial. Ils marchaient jusqu'au pont qui enjambait la Creuse. En cette saison, peu de laveuses s'aventuraient là-bas. Seules deux ou trois intrépides bravaient le froid et les hautes eaux.

En revenant au village, à mi-pente, les amoureux faisaient une halte au pied d'une pierre antique, exhumée quatre-vingts ans plus tôt d'une parcelle voisine. Deux cavités identiques y étaient creusées. Certains érudits y voyaient une pierre de mesure, quand d'autres affirmaient qu'il s'agissait au contraire d'une urne gallo-romaine double, dont le couvercle, sans doute arraché lors d'un ancien labour, n'avait pas été retrouvé. Les deux jeunes gens n'avaient pas d'avis tranché sur la question. Vu la grosseur, Firmin ne comprenait cependant pas comment les Romains auraient pu s'en servir pour mesurer le blé, sauf à le récupérer ensuite à la main. Pourquoi d'ailleurs deux cavités ? Il n'en voyait pas l'utilité.

Si Marthe et Gaétan s'asseyaient sur cette pierre, ce n'était pas pour disserter sur sa véritable nature, dont ils n'avaient cure dans ces moments-là. Entre deux baisers, ils se contentaient d'effleurer le granit, pour apprécier la finesse de son grain, et laissaient courir leurs doigts en bordure des cavités. Marthe avait justement fait remarquer à son ami qu'ils ne devaient pas être les seuls à agir ainsi, tant les rebords semblaient usés. Elle avait ajouté ce jour-là qu'elle adorait elle-même promener sa main sur les pierres, mais que le contact qu'elle préférait, c'était celui des boiseries de l'église du Moutier – où elle se rendait régulièrement avec sa grand-mère – et plus particulièrement du lutrin, qui trônait dans le chœur.

Gaétan était un garçon charmant. Les parents de Marthe avaient tout de suite apprécié sa gentillesse. Sur le quai de triage et d'embarquement du Puits Saint-Antoine, il ne savait comment faire pour aider son amie et la devançait dans son travail, pour lui épargner les tâches les plus pénibles.

Émile Mativon, qui avait l'œil à tout, avait repéré son manège. Le porion l'avait pris en grippe et ne manquait pas une occasion de le ridiculiser devant les modistes. Un soir, à la fin de la journée, il avait convoqué Marthe, dans la petite pièce qui lui servait de bureau, et lui avait dit que même si Gaétan s'affairait pour deux, cela ne la dispensait pas de faire son travail. Elle était payée pour trier du charbon. Il fallait pour cela qu'elle manie elle-même la massette et débarrasse les blocs de schiste. Si elle continuait ainsi, il allait devoir en référer « en haut lieu ».

Comme Marthe baissait la tête, il s'était approché d'elle et l'avait prise par le menton.

– C'est ton petit ami, n'est-ce pas ?

Marthe n'avait pas répondu, mais ses joues empourprées avaient parlé pour elle.

– Si tu voulais être gentille, je serais prêt à fermer les yeux, avait-il poursuivi en avançant la main vers sa poitrine.

Marthe avait fait un pas en arrière.

– Laissez-moi, vous n'avez pas le droit !

Émile avait souri sous sa moustache.

– Un chef a tous les droits ! avait-il affirmé sur un

ton péremptoire, en la prenant par la taille. Tu es très belle. Je ne veux pas te faire de mal, au contraire. N'aie pas peur. Ta mère n'était pas si farouche, à ton âge !

Marthe s'était débattue et s'était sauvée en lui claquant la porte au nez.

– Je t'aurai, petite garce ! avait lancé le contremaître. Tu peux compter sur moi. J'attendrai le temps qu'il faudra, je ne suis pas pressé !

Gaétan, qui patientait derrière une pile de bois, s'était relevé, lorsqu'il avait entendu l'altercation. Marthe s'était mise à courir en direction de la voie ferrée. Il avait vu qu'elle pleurait et l'avait bientôt rattrapée.

– Que s'est-il passé ? l'avait-il interrogée, en l'obligeant à s'arrêter.

Marthe s'était effondrée dans ses bras.

– Il a essayé de me...

Gaétan avait plongé la main dans sa poche et sorti son couteau.

– Je vais le crever, cette ordure ! avait-il crié, hors de lui. Il s'en prend à toutes les filles !

– Non, l'avait supplié Marthe, soudain remise, n'y va pas ! Il sait que tu es mon petit ami. Il ne demande que ça, pour te licencier !

Gaétan avait obtempéré en serrant les dents de rage.

– Viens ! avait-elle repris. Ma mère m'attend au passage à niveau. Et surtout, pas un mot de tout ça. Je dirai simplement qu'il nous a interdit de travailler ensemble et qu'il a menacé de t'envoyer au Puits Robert.

Sur le chemin du retour, la mère avait pressé sa fille de questions. Marthe avait tenté de masquer la vérité, cependant sa voix la trahissait. Alphonsine lisait dans ses silences. Ce cochon d'Émile avait sans doute essayé de la peloter. Savoir jusqu'où il était allé ! À deux reprises, Gaétan fut sur le point de raconter ce qui s'était réellement passé. Devinant ses intentions, Marthe l'avait tiré par la manche pour l'en empêcher. Elle se tiendrait désormais sur ses gardes, trierait le charbon à côté de sa mère et ferait appel à un autre garçon pour porter les banastons qu'elle aurait remplis. Les porions étaient tout-puissants. On ne pouvait rien contre eux. C'était la parole de Marthe contre celle d'Émile Mativon. Personne n'aurait pris le risque de mettre en doute celle d'un chef. Un jour, elle aurait sa revanche, mais pour l'heure, elle devait subir en silence. Elle avait décidé cependant de ne plus jamais se rendre seule aux convocations du contremaître. Dorénavant, elle prierait sa mère de l'accompagner.

Le 4 décembre, comme chaque année, on fêta sainte Barbe, la patronne des mineurs, qui les protège des coups de grisou. Dans tout le bassin, d'Ahun à Fourneaux, en passant par Le Moutier, Saint-Martial, Saint-Médard – et même Issoudun et Chamberaud –, toutes les écoles étaient fermées, afin que chacun pût suivre la procession de la statue de la sainte dans les rues de Lavaveix, à l'issue de la grand-messe, à laquelle étaient conviés la trentaine de musiciens de l'Espérance, la fanfare locale. Le père de Gaétan y côtoyait celui de Marthe : l'un jouait de la trompette, l'autre du cornet à pistons. Gaétan en portait fièrement la bannière, frappée de lettres dorées, brodées sur un fond de velours rouge, le tout rehaussé de trois étoiles placées en plein champ, pointe en haut, en triangle. Le velours était encadré de galons, eux-mêmes dorés.

L'église en brique ne put contenir tout le monde, car le bassin houiller employait environ mille six cents mineurs. Comme chaque famille était représentée par trois, quatre, voire cinq membres, ce furent assurément plus de cinq mille personnes qui suivirent la messe de l'extérieur. Tous les desservants des paroisses voisines étaient là.

La famille Bussière au grand complet avait également fait le déplacement. Alice, la sœur de Marthe, était descendue du village de Villemeaux pour l'occasion. Léon, son mari, avait voulu l'en dissuader, mais elle lui avait dit qu'elle n'avait jamais raté une seule procession.

Marthe était accompagnée d'Angèle et Berthe, ses plus proches voisines. Les trois jeunes filles étaient du même âge. Elles avaient grandi ensemble à Chanteloube. Angèle et Berthe travaillaient à la briqueterie que la Compagnie des Houillères venait de construire, pour compenser la diminution de la production de charbon qui commençait à se faire sentir, vu la concurrence féroce de la houille anglaise et belge – et aussi de celle du Nord de la France –, de meilleure qualité.

Des écoles jusqu'à la route d'Aubusson, la foule était impressionnante. Une marée de casquettes et de chapeaux ondulait sur des centaines de mètres. Les écoliers étaient aux premiers rangs.

Lorsque les porteurs sortirent de l'église avec le

brancard de sainte Barbe, les cloches se mirent à sonner à toute volée. Prêtres et enfants de chœur apparurent à leur tour sur le parvis. L'air frais était embué de toutes ces respirations qui s'entremêlaient.

Le personnel de direction des Houillères emboîta le pas des ecclésiastiques et la procession s'ébranla dans un concert de cuivres, dirigés par le chef de l'Espérance.

Le cortège remonta d'abord la rue du Centre, puis emprunta la route d'Ahun sur quatre cents mètres, avant de bifurquer dans un chemin conduisant au Puits Robert, où l'on fit une première halte. Un reposoir avait été dressé près des installations, afin de permettre à la deuxième équipe de porteurs de prendre le relais. On se dirigea ensuite vers le passage à niveau, situé au bas de la rue du Centre. Après avoir traversé cette dernière, la procession se déploya sur le carreau du Puits Sainte-Barbe.

On fit une deuxième station, le long du quai d'embarquement du Puits Saint-Antoine. Marthe en profita pour remonter à l'avant du cortège. Un groupe d'écoliers en blouses noires, la casquette de travers, était agglutiné autour des musiciens. Marthe dut jouer des coudes pour se rapprocher de Gaétan, suivie comme son ombre par ses amies Angèle et Berthe.

Gaétan avait posé le pied de la bannière sur le sol. Quelqu'un voulut le relayer, mais il fit comprendre qu'il n'était pas fatigué. Porter les couleurs de la fanfare était un honneur insigne dont il n'était pas peu fier. Plusieurs jeunes filles l'entouraient. Marthe s'avança et lui prit la main, afin de marquer son territoire. Gaétan esquissa un sourire confus à l'adresse de ses admiratrices, sourire qu'Angèle et Berthe saisirent elles aussi au passage. Ce qui déplut fortement à Marthe. Les représailles furent immédiates : elle lui pinça le bras jusqu'au sang.

Une pause d'une dizaine de minutes plus tard, le cortège se remit en route, dans un concert de trompettes, de trombones à coulisse et de cornets à pistons. Une fois sur la route d'Aubusson, la procession revint vers le centre-ville.

Il fallut un peu plus de deux heures pour boucler le circuit, lequel se perpétuait d'année en année. Les porteurs ramenèrent la statue de sainte Barbe dans l'église et la réinstallèrent sur son socle.

De mémoire de mineur, jamais il n'avait fait aussi beau un 4 décembre. Vers neuf heures, le soleil était apparu derrière le bois du Mazeau, et pas un seul nuage n'avait masqué son ascension au-dessus du bourg de Saint-Martial. Le matin, il avait gelé sur les hauteurs de Chanteloube, ainsi que sur les rives de la Creuse, mais le thermomètre publicitaire, accroché sur la façade de l'Épicerie parisienne, affichait maintenant huit degrés. Midi allait sonner. Les bistrots étaient submergés par cette marée humaine qui refluait de tous côtés.

Gaétan invita Marthe, sa sœur et ses amies à boire une limonade. Il les entraîna à sa suite et dut se frayer un passage pour pénétrer à l'intérieur du Café du Centre. Ils réussirent à trouver des places libres au fond de la salle. Des nuages de fumée montaient des tables et s'écrasaient sur les solives qui couraient au plafond.

Les chopines tintaient contre les verres que l'on entrechoquait à la santé des uns et des autres. Le brouhaha était tel qu'il fallait crier pour se faire entendre de ses voisins. Alice, Angèle et Berthe se regardaient en riant, les mains sur les oreilles.

Marthe et Gaétan, pourtant assis côte à côte, avaient renoncé à engager une conversation. Leurs genoux qui se frôlaient se disaient cependant toute l'affection qu'ils éprouvaient l'un pour l'autre et la répétition des pressions attisait leur désir. Profitant d'une bousculade aux abords de leur table, la main de Gaétan s'aventura entre les jambes de sa compagne, mais Marthe serra promptement les cuisses. Une chaleur soudaine enflamma son ventre et sa bouche s'ouvrit sur un râle à peine perceptible. Un bien-être insoupçonné s'empara de tout son corps. Un long frisson lui parcourut l'échine, l'obligeant à fermer les yeux l'espace d'un instant. Lorsqu'elle les rouvrit, elle croisa le regard d'Alice. À son sourire, Marthe comprit que sa sœur avait deviné la partie qui s'était jouée sous la table.

Après un quart d'heure d'attente, la patronne du café vint enfin prendre leur commande. Il leur fallut patienter encore dix minutes pour pouvoir siroter leur limonade.

Des éclats de voix leur parvinrent. On se querellait du côté du comptoir. L'alcool aidant, les vieilles rancunes resurgissaient. Les têtes se tournèrent. Deux piqueurs s'invectivaient. D'où ils étaient, les cinq jeunes gens ne pouvaient entendre ce que les deux hommes se disaient. Une aubaine de plus pour Gaétan qui saisit le poignet de Marthe, afin de lui faire constater son émoi. Elle tenta de se dégager, mais l'ardeur qu'elle déploya n'était pas de nature à contrecarrer les desseins de son prétendant.

Alors elle sentit pour la première fois cette chose étrange et redoutée prendre vie sous ses doigts.

4

Une semaine avant Noël, le facteur vint frapper à la porte de la maison Bussière. Il apportait une lettre, tamponnée de la gare Montparnasse, que Firmin réceptionna. Elle était adressée à Alphonsine. Sa sœur Clarisse lui écrivait de Paris.

Clarisse avait trente-huit ans, soit cinq de moins qu'Alphonsine. Elle avait quitté la Creuse depuis dix-neuf ans, mais revenait chaque année au pays pour Noël.

Clarisse n'avait pas tenu deux mois à la mine. Modiste n'était pas un travail pour elle. Pour échapper à cet enfer, elle avait très vite compris qu'il fallait partir. Ailleurs, l'herbe avait toutes les chances d'être plus verte. Alors elle était allée à Aubusson trouver une amie, dont l'oncle avait créé une entreprise de maçonnerie à Paris. Les affaires prospérant, ce dernier avait ouvert un café, boulevard de l'Hôpital, près de la gare d'Austerlitz. Son épouse y tenait un garni pour les ouvriers du bâtiment.

Clarisse avait réussi à se faire embaucher comme serveuse. Sur les conseils de son patron, elle s'était inscrite aux cours du soir, dispensés dans un local voisin, à l'intention des maçons. Elle avait ainsi perfectionné son français et s'était découvert des aptitudes pour les mathématiques et la comptabilité. Deux ans plus tard, elle était engagée comme aide-comptable.

Clarisse était une jeune femme qui ne manquait pas de caractère. Elle avait de la suite dans les idées et savait qu'elle ne laissait pas indifférente la gent masculine. C'était une diablesse rousse aux yeux noisette, qui viraient au vert en période amoureuse. Sa silhouette en affolait plus d'un. Elle s'en amusait et décochait des sourires moqueurs à ceux dont le « combat » était perdu d'avance, façon de faire entendre à ces malappris – qui l'ignoraient visiblement – que ce n'était pas l'homme qui décidait, mais la femme. Avec elle en tout cas, il en était ainsi. Personne ne pouvait espérer profiter de ses largesses contre son gré.

Clarisse ne souhaitait pas être livrée pieds et poings liés à un homme, aussi séduisant fût-il. Elle voulait avant tout garder sa liberté et s'était contentée de quelques aventures sans lendemain. Son employeur avait essayé à plusieurs reprises de la coincer dans les couloirs du garni, du temps où elle était serveuse. Elle lui avait fait comprendre que cela n'était pas raisonnable et qu'elle ne voulait pas prendre le risque que son épouse les surprît. Elle tenait à conserver sa place. Telle était du moins la version que Clarisse lui avait servie. En fait, plus prosaïquement, les rondeurs de son patron n'étaient pas à son goût. Déçu – mais lucide –, celui-ci s'était replié sur la petite Amélie – l'autre serveuse –, qui avait la cuisse hospitalière.

Ravalant sa rancune, il avait malgré tout gardé la belle Marchoise, pour les compétences qu'elle avait acquises pendant les cours du soir. Peut-être espérait-il aussi secrètement emporter un jour son consentement.

Clarisse travaillait depuis treize ans à son service, quand au printemps 1888, l'entrepreneur l'emmena avec lui pour étudier le devis de construction d'un bâtiment, près du cimetière de Montmartre.

Boulevard de Clichy, à hauteur de la place Blanche, un homme les attendait dans un phaéton, à l'angle de la rue Lepic. Joseph Oller – c'était son nom – descendit de voiture. Il était accompagné d'un architecte, qui tenait de grandes feuilles roulées sous le bras. Les présentations faites, Joseph Oller se planta sur le trottoir en désignant l'immeuble qui se trouvait devant eux.

– Nous allons raser tout ça et construire à la place le plus grand cabaret de Paris !

– Comment s'appellera-t-il ? demanda l'entrepreneur.

– Le Moulin Rouge ! Attention, ce nom doit rester secret jusqu'à l'ouverture.

Le chantier dura plus d'un an. Le patron de Clarisse, qui avait remporté plusieurs adjudications, la détachait souvent, avec un autre collaborateur, pour le suivi des travaux. Elle était venue à plusieurs reprises boulevard de Clichy et avait fini par sympathiser avec l'entourage du futur directeur du Moulin Rouge. Elle apprit que Joseph Oller recherchait des comptables pour étoffer son équipe. Devinant qu'une telle chance ne se reproduirait pas deux fois dans sa vie, elle lui proposa ses services.

C'est ainsi qu'un an et demi plus tard, elle participait à l'inauguration du plus célèbre cabaret de Montmartre.

Joseph Oller avait fondé le Moulin Rouge avec un associé, Charles Zidler, lequel avait vite fait comprendre à Clarisse qu'il ne lui aurait pas déplu de batifoler dans ses bras ravissants. Mais Clarisse avait préféré ceux de son mentor, qui avait beaucoup de charme. Joseph Oller était un homme très élégant. Il avait quelques années de moins que Charles, qui approchait de la soixantaine.

Dans sa lettre, Clarisse annonçait à sa sœur qu'elle arriverait le samedi 23 décembre, par le train du soir : il fallait que Firmin vienne la chercher à la gare de Lavaveix, avec sa voiture à âne. Elle repartirait le 27, car elle était attendue à Paris pour une soirée de gala.

Alphonsine remit dans l'enveloppe la feuille encore tout imprégnée du parfum de Clarisse. Des souvenirs d'enfance défilèrent dans sa mémoire. Elle se revoyait avec sa sœur et leurs amies du village, au retour de l'école. À l'amorce de la montée de Chanteloube, Clarisse se plantait au milieu de la route et refusait d'aller plus loin, si l'on ne portait pas ses affaires. La première fois, Alphonsine avait passé outre, refusant de céder au chantage, convaincue que sa sœur finirait par avancer. C'était mal la connaître. Clarisse s'était assise par terre. Les grandes avaient rendu les armes. Elles avaient finalement dû revenir en arrière pour récupérer son cartable.

Alphonsine ne pouvait s'empêcher de secouer la tête. Sa sœur avait du caractère, ce n'était rien de le dire. À cette époque, déjà, Alphonsine avait l'intuition qu'elle irait loin. Effectivement, Clarisse était allée loin. Où exactement, elle ne le savait pas vraiment. En tout cas, elle avait quitté sa Creuse natale et ce bassin minier, dont le charbon salissait l'image de la femme, au sens propre comme au figuré.

Alphonsine s'était approchée de la fenêtre avec sa lampe, pour lire la lettre à l'écart. Elle croisa son regard dans le miroir accroché à la poignée de la crémone. À quarante-trois ans, elle avait déjà des rides au front, et des pattes d'oie fleurissaient au coin de ses yeux. La poussière de charbon les accentuait. Une larme perla sous sa paupière. Clarisse avait eu le courage de partir. Le courage, et surtout l'instinct. Alors qu'elle, Alphonsine, était restée. Elle jalousait sa sœur, qui avait toujours « eu du flair ». Appliqué à Clarisse, le concept d'intuition féminine prenait tout son sens.

Alphonsine s'était toujours interdit de partir. Il n'était d'ailleurs pas certain que cette idée lui fût jamais venue. Elle n'aurait pu délaisser ses parents. On avait besoin d'elle. Le peu qu'elle apportait à la maison permettait d'améliorer l'ordinaire. Clarisse n'avait toujours rêvé que d'une chose : s'émanciper. À douze ans, c'était l'un des premiers mots qu'elle avait découverts dans le dictionnaire, à l'école. Lorsqu'elle en avait appris la signification à sa sœur, quelques années plus tard, Alphonsine avait haussé les épaules. S'émanciper ? Pour quoi faire ?

Alphonsine ne savait pas si elle devait envier sa sœur, car elle avait horreur de la ville. Elle se sentait déjà toute petite dans les rues de Guéret. Qu'eût-elle fait à Paris ? Elle craignait la foule.

Clarisse avait apparemment trouvé sa voie. Quelque chose tracassait cependant Alphonsine. Depuis quatre ou cinq ans, les enveloppes utilisées par sa sœur pour son courrier personnel ne portaient plus l'estampille de son entreprise de maçonnerie. Elles étaient en revanche beaucoup plus parfumées qu'avant. Et le parfum avait changé. Jusque-là, elle n'avait pas osé lui poser de questions. Mais cette fois-ci, elle était bien décidée à exiger des explications. Peut-être n'était-elle plus seule. Clarisse était une très belle jeune femme. Depuis l'âge de quatorze ans, elle avait toujours eu sa cour. Or les hommes étaient tous pareils ; à Paris comme ailleurs. Clarisse lui avait du reste confié que son patron avait la main leste et qu'elle n'avait qu'un mot à dire.

Alphonsine se surprit à sourire dans un coin du miroir. Peut-être Clarisse avait-elle fini par accepter ses avances. Peut-être même que son patron avait quitté sa femme, afin de se mettre en ménage avec elle. Cela s'était déjà vu.

Alphonsine était tout émoustillée. Il lui tardait de revoir sa sœur pour en savoir un peu plus.

Le 23 décembre, Clarisse prit le train en gare d'Austerlitz. Elle portait un costume tailleur en cheviotte et avait revêtu par-dessus une mante en velours, doublée de soie et ornée d'une jolie broderie mate – couleur jais – faite à la main. Elle arborait également un chapeau rond en feutre uni, garni d'un nœud de velours ourlé et de plumes assorties. Elle était chaussée de bottines en veau mégissé, à talons anglais, et tenait dans ses mains, gantées de chevreau, un parapluie sergé tout soie, pour se protéger du vent.

Joseph Oller l'avait accompagnée en fiacre depuis Montmartre et l'avait aidée à s'installer dans un wagon de première classe. Un porteur s'était chargé des bagages. Le compartiment qu'ils avaient choisi n'était occupé que par une grand-mère et sa petite-fille.

Le sifflet du chef de gare retentit à onze heures précises. Celui de la machine à vapeur lui répondit en écho et le convoi s'ébranla dans un épais nuage de fumée qui noya tout sur son passage. C'est à cet instant-là qu'un voyageur, monté in extremis, ouvrit la porte du compartiment. Désignant une banquette du doigt, il vérifia auprès de Clarisse que la place était libre.

– Je le crois ! répondit-elle d'une voix fluette.

Le voyageur s'assit juste en face d'elle. C'était un homme d'une cinquantaine d'années, à la silhouette raffinée, aux joues ornées de somptueuses rouflaquettes. Il avait déposé son haut-de-forme sur le porte-bagages avec une élégance qui ne passa pas inaperçue.

Clarisse baissa la tête. Se sentant observée, elle la maintint dans cette position pendant un instant qui lui parut interminable. Puis elle la releva et affronta le regard insistant. L'homme lui adressa un sourire. Elle vit une lueur de désir dans ses yeux. Une brûlure familière monta des profondeurs de son ventre. À travers son gant, ses ongles s'incrustèrent dans son avant-bras.

Elle ne put réfréner un frisson et serra les cuisses. Elle tourna la tête, sous le regard amusé de la grand-mère, et ferma les yeux. Bercée par le roulis, Clarisse s'endormit et rêva qu'elle avait embarqué dans un wagon de l'Orient-Express.

À son réveil, l'ensorcelant inconnu n'était plus là.

– Le monsieur est descendu en gare d'Orléans, lui dit la vieille dame. Il m'a demandé de vous saluer pour lui.

Elle lui tendit une carte de visite.

– Il m'a aussi priée de vous remettre ceci.

Clarisse saisit le rectangle de carton. Elle le glissa dans son sac sans le regarder, en remerciant sa voisine d'un sourire poli. Après avoir chassé de son esprit l'image du voyageur, elle pensa à Alphonsine et à Marthe. En songeant à leurs vies, elle ne regrettait pas d'avoir quitté le giron familial.

Quant à Alice, si elle ne devait pas être des plus heureuses, elle avait au moins échappé à la mine. Son mari n'était plus de la première jeunesse et son état de santé n'était guère florissant. Avec un peu de bonne volonté de la part de ce vieux barbon, Alice ferait une veuve très convenable. S'il avait le bon goût de se hâter, avec la fortune qu'il lui laisserait, elle pourrait refaire sa vie. Au bout du compte, Clarisse ne se faisait pas trop de souci pour elle. En revanche, elle plaignait le sort de son autre nièce. Une jeune fille aussi ravissante – et aussi instruite – n'avait pas le droit de croupir sur le carreau de la mine, à s'abîmer les mains en triant le charbon d'un côté et les schistes de l'autre. Mais Clarisse avait un plan.

À Montluçon, il fallut changer de train. La correspondance pour Guéret était prévue sur le même quai. Clarisse fit néanmoins appel à un porteur, qui assura le transbordement de ses bagages. Elle profita de cet arrêt pour manger les petits pains au chocolat achetés à Paris.

Une heure plus tard, nouveau changement à Busseau. Clarisse avait le corps meurtri, mais elle n'était plus qu'à dix minutes de Lavaveix.

Heureusement, Firmin l'attendait sur le quai. Il fit deux voyages pour porter les bagages jusqu'à la voiture. Clarisse leva les yeux. L'horloge de la gare indiquait dix-sept heures.

Lorsqu'ils arrivèrent à Chanteloube, il faisait presque nuit. Prudence, Alphonsine et Marthe étaient déjà là. Elles avaient quitté leur travail une heure plus tôt, afin d'avoir le temps de faire un brin de toilette. Firmin étant descendu à la gare, elles s'étaient adonnées à une séance de décrassage collectif dans la salle commune, devant la cheminée, puis elles avaient endossé leur tenue du dimanche, bien décidées à accueillir dignement leur hôtesse. Alphonsine eut tout juste le temps de peigner les cheveux de sa fille et de lui refaire son chignon.

Les retrouvailles furent émouvantes. Clarisse trouva que sa nièce avait changé.

– Tu es une vraie femme, maintenant, ma chérie. Tu es encore plus belle que l'année dernière. Tu dois faire tourner bien des cœurs !

Marthe se contenta de sourire timidement en baissant la tête.

Clarisse avait apporté des cadeaux. Comme à son habitude, elle les offrit le soir même.

Son père eut droit à deux chemises de flanelle pure laine et sa mère à une pèlerine des Pyrénées. Alphonsine reçut un collet en peau de loutre – entièrement doublé soie –, et Firmin une montre à remontoir, avec double cuvette, en argent guilloché. Pour Marthe, dont elle était la marraine, Clarisse avait acheté une robe en crépon, ainsi qu'une superbe pelisse en vigogne, doublée satin, avec col, collerettes et devants garnis de fourrure d'opossum. Elle lui offrit également une anthologie de la poésie française et un recueil des œuvres complètes de François Villon. Pour Alice, elle avait prévu un manteau de ville en drap foulé noir, garni de passementerie mate, qu'elle lui donnerait le jour de Noël.

Clarisse avait de surcroît acheté, aux Grands Magasins du Louvre, une magnifique lampe à pétrole en faïence japonaise, censée remplacer celle qu'elle avait cassée l'année précédente.

Elle avait un autre cadeau, mais, désirant faire une surprise à sa famille, elle avait décidé d'attendre le matin de Noël pour le leur présenter.

Firmin décrocha le jambon. Prudence ayant mitonné un pot-au-feu pour le lendemain, chacun put boire un bol de bouillon gras. Pendant qu'Alphonsine préparait une omelette au lard, Firmin alla choisir un fromage dans la cave. Clarisse fit honneur à ce bon repas. On veilla jusqu'à dix heures, autour de la cheminée. On se raconta les nouvelles. On parla des anciens Noëls.

Clarisse ne fit pas allusion à sa nouvelle vie. Épuisée

par le voyage, elle demanda à sa sœur la permission d'aller se coucher. Comme à chacun de ses séjours à Chanteloube, elle partagea le lit de Marthe et s'endormit aussitôt. Elle rêva qu'elle voyageait par le train, de Paris à Marseille, dans un compartiment vide. Au premier arrêt, un homme portant une redingote de drap noir et un pantalon dernier cri, coupé à l'anglaise, prit place en face d'elle. C'était le parfait sosie de ce voyageur qui, quelques heures plus tôt, l'avait fait frissonner de plaisir.

L'inconnu commença par lui jeter des regards langoureux, doublés d'un irrésistible sourire. Puis il se leva et vint s'asseoir à côté d'elle. Il lui prit délicatement la main et la serra sur sa poitrine. Subjuguée, Clarisse fermait les yeux. Son cœur battait la chamade. Leurs lèvres se joignirent. Clarisse sentit un spasme monter à l'intérieur de son corps. Elle tenta de le refouler, en vain. Elle savait que lorsque le processus était enclenché, il était irréversible. Alors le plaisir déferla en elle.

Poussant son avantage, le bel inconnu dénuda sa partenaire. Clarisse s'était levée, pour lui faciliter la tâche. Quand il fut nu lui aussi, elle lui tourna le dos et s'agrippa au rebord du porte-bagages. Il la prit alors avec une infinie douceur. Encouragé par les petits cris de sa partenaire, il accéléra le mouvement jusqu'à l'embrasement final.

Cette nuit-là, Clarisse fit l'amour sans discontinuer de Paris à Marseille.

5

Le lendemain matin, Clarisse alla se promener avec sa sœur. Les deux femmes prirent une pèlerine et descendirent vers les bords de la Creuse. Des flocons voltigeaient au-dessus de la vallée.

– Un Noël sans neige ne serait pas un vrai Noël ! lança Clarisse, enchantée.

– Tu te souviens de l'hiver 1862 ? demanda Alphonsine.

– Si je m'en souviens ? On avait de la neige jusqu'aux cuisses !

– Pourtant, tu n'étais pas vieille.

– J'avais sept ans, pardi ; et toi, douze !

Visiblement heureuses de se retrouver, après un an de séparation, les deux sœurs gloussaient comme des gamines.

Elles évoquèrent leur jeunesse, les années passées sur les bancs de l'école de Lavaveix – leur mère, qui était illettrée, avait absolument tenu à ce que ses filles sachent lire –, les chamailleries, à l'aller comme au retour, avec les garçons. À seize ans, Alphonsine avait accompagné Prudence et Adrien à la mine. Cela faisait vingt-sept ans qu'elle triait du charbon. Clarisse, qui avait une santé plus fragile, était allée travailler pendant deux ans chez une couturière, à Lavaveix. Mais rester assise dans une pièce de neuf mètres carrés, sans voir personne – avec sa patronne sur le dos huit heures par jour –, était au-dessus de ses forces. La couture n'était pas faite pour elle. Clarisse voulait exercer un métier où l'on pouvait bouger; et surtout, rencontrer des gens. Pour ne pas contrarier leur mère, elle avait fait une tentative au Puits Saint-Antoine, toutefois l'activité s'avéra trop pénible pour elle. C'était surtout un travail qui abîmait le corps des femmes et leur ôtait précisément toute féminité. Aussi avait-elle tenté sa chance à Paris.

Clarisse voulait raconter à sa sœur sa vie dans la capitale, mais elle ne savait pas comment aborder le sujet. Alphonsine lui tendit fort opportunément la perche :

– Et ton travail, alors, tu en es contente ?

– J'allais justement t'en parler.

Elles étaient arrivées au confluent du ruisseau de Chamberaud. Elles empruntèrent la passerelle et franchirent la rivière, gonflée par les pluies d'automne. Trois canards s'envolèrent en cancanant et disparurent derrière la cime des arbres. Au moment où elles foulaient la rive gauche, la neige se mit à tomber en abondance. Le paysage blanchissait à vue d'œil. Les deux sœurs se concertèrent et décidèrent d'un commun accord de retourner au village.

– Tu sais que je travaillais dans une entreprise du bâtiment ? poursuivit Clarisse.

– Évidemment ! répliqua Alphonsine. C'est ce que

tu nous as toujours dit. Mais pourquoi dis-tu « travaillais » ? Tu n'y travailles plus ?

Clarisse ne répondit pas tout de suite, prenant le temps de la réflexion. À présent, elle pouvait difficilement faire marche arrière.

– Non. Je suis restée deux ans au café et onze ans et demi dans l'entreprise, comme comptable. J'ai trouvé ensuite une autre place ; toujours comme comptable. J'ai également d'autres responsabilités. Je m'occupe du personnel. Je supervise. Mon nouveau patron me fait entièrement confiance.

Elle hésita une seconde et puis une dernière phrase la délivra.

– Je travaille depuis quatre ans et demi dans un cabaret de Montmartre.

Alphonsine s'était immobilisée.

– Dans un cabaret ! s'exclama-t-elle, atterrée. Avec les femmes de mauvaise vie !

– Détrompe-toi ! Je vois du beau monde. Des bourgeois, beaucoup de bourgeois. Des ouvriers, aussi, c'est vrai. Je rencontre surtout énormément d'artistes : des peintres, des écrivains, des poètes, des chansonniers. Je travaille au Moulin Rouge. C'est le plus grand cabaret de Montmartre. Ce qui se fait de mieux. Il y a des danseuses, naturellement. Mais ce n'est pas ce que tu crois.

Alphonsine resta sans voix. Elle avait repris sa marche et accélérait la cadence. L'averse de neige redoublait. Pour se protéger, elles avaient relevé leurs capuches. Leurs pèlerines étaient blanches. Clarisse dut presque courir pour rattraper sa sœur dans la montée.

– Je t'assure que ce n'est pas un bordel ! Tu dois me croire. Je ne t'ai jamais menti, tu le sais !

Alphonsine s'arrêta de nouveau. Clarisse buta sur elle.

– Tu en as de bonnes ! On te croyait encore dans le bâtiment. Tu as juste oublié de nous dire que tu avais changé de domaine. Si ce n'est pas un mensonge, ça, à moi la peur ! Un mensonge par omission, sans doute, mais un mensonge tout de même !

– Hé ! Oh ! Arrête un peu ! On n'est pas à l'église, ici. Et cette forêt n'est pas un confessionnal !

– Excuse-moi ! se reprit Alphonsine. D'ailleurs, tu fais bien ce que tu veux. Tu es majeure. Mais c'est pour les parents. La mère, surtout. Je crois qu'ils ne comprendraient pas. Le mieux, c'est de ne rien leur dire. Marthe ne doit pas savoir non plus.

– Pourquoi ? Il n'y a pas de honte ! Je gagne honnêtement ma vie.

– Si tu le dis !

Les deux sœurs remontèrent sur le plateau en silence. Clarisse s'attendait à la réaction d'Alphonsine. Elle avait même craint un instant qu'elle ne fût encore plus violente. Finalement, le premier acte ne s'était pas si mal déroulé. Le second à venir, avait toutes les chances de s'intituler « *Chronique d'un achoppement annoncé* ».

Clarisse hésita, seulement elle aimait aller droit au but. Elle trouvait que cela faisait gagner du temps. À quoi bon différer ? Elle était venue passer quatre jours dans la Creuse. Il eût été ridicule de se ronger les sangs nuit et jour et de n'évoquer le sujet qu'au moment du départ. C'était maintenant qu'elle devait aborder la question qui fâche. Elle attrapa sa sœur par le bras, la contraignant à stopper net son ascension.

– J'aimerais emmener Marthe avec moi ! Je lui trouverai un travail agréable. Je la prendrai sous mon aile.

Le premier moment de stupeur passé, Alphonsine explosa :

– Il n'en est pas question ! Ma fille ne travaillera jamais dans un boui-boui ! s'emporta-t-elle.

Elle se remit à avancer en vociférant. Clarisse laissa passer l'orage. Elle fit une autre tentative en haut du chemin, à l'entrée du village.

– Elle logera chez moi. J'ai un grand appartement, dans les beaux quartiers. Elle y aura sa chambre.

– Ma fille n'est pas une traînée. Qu'est-ce qu'elle irait faire là-bas ? Elle est très bien ici.

Alphonsine se tut et dévisagea sa sœur, avant de reprendre, soupçonneuse :

– Comment se fait-il que tu loges dans les « beaux quartiers », comme tu dis ? Et dans un « grand » appartement ? Tu te fais entretenir, comme les demi-mondaines ? À ce propos, pourquoi n'es-tu pas encore mariée, à ton âge ? Tu as un amant plein aux as, avoue-le ! Tu couches avec ton patron, c'est ça ? En tout cas, tu as couché, pour en arriver là. Il paraît que là-bas, elles couchent toutes !

Clarisse contint sa rage.

– Tu dis n'importe quoi !

Telle une furie, Alphonsine revint à la charge :

– Avoue-le donc, que tu as couché !

– Eh bien, oui, parfaitement, j'ai couché ! tonna

Clarisse. Et alors, où est le mal ? Coucher avec celui-là ou avec un autre, je ne vois pas de différence. Sauf que maintenant, je suis grassement payée. Et cet argent, je ne le vole pas. Je travaille nuit et jour. J'ai de lourdes responsabilités. Je supervise un tas de choses. D'ailleurs, depuis trois ans, je ne couche plus avec Joseph, car il ne faut pas mélanger le cul et les affaires. Mais je suis restée en très bons termes avec lui. Il m'a gardé sa confiance. Au mois d'avril dernier, il a ouvert l'Olympia, une salle de concert de deux mille places, boulevard des Capucines, à l'emplacement des Montagnes Russes, qu'il a fait raser. Il recherche du personnel pour faire tourner sa boîte. C'est une opportunité pour Marthe. Je lui ai parlé d'elle. Il est prêt à l'embaucher sans l'avoir vue. Dans un premier temps, elle serait serveuse. Je me suis engagée à la former. Il la paierait cent cinquante francs par mois, nourrie midi et soir. Et comme je te l'ai dit, elle logera chez moi, jusqu'à sa majorité. Tu as ma parole.

Alphonsine avait plissé les yeux. Elle écrasait la neige avec ses sabots, tout en réfléchissant à ce qu'elle venait d'entendre.

– Alors comme ça, il s'appelait Joseph ?

Clarisse ne s'attendait pas à cette remarque. C'était la preuve que sa sœur l'enviait, d'une certaine façon, et qu'il ne lui aurait finalement pas déplu d'être à sa place. Seulement la pauvre Alphonsine était condamnée à trimer jusqu'à la fin de ses jours sur le quai d'embarquement du Puits Saint-Antoine.

– Oui. Joseph Oller.

– Quel âge a-t-il ?

– La cinquantaine.

– Il est marié, naturellement ?

– Je crois, fit Clarisse en prenant sa sœur par le bras. Mais je viens de te dire qu'il n'est plus mon amant. Parlons plutôt de Marthe. C'est une très belle jeune fille, qui s'esquinte les mains et s'abîme la santé à trier du charbon. Elle ne peut même pas lire comme elle voudrait, tellement elle est fatiguée, le soir. Pourtant, elle adore ça. Tu sais que je lui envoie régulièrement des livres. Je les achète chez les bouquinistes. Dans sa dernière lettre, elle m'écrivait qu'en un an, elle n'en avait lu qu'une dizaine ! Tu crois qu'elle est heureuse ? Elle ne peut pas être modiste toute sa vie.

Alphonsine en convenait. Les femmes n'avaient rien à faire à la mine. Depuis plus de cinquante ans, dans le bassin d'Ahun, elles s'étaient détournées de la terre pour venir y travailler, car les propriétés, morcelées à l'excès, nourrissaient difficilement son homme. Et finalement, entre trier du charbon ou ramasser des pierres dans les champs et les entasser à la périphérie, qu'est-ce qui était le plus pénible ? Seule différait la couleur de la poussière. Heureusement, on ne labourait pas tous les jours.

– Je crois qu'il faut quand même lui demander son avis.

– C'est ce que je me proposais de faire cet après-midi, avec ton accord.

Après déjeuner, Clarisse invita sa nièce à l'accompagner jusqu'à la gare de Lavaveix, en prétextant qu'elle voulait consulter les horaires des trains. Marthe lui fit remarquer qu'il neigeait toujours et que la couche dépassait les cinq centimètres. La descente vers le bourg risquait d'être périlleuse.

Clarisse troqua ses bottillons contre la paire de sabots d'Alphonsine. Tante et nièce s'armèrent chacune d'un solide bâton, afin de sécuriser leur marche.

Dans tous les coins du village, les enfants avaient organisé des batailles de boules de neige. Les coudercs résonnaient de leurs cris. Clarisse et Marthe essuyèrent quelques projectiles. Les deux femmes avaient relevé la capuche de leurs pèlerines. Elles se donnaient le bras et se cramponnaient de l'autre à leur bâton. Les flocons voltigeaient autour d'elles. La visibilité était réduite à une cinquantaine de mètres. On ne voyait ni les maisons de Lavaveix ni les installations de la mine. Le sol était glissant par endroits. Elles avaient failli chuter à plusieurs reprises, mais à chaque fois, l'une avait pu rattraper l'autre. Cependant, lorsqu'elles arrivèrent au grand tournant, tout en bas du village, Marthe ne put retenir sa tante. Clarisse tomba sur les fesses. Comme elle n'avait pas lâché le bras de sa nièce, elle l'entraîna dans sa chute. Toutes deux éclatèrent de rire et s'étreignirent longuement, ne se relevant qu'à regret, après un premier essai infructueux. Leurs bâtons avaient glissé sur la route. Elles les récupérèrent un peu plus loin, en se tenant les côtes.

Marthe adorait sa tante, qui le lui rendait bien. Elle déplorait de ne la voir qu'une ou deux fois par an. Clarisse venait en effet parfois au mois de juin, ce qui n'avait pas été le cas cet été. À la naissance de Marthe, tout le monde dans le village avait dit qu'elle était le «portrait craché» de Clarisse. Beaucoup le pensaient encore, ce qui n'était pas sans ravir cette dernière, qui trouvait que sa nièce était de plus en plus belle.

Les deux jeunes femmes plaisantèrent tout au long du chemin. Clarisse attendit d'être dans la cour de la gare pour aborder le sujet de sa vie parisienne.

– On a parlé de toi, ce matin, avec ta mère.

Marthe parut surprise.

– Ah bon ! dit-elle simplement avec un sourire gracieux.

– Tu es devenue une très jolie jeune fille, Marthe. Tu es allée à l'école. Tu es instruite. Tu aurais pu continuer tes études à Aubusson. J'avais proposé à ta mère de payer ta pension, mais elle avait décidé que tu serais modiste et n'a pas voulu en démordre. Je sais que tu lis beaucoup de livres. Et que tu en lirais davantage, si tu ne travaillais pas à la mine.

– Vous m'en achetez pas mal, ma tante, et la mère d'Angèle m'en prête souvent. Je vais les choisir dans sa bibliothèque. Je suis incollable sur Victor Hugo, Flaubert et Stendhal !

Clarisse hocha la tête, avant de poursuivre d'un air grave :

– Ta place n'est pas à la mine. Montre-moi tes mains !

Marthe hésita. Sa tante les lui prit d'autorité, mais avec infiniment de délicatesse.

– Elles sont tout abîmées. Tes doigts sont crevassés ; tes ongles sont cassés. On dirait des mains d'homme. Les femmes ne sont pas faites pour trier du charbon.

– On n'a rien d'autre à me proposer ! soupira Marthe, amère. Et puis je ne suis pas la seule à faire la modiste. On est des dizaines, dans le bassin d'Ahun.

Clarisse lui fit observer que sa dernière remarque n'était pas un argument valable et ajouta qu'elle avait précisément autre chose à lui proposer.

Marthe ouvrit de grands yeux.

– Quoi donc ?

– Si tu veux, je t'emmène avec moi à Paris. J'en ai parlé à mon patron. Il est prêt à te prendre comme serveuse dans son établissement.

– Il tient un café ?

– Pas vraiment. En fait, il a deux affaires : un cabaret et une salle de concert.

Marthe regarda sa tante avec étonnement.

– Je croyais que vous travailliez comme comptable dans une entreprise de maçonnerie !

– J'ai changé d'employeur. Je fais toujours de la comptabilité, mais au sein du Moulin Rouge. C'est un très grand cabaret, au pied de la butte Montmartre. On m'emploie aussi de temps à autre à l'Olympia. C'est la plus vaste salle de concert de la capitale.

Marthe semblait sceptique.

– Je ne suis pas faite pour la ville. Et puis ici, j'ai des amis. Là-bas, je ne connais personne.

– Tu feras vite des connaissances. Au départ, je t'hébergerai. À ta majorité, c'est-à-dire dans trois mois, tu prendras un appartement, si tu le souhaites. Qu'en penses-tu ?

Marthe avait l'air embarrassée. Elle aimait trop sa tante pour lui faire de la peine. Cependant un tel changement ne pouvait se décider sur un coup de tête. Elle avait besoin de réfléchir.

Clarisse avait lu dans les pensées de sa nièce.

– Je vais te laisser le temps de peser le pour et le contre. Je ne pars que mercredi. Si ce délai te paraît trop court, donne-moi la réponse dans une semaine ou deux. Si elle est positive, je reviendrai te chercher. Et dans ce cas, le plus tôt sera le mieux.

Clarisse sollicita le chef de gare qui lui nota les horaires des trains sur une feuille. Lorsque les jeunes femmes remontèrent à Chanteloube, la neige avait cessé de tomber, le ciel, lui, était toujours d'un gris plombé.

Sur le chemin du retour, Clarisse parla des gens qu'elle avait l'habitude de côtoyer sur ses lieux de travail ; des peintres, surtout, et notamment de l'un des plus assidus.

– Au cabaret, tout le monde l'appelle Monsieur Henri. C'est le fils d'un châtelain, un monsieur de la haute. Mais il est très gentil. Il a l'accent du Midi et il est atteint de blèsement. À treize ans, il a cessé de grandir. Il est bien handicapé, le pauvre ! Quand il est assis, ses pieds ne touchent pas terre. Il se promène toujours avec son melon, ses binocles et sa canne ; une canne minuscule. Sa spécialité, ce sont les portraits.

Clarisse parla aussi du french cancan – cette danse extrêmement particulière, qui était la marque du Moulin Rouge – et de Jane Avril, l'une des meneuses de revue.

En arrivant au village, Clarisse demanda à sa nièce si elle avait un petit ami. Marthe tardant à répondre, elle ajouta que, jolie comme elle était, le contraire l'eût étonnée. Après bien des réticences, l'intéressée finit par avouer qu'elle en avait un.

– Comment s'appelle-t-il ?

– Gaétan.

– Quel âge a-t-il ?

– Dix-neuf ans.

– Est-ce que tu l'aimes ?

Marthe ne put s'empêcher de sourire.

– Je ne sais pas… À vrai dire, je ne me suis pas posé la question !

Clarisse avait l'air soucieuse, tout à coup. Sa nièce craignait de l'avoir contrariée.

– Ça ne va pas, ma tante ?

– Si, si ! Mais je ne me souvenais pas que cette côte était aussi raide. Je suis vannée !

– Je vais vous faire un bon petit café au lait ; cela vous requinquera.

Lorsqu'elles arrivèrent à la ferme, Alphonsine et Prudence étaient en train de plumer deux poulets. Elles les trempaient en alternance dans une lessiveuse remplie d'eau bouillante, opération qui permettait d'éviter d'arracher la peau des volatiles. Firmin était parti panser les vaches dans l'étable. Quant au grand-père Adrien, il avait entrepris de nettoyer et d'huiler le mécanisme de l'horloge.

Après s'être chauffé les mains devant l'âtre, Clarisse et Marthe s'attablèrent l'une en face de l'autre et disputèrent une partie de jacquet, en buvant leur café. Alphonsine leur jetait des regards à la dérobée. Pendant leur absence, elle n'avait cessé de penser à sa fille.

Elle aurait bien aimé savoir de quoi elles avaient parlé exactement et comptait prendre sa sœur à part, sitôt ces maudites volailles plumées.

Lorsque Firmin revint de l'étable, la partie de jacquet venait juste de se terminer. Sa belle-sœur et sa fille lui proposèrent une manille, mais il fallut patienter, le temps que Prudence et Alphonsine eussent éviscéré leurs poulets, car elles avaient besoin de la table.

Le repas achevé, on s'installa devant la cheminée, en attendant la messe de minuit. On parla longuement de ce crime, qui avait défrayé la chronique au mois d'août : un homme avait été assassiné dans la commune de Saint-Pardoux-les-Cards. Charles Michaud, agriculteur à Mornat, avait été arrêté quelques jours plus tard. L'émotion était grande, car Michaud avait été mineur à Lavaveix jusqu'au mois de septembre de l'année précédente. Le jugement était imminent.

Il fut aussi question de l'avenir de la mine. Adrien indiqua qu'après la baisse vertigineuse de la fin des années soixante-dix, la production de charbon avait regrimpé au-dessus de deux cent mille tonnes, mais que cette année, on allait repasser en dessous. Et les prévisions à deux ou trois ans étaient à la baisse. On était loin du record de 1874, où l'on avait allègrement dépassé les trois cent cinquante mille tonnes.

Au Puits Sainte-Barbe, les couches 5 et 7 étaient épuisées. La 12 était en progression, pour combien de temps encore ? La production du Puits Saint-Antoine était en chute libre. En un an, elle avait diminué de quarante-deux mille à quinze mille tonnes ! À terme, le puits était condamné. Le Puits Saint-Édouard allait aussi fermer.

Le Puits Robert, lui, arrivait bon an mal an à maintenir une production tournant autour de vingt-cinq mille tonnes. Seuls deux sites montaient en puissance : le Puits Saint-Marcellin, surtout, qui était passé en quatre ans de cinq mille à plus de soixante mille tonnes, et le Puits de Bourlat – dans une moindre mesure –, pour lequel on prévoyait un doublement du tonnage par rapport à l'année précédente.

Adrien précisa qu'à certaines périodes de l'année, on ne travaillait plus que cinq jours, au lieu de six. On lui avait dit que sur le bassin d'Ahun, les salaires étaient inférieurs de dix pour cent à la moyenne nationale. La production de coke était en baisse, celle des briquettes d'agglomérés également. La direction de la mine avait néanmoins mis en route une fabrication de « petits boulets ovoïdes ». Elle espérait que l'accueil serait favorable auprès des particuliers.

D'après Adrien, cette situation pour le moins morose s'expliquait par la concurrence des charbons anglais, dont le prix avait sérieusement baissé. La Compagnie des Houillères se plaignait en outre des bas tarifs pratiqués pour le transport par les chemins de fer de l'État, qui favorisaient leur introduction en France jusqu'à la rencontre du réseau de la Compagnie d'Orléans. S'ajoutait à cela le fait que l'on observait un ralentissement de l'activité dans presque tous les secteurs industriels, ralentissement d'autant plus dommageable que la consommation nationale de charbon avait continué de faiblir, alors que dans le même temps, la production des bassins houillers du Nord et du Pas-de-Calais n'avait cessé d'augmenter.

Adrien était pessimiste quant à l'avenir des Houillères d'Ahun.

– Je ne serai plus là pour voir ça, avança-t-il, mais dans quinze ou vingt ans, je ne donne pas cher de la mine !

Lorsque le grand-père avait parlé de la fin prochaine du Puits Saint-Antoine, Marthe avait croisé le regard de sa mère. À la lueur du feu de cheminée, Clarisse avait surpris cette œillade. Ainsi, les jours des modistes du Puits Saint-Antoine étaient comptés ! Clarisse ne doutait pas que cet élément entrerait en ligne de compte, le moment venu, dans la décision d'Alphonsine de laisser ou non sa fille « monter » à Paris.

Prudence était préposée à l'entretien du feu. Elle se levait de temps à autre pour déplacer si besoin les tisons et n'ajoutait des bûches qu'avec parcimonie, Firmin ne possédant en tout et pour tout qu'un demi-hectare de taillis. Aidé de son frère, il tombait chaque année une dizaine d'arbres, de moyenne grosseur ; des chênes, principalement. Tout était soigneusement récupéré. Les plus petites branches servaient à confectionner des fagots, qu'il nouait avec des tiges de genêts verts. Les haies fournissaient aussi leur écot. Les bouquets de coudriers, surtout, dont les pousses avaient tendance à retomber en bordure des champs, sous l'action de leur propre poids. Firmin les coupait à la serpe, en pestant régulièrement contre ce bois, qui avait une fâcheuse tendance à « s'éclencher ».

Avant de retourner s'asseoir, Prudence faisait un

détour par la fenêtre, surveillant la neige qui s'était remise à tomber. Au passage, elle n'oubliait pas de soulever le rond de la cuisinière, pour vérifier s'il restait du charbon, car le bouillon de pot-au-feu patientait dans la grosse marmite en fonte. À la sortie de la messe de minuit, il réchaufferait les estomacs.

Le grand-père avait remis le mécanisme de l'horloge en place. Lorsque la comtoise sonna le quart de vingt-trois heures, Alphonsine se leva en disant qu'il était temps de se préparer. Clarisse, Marthe et Prudence l'imitèrent. Adrien et Firmin, eux, ne bougèrent pas. La messe, fût-elle de minuit, était une affaire de femmes. Chaque année, ils restaient « garder la maison des voleurs ». C'était un prétexte comme un autre, même si l'on n'en avait jamais vu l'ombre d'un seul au village.

À la demie, la cloche de l'église se mit à carillonner, appelant les ouailles. À Chanteloube, tous mesuraient leur chance de disposer d'une église à leur porte.

Chaque foyer du village bénéficiait, depuis des temps immémoriaux, d'emplacements réservés – chaises ou bancs –, pour quatre personnes. On était ainsi assuré d'avoir une place assise, sauf à y arriver à cinq ou plus. C'était du reste une raison supplémentaire pour nos deux hommes de rester au chaud, à disputer une partie de dominos.

Alphonsine alluma sa lampe et sortit la première. Les trois autres femmes suivirent.

Des lumières dansaient au loin, sur la neige, dessinant dans la nuit un long serpent d'étoiles.

6

Le lendemain matin, comme à son habitude, Alphonsine se leva la première. La veille au soir, on avait déposé une cosse d'aubépine dans la cheminée, en guise de bûche de Noël. Firmin l'avait arrachée l'année précédente et mise précieusement de côté sous le hangar.

Après la messe de minuit, on avait bu un grand bol de bouillon et mangé une tranche de jambon et du fromage. Pour ce réveillon improvisé, Adrien avait déniché une bouteille de vin bouché. « À faire pâmer un moine », selon sa propre expression. Clarisse et Marthe lui avaient fait honneur. Dans leur lit, elles avaient ri comme des folles, une bonne partie de la nuit. En rassemblant les braises qui avaient couvé sous la cendre, Alphonsine y songeait encore, se demandant ce qu'elles avaient bien pu se raconter. Elle rajouta une branche de noisetier. Une flamme monta bientôt en crépitant.

Chez les Bussière, on n'allumait la cheminée que l'hiver. Les autres mois, on l'obturait avec un système de tôles amovibles – dispositif imaginé par le grand-père Adrien –, afin de couper les courants d'air. En revanche, on mettait la cuisinière en route tous les jours. Décalée par rapport à l'axe de la cheminée, elle fonctionnait indifféremment au bois ou au charbon. Le tuyau traversait le fond de l'âtre et la fumée s'évacuait par un autre conduit. Aussi les deux systèmes ne se contrariaient-ils pas.

Clarisse était réveillée depuis longtemps, mais elle hésitait à se lever, car elle était au chaud sous son édredon. Elle ressentait encore la fatigue de son voyage et souffrait d'un léger mal de tête, qu'elle attribua au vin bouché. L'horloge venait de sonner huit heures. Elle décida de somnoler encore un peu. Marthe, elle, était descendue à sept heures.

C'est l'odeur du café qui poussa Clarisse hors du lit. En arrivant dans la pièce commune, elle salua tout le monde et se planta devant la cheminée.

– Vous en avez fait un commerce, cette nuit ! lui lança Alphonsine.

– Je n'avais pas vu ma nièce depuis un an, alors, qu'est-ce que tu veux, on avait plein de choses à se dire. Pas vrai, Marthe ?

L'intéressée, qui était en train de se beurrer une énorme tartine, baissa la tête. Sa tante s'assit à côté d'elle et lui déposa un baiser affectueux sur le front. Prudence servit un grand bol de café à sa fille.

– Avec un nuage de lait, comme d'habitude ?

– Je vois que tu n'as pas oublié ! s'attendrit Clarisse.

Adrien revint avec une brassée de bois. Firmin, lui, était à l'étable.

Sur un coin de la table, les deux poulets, bardés de

tranches de lard, patientaient dans un plat. On les enfournerait vers dix heures.

Une fois son petit déjeuner terminé, Clarisse balaya la pièce du regard.

– Si tout le monde est là, c'est peut-être le moment pour moi de vous offrir mon cadeau surprise, avant qu'Alice n'arrive avec son mari.

– Firmin est encore avec ses bêtes, fit observer Prudence.

– Firmin est une pièce rapportée ! rétorqua Alphonsine avec humour. On a l'habitude de se passer de lui.

– C'est vrai que mon père est la cinquième roue de la charrette, ici ! lâcha Marthe avec un petit sourire triste.

– De toute façon, il le verra tout à l'heure, c'est pareil ! reprit Alphonsine.

Clarisse s'éclipsa par l'escalier. L'avant-veille, elle avait rangé ses bagages dans la chambre de ses parents. Elle redescendit bientôt avec un paquet rectangulaire emballé dans une épaisse feuille de papier, fermée par un croisillon de ficelle.

– Attention, c'est fragile ! prévint-elle en le posant sur la table.

Puis s'adressant à Marthe :

– À toi l'honneur !

Adrien et Prudence s'étaient approchés en silence. Marthe dénoua la ficelle avec fébrilité. Chacun retenait son souffle. Il sembla à Alphonsine que le papier que l'on froissait faisait un bruit effrayant. Dans le silence revenu, on entendit un « Oh ! » d'admiration.

C'était une huile sur carton.

Marthe croyait avoir reconnu un portrait de sa tante. Elle voulait néanmoins en avoir le cœur net.

– Qui est-ce ? demanda-t-elle en mettant le tableau à la verticale.

– Ta tante adorée ! confirma Clarisse. C'est Monsieur Henri qui a réalisé ce portrait. Il m'a fait poser dans un jardin public du quartier de Montmartre. En fait, il a peint deux portraits de moi. L'autre est dans mon appartement, à Paris.

– Monsieur Henri ? reprit Alphonsine.

– C'est un grand peintre. J'en ai parlé à Marthe. Il s'appelle Henri de Toulouse-Lautrec. Mais tout le monde lui donne du Monsieur Henri, car il est issu de la haute bourgeoisie. Les portraits de femmes, c'est sa spécialité. Et ce qu'il adore par-dessus tout, c'est peindre les chevelures rousses, comme la mienne.

Marthe était fascinée. Sa tante s'en était rendu compte.

– On commence à s'arracher ses tableaux. Un jour, celui-ci aura peut-être une grande valeur. Ses affiches ont également énormément de succès ; car il fait aussi des affiches, que l'on placarde dans toutes les rues de Paris.

Marthe lui fit remarquer qu'elle était très sérieuse, sur cette toile.

– Les femmes de Toulouse-Lautrec ne sourient pas ! lui apprit Clarisse.

– Où va-t-on mettre ce tableau ? interrogea Alphonsine.

– Il ne faut pas le laisser ici. Avec la fumée, il s'encrasserait. On va l'accrocher en haut, dans le couloir.

Marthe promena délicatement son doigt sur le tableau, en épousant le contour du chignon de la jeune femme, que Monsieur Henri avait représentée de profil. La poitrine était mise en valeur et le cou était particulièrement gracile. La couleur des lèvres était assortie à celle de la chevelure. Le buste contrastait avec un fond de verdure à peine esquissé, comme si l'arrière-plan était sans importance et que seul comptait le visage du modèle.

Amusée, Clarisse observait sa nièce.

– Si tu venais avec moi à Paris, Monsieur Henri ferait à coup sûr plusieurs portraits de toi. Tu pourrais même devenir un de ses modèles et poser pour lui. Il paraît que c'est pas mal payé.

– Marthe, poser nue ? Tu n'y penses pas ! s'offusqua Alphonsine.

– Est-ce que j'ai posé nue, moi ? railla sa sœur. Il n'est pas question de ça. Nous aurons tout le temps d'en reparler. Même si Marthe acceptait de me suivre dans la capitale, elle ne pourrait pas venir avant une quinzaine de jours, le temps que je m'organise. Vous n'aurez qu'à en discuter toutes les deux. Je crois que ce serait une chance pour Marthe. Ici, quel avenir y a-t-il pour une jeune fille instruite comme elle ? Le père nous a annoncé hier que le Puits Saint-Antoine était en sursis. Et puis je vous l'ai dit, trier du charbon n'est pas un travail de femme.

Sur ces entrefaites, Firmin fit son entrée. Lui aussi s'extasia devant le portrait de sa belle-sœur. Adrien alla chercher des clous et un marteau dans l'atelier, puis il embaucha son gendre, pour fixer le tableau dans le couloir. Prudence les accompagna, afin de donner ses directives. Marthe suivit le mouvement, par simple curiosité. Alphonsine planta son regard dans la flamme, en train de dévorer la bûche de hêtre qu'elle venait de mettre dans la cheminée. Perdue dans ses pensées, elle essayait d'imaginer l'atmosphère qui devait régner dans la grande salle du Moulin Rouge. Au fond, sa sœur avait de la chance de travailler là-bas. Elle voyait du beau monde, tandis que par ici, c'était traîne-misère et compagnie.

Alphonsine se demandait s'il ne valait pas mieux, effectivement, que Marthe s'en aille de ce trou sans avenir. Le grand-père Adrien avait annoncé la couleur. Le bassin d'Ahun était condamné à terme. La fermeture du Puits Saint-Antoine semblait inéluctable. Pour lui, elle était programmée dans trois ans tout au plus. Qu'allaient devenir les modistes qui y travaillaient ? Certaines avaient déjà été transférées à l'unité de fabrication des boulets. En août, on leur avait imposé des semaines de quatre jours au lieu de six. Tout bien pesé, la proposition de Clarisse méritait réflexion.

Alphonsine s'était toujours méfiée du saut vers l'inconnu. Il en allait dans le travail comme en amour : on savait ce que l'on quittait, mais on ignorait ce que vous réservait votre nouvelle vie. La désillusion était parfois brutale. Ils possédaient cependant si peu qu'il était difficile de tomber plus bas. À la maison pourtant, on ne se plaignait pas. Chez les Bussière, on avait toujours mangé à sa faim. Chaque année, fin janvier, on tuait le cochon. Anatole venait leur prêter main-forte avec sa femme. Le frère de Firmin tuait sa bête un mois plus tard. À cette occasion, on lui rendait la politesse. En procédant de la sorte, on évitait dans les deux familles de laisser perdre du boudin ou des abats. On salait le reste. Clarisse déplorait de ne jamais profiter de l'aubaine. Alphonsine essaierait de convaincre Firmin de sacrifier désormais le cochon pour Noël.

Clarisse observait sa sœur. Depuis l'année précédente, elle avait pris des cheveux blancs. Son dos s'était voûté. À ce train-là, dans dix ans, ce serait une petite vieille.

Alphonsine avait posé sa main sur le haut d'un chenet. Clarisse devinait que mille pensées bouillonnaient en elle. Sa sœur ne prenait jamais de décision à la hâte. Elle analysait la situation, pesait le pour et le contre. Sans doute n'avait-elle pas tort, en l'occurrence, dans cette affaire. Il en allait après tout de l'avenir et de la vie de sa fille. Alice, que l'on attendait pour midi, était casée. Pour l'instant, elle n'avait pas d'enfants. Son vieux birbe ne pouvait peut-être pas en avoir. Mais si lui n'était pas capable d'en faire, d'autres pouvaient se mettre sur les rangs. Il n'y avait rien de plus facile. De plus, Alice était loin d'être laide. Sans avoir la beauté de Marthe, elle n'en avait pas moins un agréable minois. Il eût fallu être mufle pour ne pas céder à ses invites. Quoi qu'il en fût, la fille aînée d'Alphonsine était à l'abri du besoin. Son mari était à la tête de deux grosses propriétés, dont une lui venait d'une vieille tante, qui avait eu la bonne idée de le coucher sur son testament. Ne touchant pas la terre, Léon avait des ouvriers agricoles pour faire le travail. Il avait eu l'intelligence de les intéresser aux bénéfices, en leur faisant signer un engagement devant notaire, engagement pouvant faire penser, par certains aspects, à un contrat de métayage.

En plus de la propriété de soixante hectares, Léon avait hérité d'un portefeuille d'actions et récupéré un épais matelas de billets, dissimulés dans une armoire. Il vivait dans une magnifique maison bourgeoise.

Clarisse avait toujours eu une préférence pour Marthe, dont elle aimait la franchise. Son esprit ne s'encombrait pas d'arrière-pensées. Alice était au contraire beaucoup plus calculatrice. Elle voyait le côté pratique des choses et saisissait très vite l'intérêt qu'elle pouvait retirer de telle ou telle situation. Concernant son mariage, elle avait ainsi tout de suite compris que les avantages dépassaient de beaucoup les inconvénients. Si la logique était respectée, elle serait un jour à la tête d'une petite fortune, qu'elle aurait eu bien peu de mal à gagner.

Alice était mariée depuis deux ans. Au bout de six mois, son attitude avait changé. Elle avait pris des airs de grande dame. C'était surtout cela qui avait déplu à Clarisse. Pour ne pas faire de jaloux, sa tante lui avait néanmoins acheté un manteau.

L'escalier grinça. Firmin précéda Adrien dans la pièce.

– Prudence et Marthe sont restées pour admirer le tableau, dit-il, devançant la question d'Alphonsine.

– Je monte voir ça ! lança-t-elle.

Vers neuf heures, la neige se remit à tomber. Prudence et ses filles se regardèrent. Les trois femmes venaient d'avoir la même pensée. La couche atteignait déjà dix bons centimètres. Si cela continuait, Alice et son mari allaient avoir des difficultés pour descendre de Villemeaux. Ils auraient surtout du mal à remonter avec la voiture à cheval. Pour peu qu'il en tombât dix ou quinze centimètres de plus, ils risquaient d'être bloqués plusieurs jours à Chanteloube. Quant à venir de chez eux à pied, c'était difficilement envisageable, car six kilomètres séparaient les deux villages. Par un temps pareil, il eût fallu compter trois heures, avec le risque de se faire surprendre dans une tempête de neige. Quelques années plus tôt, une mère et sa fille s'étaient égarées du côté de Fransèches, en voulant sans doute couper à travers champs. On les avait retrouvées enlacées au pied d'une haie, mortes de froid et d'épuisement.

Villemeaux était également trop loin de la gare de Busseau pour qu'Alice eût pu prendre le train.

– On va quand même préparer le dessert ! trancha Alphonsine en soulevant le couvercle de la maie. Il ne faut pas se laisser abattre !

Tout le monde mit la main à la pâte.

Marthe s'occupa de la crème anglaise, sa mère, de la brioche, et sa tante, du clafoutis aux pommes. Prudence était chargée de surveiller la cuisson des poulets, que l'on venait d'enfourner dans la cuisinière. La table débordait de tasses, de verres, d'assiettes, de gamelles. Comprenant qu'ils étaient de trop, Adrien et Firmin quittèrent sagement la pièce. Ils allèrent se réfugier dans l'atelier, car il y avait toujours quelque outil à réparer ou quelque manche cassé à changer. À treize heures, les flocons continuaient de tomber avec une régularité déconcertante. Alice n'étant toujours pas arrivée, on se mit à table. Prudence regrettait d'avoir occis deux poulets, quand un seul aurait suffi.

– On mangera l'autre froid ; on ne pouvait pas deviner ! dit Alphonsine.

En entrée, Marthe avait préparé des betteraves rouges en salade, avec des œufs durs. Firmin voulut couper des tranches de jambon, mais Clarisse s'interposa, répétant que c'était du gaspillage, et conseilla à son beau-frère de le garder pour le repas du soir.

En guise d'accompagnement, la grand-mère avait fait des frites, dans sa grande poêle en fer. Clarisse la félicita et lui assura qu'elle n'en avait jamais mangé de meilleures.

– Je vois que tu n'as pas perdu la main. À Paris, ils ne savent pas les faire !

– Le secret, c'est la graisse d'oie, lui chuchota Prudence. J'en avais mis un fond de pot de côté.

On fit honneur à la crème anglaise, que l'on dégusta avec des tranches de brioche, dorées à souhait, et l'on se ménagea une petite place pour le clafoutis de Clarisse, que tous trouvèrent succulent.

À la fin du repas, Adrien tira son fauteuil en rotin près de la cheminée pour faire sa sieste dominicale. Firmin décrocha son fusil, en disant qu'il allait jusqu'au verger, voir s'il n'y avait pas quelque grive « attablée » sous les pommières.

Marthe voulut aider à débarrasser la table, mais sa mère s'y opposa.

– Laisse ça tranquille ! On a tout l'après-midi pour faire la vaisselle. Va donc plutôt voir dehors si j'y suis !

Je connais quelqu'un qui doit t'attendre. Tu vas le faire geler, le pauvre !

Marthe quitta son tablier en rougissant et revêtit pèlerine, mitaines et sabots. Puis elle releva sa capuche et sortit. Les deux sœurs se regardèrent.

– C'est beau, d'être jeune ! soupira Clarisse en rassemblant les couverts.

7

Il neigea encore le lendemain de Noël. La couche dépassait maintenant vingt centimètres. Le travail ne put reprendre à la mine. Les responsables des pompes d'exhaure furent les seuls à rejoindre leurs postes.

Comme on ne descendait plus à Lavaveix, on ne pouvait pas s'arrêter chez le boulanger. On allait devoir rallumer le four, afin de cuire le pain, opération à laquelle on ne se livrait qu'une quinzaine de jours par an.

Clarisse renoua avec des émotions familières, des odeurs enfouies, des gestes oubliés. Elle voulut absolument prendre part aux réjouissances. Pétrir la pâte était une fête. Prudence et Alphonsine lui rappelèrent la marche à suivre. Clarisse mit un point d'honneur à terminer le travail et tint à déposer elle-même la pâte dans les corbeilles, que l'on installa dans la huche, après les avoir recouvertes d'un linge blanc. On laissa monter la pâte pendant toute la nuit.

Le lendemain matin, Prudence alluma le four avec des genêts. Quelques instants plus tard, Clarisse évacua les restants de braises avec le racloir, non sans s'être noué une serviette autour du visage pour se protéger de la chaleur. Puis elle jeta une poignée de farine à l'intérieur, afin de s'assurer qu'il était à bonne température. Elle enfourna alors les trois pains et referma la petite porte en fer. Par crainte que sa fournée ne brûle, Clarisse resta dans le fournil pour surveiller la cuisson. Marthe vint lui tenir compagnie. Cette dernière la pressa de questions sur son travail à Paris. Sa tante lui rapporta des anecdotes, toutes plus savoureuses les unes que les autres. Elle lui parla de la vie trépidante de la capitale, de ces boulevards encombrés d'omnibus à impériale et d'attelages de toutes sortes – boulevards que l'on traversait parfois au péril de sa vie –, des quais de Seine, où elle aimait flâner, de l'île Saint-Louis, de Notre-Dame, du Sacré-Cœur, de l'odeur des Halles.

Marthe était fascinée par la tour Eiffel. Clarisse lui avait apporté une tour miniature, achetée lors de l'Exposition universelle de 1889, et un dépliant montrant, photos à l'appui, les différentes étapes de sa construction, qui avait duré deux ans. Sa tante lui avait dit qu'elle allait à l'époque chaque dimanche au Champ-de-Mars, voir l'avancement des travaux. Paradoxalement, la phase qui l'avait le plus marquée avait été la fouille des piles 1 et 4, en bord de Seine. Il avait en effet fallu faire des forages en utilisant des caissons à air comprimé, pour contrebalancer la pression de l'eau qui affleurait en surface. Eiffel avait usé du même procédé pour le pont de Bordeaux. On avait dû faire preuve d'une vigilance de tous les instants, car la moindre défaillance des compresseurs aurait pu avoir des conséquences dramatiques. Clarisse avait ensuite observé le montage des massifs de maçonnerie devant servir de points d'ancrage aux groupes d'arêtes métalliques constituant les piliers de la tour.

Clarisse décrivit l'impressionnant échafaudage qu'il avait fallu édifier jusqu'à une cinquantaine de mètres au-dessus du sol, pour asseoir le premier étage. La jonction des quatre piliers par des poutres avait été réalisée grâce à des vérins installés dans des sabots métalliques fixés sur les massifs de maçonnerie. Clarisse avait assisté à cette opération délicate, qui avait eu lieu en présence d'une foule de badauds, prévenus par le bouche à oreille. Elle raconta à Marthe que les Parisiens avaient fini par s'habituer à cette nouvelle silhouette et que certains n'y prêtaient même plus attention.

Clarisse relata également sa première visite à la tour, le 1er juin 1889, à l'occasion de l'Exposition universelle. Elle s'était arrêtée au premier étage et avait déjeuné avec des amies au restaurant russe. Il y avait ce soir-là de grandes illuminations sur la tour. Après le repas, Clarisse ne s'était pas éternisée. Elle avoua à Marthe qu'elle avait craint que la terre ne se remît à trembler, comme elle l'avait fait l'avant-veille.

Clarisse mentionna aussi les Grands Magasins. Elle promit d'y emmener sa nièce, lorsqu'elle serait à Paris.

– Car tu y viendras, n'est-ce pas ?

– Je dois réfléchir. Le monde que vous me décrivez a l'air fascinant, à bien des égards. Mais il me fait peur. Je risque d'être complètement perdue, là-bas. Tandis qu'ici, j'ai mes repères.

– Tu ne seras pas seule, je te l'ai dit. Je prendrai soin de toi.

– Il faut que j'en discute avec ma mère.

Une délicieuse odeur flottait autour d'elles. Clarisse ouvrit la porte du four et dirigea sa lampe à l'intérieur. Le pain avait commencé à prendre une belle couleur dorée.

– Il n'est pas tout à fait cuit ! conclut-elle en refermant le loquet.

Les deux femmes changèrent de conversation. Elles parlèrent d'Alice. Sa sœur ne l'enviait pas.

– Épouser un vieux, même plein aux as, très peu pour moi ! Je préfère rester célibataire.

Marthe regarda sa tante dans les yeux.

– Et vous, toujours pas mariée ?

Clarisse laissa échapper un petit soupir amusé.

– Non. Et je me trouve très bien comme ça. Je suis trop indépendante pour rester attachée à un piquet. J'ai besoin de bouger, de respirer. Quant à Alice, elle aurait pu tomber plus mal. Quand je l'ai vue l'année dernière, elle semblait heureuse.

– Alice, heureuse ? Non, je ne crois pas. Elle prend goût cependant à son nouveau statut. Elle a changé depuis son mariage. On a bien raison de dire que l'argent gâche tout. Elle a vite compris qu'elle n'évoluait plus dans le même monde. Elle s'est embourgeoisée. Ma sœur joue à la grande dame. Mais cela ne m'impressionne pas. Tant mieux pour elle, si elle a décroché le gros lot. Moi, je ne l'envie pas.

– Toi aussi, tu auras peut-être beaucoup d'argent, un jour, avança Clarisse, l'air songeur.

– Occupez-vous donc de votre pain, ma tante, au lieu de dire des bêtises ! répliqua Marthe en haussant les épaules.

Clarisse repartit le mercredi, par le train du matin. Firmin la conduisit à la gare. Elle emportait dans ses bagages une douzaine d'œufs et un jambon, que l'on faisait sécher chaque année spécialement pour elle. Accroché à une poutre de la grande salle, il s'était affiné pendant onze mois, au-dessus de la cheminée.

Clarisse avait fait promettre à Marthe de lui donner une réponse sous huitaine.

Le froid ayant persisté toute la semaine, la mine resta fermée. Et puis le temps se radoucit brusquement. Il plut la veille du 1er janvier et le travail put reprendre le lendemain du jour de l'An.

Marthe rejoignit le quai d'embarquement du Puits Saint-Antoine avec sa mère. Toutes les modistes étaient là. Tout en maniant la massette, on se racontait les dernières nouvelles. Gaétan était là, lui aussi, fidèle au poste, avec les autres garçons. À chaque déversement, la neige restée au fond des wagons disparaissait un peu plus sous les tas de charbon.

En milieu de matinée, Marthe fit un chargement de schistes dans sa brouette. Elle emprunta la passerelle, en surplomb du quai, pour aller la vider sur le côté du miniterril. L'endroit était masqué par un volumineux tas de gravats.

Émile Mativon, qui avait l'œil à tout, avait anticipé l'événement. Feignant de se rendre au bureau central de la mine, il avait contourné le terril et s'était embusqué derrière un wagonnet. Dès que Marthe arriva avec sa brouette, il sortit de sa cachette et se précipita sur elle. Avant qu'elle n'ait eu le temps de réagir, il la renversa à terre en plaquant une main sur sa bouche et souleva sa robe de l'autre. Marthe se débattait, mais le porion gagnait du terrain. Il était en passe de parvenir à ses fins, quand deux bras rageurs le saisirent par les épaules et le projetèrent sur le tas de gravats. C'étaient ceux de Gaétan, qui veillait au grain. Il avait compris les intentions d'Émile et l'avait suivi de loin.

Il se jeta sur lui, le cramponna par le col et serra de toutes ses forces. Le contremaître tirait la langue. Un léger râle sortit de sa gorge. Sa trogne d'ivrogne commençait de virer au violet. Une pulsion de mort se lisait dans les yeux de Gaétan. Il allait étouffer le porion pour de bon, lorsque Marthe l'agrippa par le bras.

– Arrête, je t'en supplie, arrête ! se lamentait-elle. Si tu le tues, tu iras en prison. Ne fais pas ça ! J'ai besoin de toi ; je t'aime !

Marthe avait prononcé ces dernières paroles avec l'énergie du désespoir. Elle savait qu'elle n'était pas de taille à maîtriser la situation. Pourtant, le miracle se produisit : Gaétan lâcha sa proie.

Le jeune homme se releva, fouilla dans sa poche et en tira un couteau à cran d'arrêt. La lame claqua dans l'air froid. Le contremaître était toujours à terre. Il se massait la pomme d'Adam. Gaétan pointa son arme dans sa direction.

– Ne recommence jamais ou je te crève la panse,

espèce de salaud ! lui lança-t-il. Et si tu veux faire de vieux os, je te conseille de tenir ta langue. Sinon...

Émile Mativon se redressa. Une lueur de haine miroita dans ses yeux. Gaétan crut un instant qu'il allait lui lancer une pique, par bravade, mais le porion battit en retraite, sans dire un mot.

Marthe se précipita dans les bras de son ami. Elle pleurait à chaudes larmes. Gaétan la consola en l'inondant de mots d'amour. Puis il essaya de la raisonner.

– Tu dois retourner au tri, sinon ta mère va se demander ce qui se passe. Sèche tes larmes et reprends ta brouette ! Moi, je file par l'autre côté, pour ne pas arriver en même temps que toi. N'aie pas peur, ce vieux satyre n'y reviendra pas. Tu peux me croire !

Lorsque Marthe revint à l'intérieur du grand hangar, Alphonsine l'interrogea du regard. D'un geste discret, sa fille lui fit croire qu'elle avait mal au ventre.

La nuit suivante, vers deux heures du matin, le tocsin réveilla les habitants de Lavaveix. Une maison était en flammes, au fond d'une impasse donnant sur la rue du Centre. C'était une vieille bâtisse appartenant à la Compagnie des Houillères d'Ahun. Elle avait abrité successivement plusieurs contremaîtres. Quand les pompiers débarquèrent sur les lieux avec leur pompe à bras, le bâtiment venait de s'écrouler. On retira un corps carbonisé des décombres fumants. C'était celui d'Émile Mativon, qui vivait seul dans cette maison, depuis que sa femme l'avait chassé de chez elle.

Dans la foule qui s'était agglutinée à l'entrée de

l'impasse, les conversations allaient bon train. Le premier moment de stupeur passé, les langues se déliaient. De nombreuses personnes avaient croisé Émile, la veille au soir. Plusieurs affirmèrent qu'il était déjà ivre à vingt heures. Il avait fait tous les bistrots situés entre l'Hôtel de l'Europe et son domicile. La patronne du Café du Centre l'avait jeté dehors, car il embêtait sa fille. Sa collègue du Café de l'Hôtel-de-Ville avait quant à elle refusé de le servir.

– Il prétendait qu'avec ce froid, le vin chaud ne pouvait pas faire de mal ! répétait-elle à qui voulait l'entendre.

– Cela devait arriver ! Il buvait trop, constata l'une de ses voisines. Il a dû s'endormir sur son lit avec sa cigarette.

Le lendemain matin, la nouvelle se répandit sur le carreau de la mine. Dès leur arrivée, celles et ceux qui n'habitaient pas sur place furent mis au courant du drame.

À Chanteloube, on avait entendu le tocsin. Les villageois s'étaient rassemblés sur la route, devant le cimetière. Tous avaient vu les flammes, personne n'aurait cependant pu imaginer qu'il y avait eu mort d'homme. Sans être courants, les incendies n'étaient pas rares dans les campagnes, avec les couvertures en chaume. L'année précédente, un jour de grand vent, un village de la commune de Sainte-Feyre avait entièrement brûlé ! Dans un autre, on n'avait pu sauver qu'une ferme, du côté de Vallière, trois ans plus tôt. Dans le bourg de Lavaveix, la plupart des habitations étaient couvertes en tuiles. La propagation du feu était plus difficile.

Certains villageois étaient restés dehors jusqu'à la fin de l'incendie, mais beaucoup étaient retournés se coucher, à cause du froid. Les Bussière avaient été de ceux-là.

Lorsque Marthe apprit le nom de la victime, elle fut prise d'étourdissement et faillit s'évanouir. Sa mère la retint par le bras. Avec une autre modiste, elle l'emmena s'asseoir sur le rebord de la passerelle.

– Tu ne te sens pas bien ? s'inquiéta Alphonsine, qui pensait que son malaise était dû à son mal de ventre.

– Je n'ai sans doute pas assez déjeuné ce matin, mentit Marthe en reprenant peu à peu ses esprits.

Sous l'immense auvent du quai de chargement du Puits Saint-Antoine, la stupeur causée par l'annonce de l'identité de la victime fit bientôt place à une certaine forme d'euphorie. Des sourires pouvaient se lire en filigrane sur les visages des modistes. Un instant retenue, la parole se libérait. Certaines osaient désormais formuler à mi-voix ce que toutes pensaient tout bas.

– Il ne courra plus après nos filles, ce voyou ! dit l'une d'elles.

– Il ne courra plus après nous non plus ! s'écria une autre, en baissant aussitôt la voix. S'il m'entendait !

La modiste jeta un coup d'œil circulaire en pivotant sur elle-même. Mais point de porion à l'horizon. La direction de la mine n'avait pas eu le temps de remplacer Émile. Une peur rétrospective coula dans son dos.

Quand Marthe eut tout à fait recouvré ses esprits, elle chercha Gaétan du regard. Il était en train de remplir son banaston. La massette à la main, elle enjamba un tas de gravats et marcha vers lui d'un pas décidé. Son ami eut un mouvement de recul.

– Je te jure que je n'y suis pour rien ! lui lança-t-il, devançant sa question.

Il avait détourné le regard.

– Tais-toi ! souffla-t-elle en se retournant. On pourrait nous entendre. La direction a peut-être des espions.

Elle s'agenouilla et entreprit de casser un gros bloc avec sa massette. Gaétan terminait le remplissage de sa corbeille.

– J'espère que personne ne t'a vu, hier, derrière le terril, chuchota-t-elle. Sinon tu es bon pour aller faire un tour chez les cognes. Il paraît que dès qu'ils tiennent un suspect, ils ne le lâchent plus.

– Non, rassure-toi, personne ne nous a vus, rectifia-t-il ; ni toi ni moi. Sinon, tu penses bien qu'on serait venu nous séparer, lui et moi. Et je suis sûr qu'il a gardé ça pour lui, par peur du ridicule.

– Dieu t'entende ! ajouta Marthe en se relevant.

Les autorités judiciaires diligentèrent une enquête, qui fut confiée à la gendarmerie. On ne trouva pas de bidon suspect, ni aucun indice particulier qui aurait pu faire penser que quelqu'un eût voulu attenter à la vie du chef porion. Les gendarmes établirent que le feu avait pris dans la chambre de la victime, très probablement dans son lit. Tout le monde à la mine savait qu'Émile Mativon était un fumeur invétéré et qu'il se roulait une dernière cigarette avant de s'endormir. Toutes les personnes amenées à témoigner avaient indiqué qu'Émile était « saoul comme un cochon », la veille au soir. Sa femme – dont il n'était pas divorcé – confirma qu'il fumait au lit et ajouta que sa disparition n'était pas une grosse perte.

Alphonsine pensait exactement la même chose. Des images remontaient du passé. Toujours les mêmes. Ce salopard d'Émile ne ferait plus de mal à personne. Il n'en avait que trop fait. Dieu l'avait puni. Elle n'allait pas pleurer. Les autres modistes non plus. En avait-il ruiné des vies, sacrifié d'innocentes victimes sur l'autel de la bestialité ! Alphonsine espérait qu'il avait souffert. Souffrait-on au moins, lorsqu'on était ivre mort et qu'un incendie vous emportait en quelques minutes, voire en quelques secondes ? Il avait probablement été asphyxié dans son sommeil et ne s'était rendu compte de rien.

Alphonsine eût aimé au contraire le voir mourir à petit feu. Elle s'amusa de ce jeu de mots, qui lui était venu à l'esprit. Comme elle se fût réjouie de le pendre par les pieds, jusqu'à ce que mort s'ensuive ! Ou par une autre partie du corps, que même en état de colère rentrée, elle était incapable de nommer. Elle eût applaudi au spectacle et pris un malin plaisir à insulter celui qui avait marqué à jamais son destin au fer rouge. Après avoir rôti dans sa maison, il rôtissait peut-être en enfer maintenant. Seulement l'enfer existait-il ?

La matinée parut interminable à Marthe. Son briquet avalé, elle se leva de table et quitta la salle qui leur servait de réfectoire.

– Où vas-tu ? s'alarma sa mère.

– Prendre l'air !

– Ne t'éloigne pas trop ! On rattrape dans un quart d'heure.

Alphonsine savait que sa fille allait rejoindre son amoureux, il fallait néanmoins qu'elle use de son autorité maternelle ; c'était plus fort qu'elle. C'était une façon aussi de faire comprendre à ses proches que rien ne lui échappait.

Gaétan habitant à cinq minutes de son lieu de travail, il rentrait parfois chez lui, à midi. C'était sa grand-mère qui préparait le repas.

Marthe retrouva son petit ami à l'entrée du quartier Saint-Jacques. Le redoux avait fait fondre la majeure partie de la neige. Il n'en restait plus que dans les recoins exposés au nord. Les deux amoureux se réfugièrent dans une remise à demi ruinée.

– À quelle heure t'es-tu couché ? l'interrogea Marthe entre deux baisers.

– À neuf heures, comme d'habitude, répondit Gaétan en laissant courir sa main sur la poitrine de son amie. Pourquoi me demandes-tu ça ?

– Tu ne devines pas ?

– Puisque je te dis que je ne suis pour rien dans cette affaire ! D'ailleurs, comment j'aurais fait ? Mais c'est vrai que j'aurais bien aimé foutre le feu à la baraque de ce saligaud, si tu veux le savoir ! Car il passait son temps à te reluquer, ce vieux satyre. Chaque fois que tu te baissais, il matait tes fesses.

– Il ne matait pas que les miennes !

Elle laissa échapper un petit gloussement.

– Excuse-moi, ajouta-t-elle, c'est nerveux !

– En tout cas, on ne va pas pleurer. Embrasse-moi !

Ils échangèrent un long baiser. La main de Gaétan s'égara sous la robe de Marthe, mais celle-ci se dégagea.

– Viens, nous allons être en retard ! Ma mère va me faire des reproches.

Sur le chemin qui les ramenait vers le Puits Saint-Antoine, Marthe avait l'air songeur.

– À quoi penses-tu ? voulut savoir Gaétan.

– À ma tante Clarisse. Elle veut que j'aille travailler avec elle à Paris.

8

Les jours passèrent. À la mi-janvier, Alphonsine reçut une brève missive de sa sœur. Clarisse lui annonçait qu'elle avait déménagé et donnait sa nouvelle adresse. Elle ajoutait qu'elle n'avait toujours pas reçu la réponse escomptée. Elle attendait l'arrivée de Marthe et lui avait réservé une chambre au premier étage de sa maison.

Dans un premier temps, Alphonsine voulut taire la nouvelle à sa fille, mais Marthe avait eu le temps de voir l'enveloppe sur la table, avant que sa mère ne l'escamote, à leur retour de la mine. Ayant reconnu l'écriture de sa tante, elle s'informa du contenu de son courrier.

– Elle ne dit rien de particulier, fit Alphonsine.

Marthe hocha la tête.

– Habituellement, tu me fais lire ses lettres.

Alphonsine hésita, puis alla récupérer l'enveloppe dans le tiroir du vaisselier. Marthe parcourut la feuille et la lui tendit sans un mot.

– Que comptes-tu faire ? s'enquit sa mère.

– Je ne sais pas. Dans deux mois, je serai majeure,

mais pour l'instant, c'est toi qui décides. Que ferais-tu, à ma place ?

– On n'élève pas les enfants pour soi.

– Tu n'as pas répondu à ma question.

Le regard d'Alphonsine se perdit dans les flammes de la cheminée.

– Je crois que je partirais. Ici, le pain est trop dur à gagner. Et puis ta tante m'a promis qu'elle s'occuperait de toi. Je sais que je peux lui faire confiance.

– Il faut quand même que j'aille demander la permission à mon père, ajouta Marthe.

– Ton père fera ce que je lui dirai de faire, souffla Alphonsine. Ici, ce sont les Bussière qui commandent ! Quand veux-tu partir ?

Saisie par la soudaine détermination de sa mère, Marthe ne répondit pas tout de suite. Une lueur s'alluma dans ses yeux.

– Le plus tôt sera le mieux, si tu n'y vois pas d'inconvénient.

– Et Gaétan ?

– Il m'oubliera. Il y a plein de jolies filles, dans le coin. Je ne porte pas peine pour lui.

– Je n'en suis pas si sûre. Je crois qu'il t'aime, fit observer Alphonsine.

– Alors, s'il m'aime, il m'attendra ! roucoula Marthe.

Clarisse vint récupérer sa nièce le vendredi suivant. Les deux femmes repartirent le dimanche, par le train du matin. Alphonsine avait préparé les bagages de Marthe.

– Ce n'est pas la peine qu'elle prenne beaucoup d'habits, avait dit Clarisse. À Paris, j'ai plein de tenues que je ne porte jamais. Elles devraient lui aller à ravir. Nous sommes toutes les deux du même gabarit. Lundi matin, je ne travaille pas. Nous aurons le temps de faire des essayages.

Alphonsine avait voulu confier les économies de Marthe à Clarisse, mais sa sœur lui avait conseillé de les garder.

– Rassure-toi, je veillerai à ce qu'elle ne manque de rien. Dans quelques semaines, je te promets qu'elle gagnera confortablement sa vie. Mon patron la prend à l'essai pendant dix jours. Comme je sais que tout ira bien, il l'embauchera à la fin du mois.

Clarisse et Marthe arrivèrent à Paris à quinze heures, après un voyage éprouvant. Depuis Montluçon en effet, le train était bondé. Elles avaient dû supporter la présence de trois enfants en bas âge, accompagnés d'une grand-mère complètement dépassée par les événements.

À la sortie de la gare d'Austerlitz, elles firent la queue pour prendre un fiacre. Marthe ne savait où donner de la tête. Elle était impressionnée par toutes ces voitures qu'elles croisaient. C'était la première fois qu'elle venait à Paris. À hauteur de l'île de la Cité, Clarisse commanda au cocher de ralentir face au parvis de Notre-Dame. Marthe s'extasia devant la taille du monument. Elle passa la tête par la portière et se contorsionna dans tous les sens.

– Qu'est-ce que tu regardes ? finit par lui demander sa tante, intriguée par son manège.

– Je regarde si je n'aperçois pas Esmeralda !

Clarisse s'amusa de la réplique de sa nièce. Quand elle le voulait, Marthe avait beaucoup d'humour.

Tout au long du trajet, Clarisse ne quitta pas des yeux le visage ahuri de sa nièce.

– Nous sommes presque arrivées, lui confia-t-elle, comme la voiture traversait la place de l'Opéra.

Elle lui montra un immeuble flambant neuf, boulevard des Capucines.

– C'est l'Olympia. J'y travaille deux ou trois fois par semaine, c'est selon. Avant, à cet emplacement, il y avait les Montagnes Russes.

Le fiacre remonta la rue de la Chaussée-d'Antin et emprunta la rue Blanche. Il bifurqua sur la droite à l'approche de l'église de la Sainte-Trinité et s'immobilisa un peu plus loin.

– Nous y sommes ! avertit Clarisse.

Le cocher descendit les bagages. Pendant que sa tante réglait la course, Marthe regarda autour d'elle. Au-dessus de sa tête, une pancarte indiquait la rue de la Tour-des-Dames.

– De quelles dames s'agit-il ? demanda-t-elle.

– Il paraît que la tour était en fait un moulin. Il appartenait à l'abbaye des Dames de Montmartre, qui se trouvait sur la Butte, au pied du Sacré-Cœur. C'est mon patron qui me l'a raconté. Il connaît les rues de Paris comme sa poche. Il m'a prêté un gros livre sur l'histoire de la capitale. Je te le montrerai. Il est très intéressant.

La bâtisse devant laquelle le fiacre s'était arrêté était isolée de la rue par un jardinet. Clarisse poussa la grille en fer. Marthe ne put réprimer un petit cri d'admiration, en apercevant le balcon qui courait à l'étage sur la quasi-totalité de la façade.

– C'est une chouette maison, dites-moi ! Le loyer doit être salé !

– Je t'expliquerai ! se contenta de répondre sa tante, en affichant son plus beau sourire. Tu n'as encore rien vu. À l'arrière, il y a un grand jardin. Quand il fera beau, nous pourrons y prendre nos repas. Il est orienté plein sud, mais le lieu est ombragé par un cerisier de toute beauté.

Clarisse ouvrit la porte et précéda sa nièce dans le vestibule.

– Nous allons monter tes bagages directement dans ta chambre.

Marthe empoigna de nouveau la valise qu'elle venait de déposer sur le tapis et suivit sa tante dans l'escalier. Au premier, un couloir central desservait six pièces. Clarisse s'effaça pour permettre à Marthe d'entrer dans celle du fond, à droite. Cette dernière n'en croyait pas ses yeux : elle allait avoir une chambre pour elle toute seule. Avec un lit bateau et une armoire à glace. Derrière le paravent, elle devina le meuble de toilette.

– La ville vient de faire des travaux. On a l'eau courante et le tout-à-l'égout, depuis l'automne. J'ai même une salle de bains. Avant il fallait prendre l'eau au puits, dans le jardin, précisa Clarisse. On pouvait aussi aller la chercher à la fontaine, en haut de la rue.

– Je croyais que vous veniez juste de déménager, ma tante ! s'étonna Marthe.

Comprenant sa maladresse, Clarisse se mordilla les lèvres et lui dit une nouvelle fois qu'elle lui expliquerait.

Elle débloqua la porte-fenêtre donnant sur le balcon.

– Viens, je vais te montrer quelque chose ! s'empressa-t-elle d'ajouter en entraînant sa nièce à l'extérieur. D'ici, on a une vue imprenable sur le Sacré-Cœur.

Terriblement intimidée, Marthe contemplait la butte Montmartre en silence. Clarisse tendit la main sur sa gauche.

– Le Moulin Rouge se trouve dans cette direction. On ne le voit pas d'ici, pourtant il n'est pas très loin. À dix minutes de marche, à peu près. Et là-bas, en se penchant, on peut apercevoir une fumée noire.

Marthe imita sa tante et se cramponna à la rambarde du balcon.

– Tu la vois ?

– Qu'est-ce que c'est ?

– C'est la centrale électrique Drouot. Elle appartient à la Compagnie Continentale Edison et fonctionne au charbon.

– Elle brûle peut-être des briquettes de chez nous ! s'exclama Marthe.

– Peut-être, répondit Clarisse. Mais j'en doute. Les mines du Pas-de-Calais sont beaucoup plus proches.

Elle marqua un temps d'arrêt, avant de reprendre.

– Le quartier est électrifié. La maison a été raccordée l'été dernier. Viens voir !

Elles pénétrèrent de nouveau dans la chambre. Clarisse désigna le plafonnier et alla tourner un bouton de porcelaine, situé à côté de la porte. L'ampoule émit une lumière rougeâtre, qui vira peu à peu au blanc éclatant.

– Qu'est-ce que tu dis de ça ?

Marthe était ébahie.

– J'ai fait mettre une lampe de chevet à la tête de ton lit. Comme ça, tu pourras lire à ton aise, le soir.

– Oh, ma tante ! fit Marthe en sautillant de joie. Il faut que je vous embrasse !

Clarisse était heureuse pour sa nièce. Il était important qu'elle se sente bien à Paris.

– Sais-tu que le Moulin Rouge a été l'un des premiers immeubles à avoir été électrifié ? poursuivit Clarisse. Cela fait plus de quatre ans maintenant que l'éclairage électrique fonctionne. La nuit, la façade est illuminée. Tu verras comme c'est beau !

Avant de refermer la porte-fenêtre, Clarisse montra une somptueuse demeure, dans la rue, un peu plus haut.

– Ça, c'est l'hôtel de Mademoiselle Duchesnois, une ancienne comédienne. Il appartient aujourd'hui à la famille du Prince Murat, le neveu de Napoléon III. Je crois qu'elle veut le vendre. Le propriétaire du Moulin Rouge est sur les rangs. Mais il n'est pas le seul. Je ne sais pas s'il pourra y mordre, car il a investi beaucoup d'argent dans la construction de l'Olympia.

Marthe se taisait. Elle était abasourdie par toutes ces annonces. Soudain prise de vertige, elle s'accrocha au battant de la porte en fermant les yeux. Les rues de Chanteloube s'imprimèrent sous ses paupières closes, ainsi que la cheminée du Puits Saint-Antoine, avec, en filigrane, le sourire de Gaétan : jamais elle ne reverrait sa Creuse natale.

Malgré sa fatigue, Marthe dormit très peu cette nuit-là. À cause des attelages qui se succédaient dans la rue. À cause surtout de la vie agitée qui l'attendait à Paris. Pourrait-elle s'y habituer ?

Marthe ne cessa de songer à sa tante. Comment lui était-il possible d'habiter dans une maison aussi luxueuse ? Et depuis quand y vivait-elle exactement ? Son emménagement ne semblait pas être aussi récent qu'elle le prétendait. Le loyer devait être hors de prix. Sa mère lui avait dit qu'elle était comptable, mais elle n'en croyait pas un mot. Une comptable ne pouvait pas se payer des tenues aussi élégantes. Et pour faire des cadeaux comme ceux qu'elle leur avait offerts à Noël, il fallait à l'évidence avoir beaucoup d'argent. La silhouette de Clarisse s'était affinée, ces trois dernières années. Et son visage rayonnait de bonheur. Marthe n'y voyait qu'une seule explication possible : il y avait un homme derrière tout cela. Un homme riche.

Marthe songeait aussi à ce que sa tante lui avait dit dans le train : elle commençait son travail le lendemain et devait rencontrer le directeur du Moulin Rouge. Marthe craignait de ne savoir tenir correctement un plateau.

– Je vais casser des verres et renverser des bouteilles sur les clients ! avait-elle lancé à sa tante.

– C'est un coup à prendre, tu verras, lui avait répondu Clarisse. Avec un peu d'entraînement, cela devrait aller tout seul. Et puis je serai dans la salle, les premiers soirs. Ne t'en fais pas; je suis sûre qu'au bout d'une semaine, tu pourras servir les bouteilles de champagne !

Marthe avait blêmi. Elle s'était tassée sur son siège.

– Parce que l'on sert aussi du champagne ?

– Bien sûr, qu'est-ce que tu crois ! La clientèle est variée. Elle est constituée en majorité d'ouvriers, certes, mais il y a de plus en plus de messieurs qui viennent des beaux quartiers. Le bourgeois aime s'encanailler. Ces gens-là ont de l'argent. Beaucoup d'argent. Ils adorent le montrer. Alors ils commandent du champagne ! Enfin, tu verras, cela se fait à la bonne franquette, dans une ambiance décontractée. Certains soirs, on y croise des peintres, des écrivains, des musiciens. Parfois des têtes couronnées, même, comme le prince de Galles, qui est venu il y a trois ans.

Marthe avait esquissé une moue admirative.

– Tous les soirs, à partir de vingt-deux heures, il y a bal et revue. Le Tout-Paris se presse pour applaudir notre quadrille de french cancan.

Marthe s'était inquiétée de ses horaires de travail.

– Les portes du Moulin Rouge ouvrent à vingt heures, pour le café-concert, lui avait répliqué Clarisse. Il faudra être sur place deux heures plus tôt, pour préparer la salle. J'ai dit au chef du personnel que tu devais impérativement cesser ton service à minuit, tant que tu ne serais pas majeure. De toute manière, le Moulin Rouge ferme à cette heure-là. Mais de nombreux employés restent pour nettoyer la salle et les promenoirs. Je te raccompagnerai – ou je te ferai raccompagner –, par précaution, bien que les rues soient éclairées dans le quartier jusqu'au petit matin.

– Et vous, vous finissez à quelle heure ? avait demandé Marthe à sa tante. Vous n'allez quand même pas me dire que vous faites de la comptabilité toute la nuit ?

Clarisse avait observé un temps d'arrêt avant de répondre.

– Je « ne fais » pas que de la comptabilité, comme tu dis. Même si c'est moi qui suis chargée de consigner la recette du jour sur un registre. Il m'arrive également d'être dans la salle, au moment du coup de feu.

Elle avait expliqué à sa nièce la signification de cette expression imagée, que cette dernière entendait pour la première fois.

Marthe avait ressassé jusqu'à l'aube cette conversation tenue dans le train. S'il fallait travailler de nuit, elle s'y habituerait; cela ne lui faisait pas peur. Ce qui l'inquiétait, en revanche, c'était le fait que sa tante lui avait dit qu'elle la ferait raccompagner jusqu'à ses appartements. Les rues de Montmartre étaient donc si mal famées ?

À sept heures et demie, on frappa à la porte de la chambre. Marthe alluma sa lampe de chevet. Une jeune fille entra avec un plateau. Une odeur de café se répandit dans la pièce. Marthe voulut se lever, mais la jeune fille l'en dissuada.

– Bonjour, Mademoiselle ; je m'appelle Julie. Il fait froid, ce matin. Il a gelé sur la Butte. Restez sous les couvertures ! Madame vous fait dire de prendre votre petit déjeuner au lit. Elle vous envoie des croissants tout chauds. Je viens d'aller les chercher à la boulangerie, au coin de la rue. Attendez, je vais vous mettre un oreiller !

La servante posa le plateau sur le lit et ouvrit une porte de l'armoire. Marthe était sans voix. C'était la première fois de sa vie qu'on la servait comme une princesse.

Madame vous fait dire…

En plus, sa tante avait des domestiques !

Le doute n'était plus permis : Clarisse était bel et bien la maîtresse du propriétaire !

9

La matinée fut consacrée à une longue séance d'essayages. Aidée de Julie, Clarisse fit passer diverses tenues à sa nièce. La patience de Marthe fut mise à rude épreuve. Finalement, le choix de sa tante se porta sur un ensemble constitué d'une jupe noire en cheviotte à quatre biais – avec dépassant en satin – et d'un jersey garni d'une berthe, bordée d'un point d'épine.

– Avec la pelisse en vigogne que je t'ai offerte à Noël, tu n'auras pas froid, lui assura Clarisse. Une fois arrivée au Moulin Rouge, tu enfileras la tenue de travail fournie par la maison. Tourne-toi vers moi !

Marthe pivota sur les talons de ses bottines.

– Tu es ravissante ! N'est-ce pas, Julie ?

La servante acquiesça.

– Mademoiselle va faire pâlir de jalousie les Parisiennes du quartier !

Pour couronner le tout, Clarisse coiffa sa nièce d'un chapeau en feutre mérinos, orné d'un ruban en satin.

– Je l'ai acheté l'année dernière au Petit Saint-Thomas, rue du Bac. Il te sied à merveille !

Marthe se contempla dans la glace de l'armoire. Elle

eut du mal à se reconnaître. Une sensation étrange, mélange de vertige et d'ivresse, s'empara d'elle. Un monde nouveau s'ouvrait. Celui de la mine s'éloignait à grands pas. L'idée l'effleura que celui-ci n'avait jamais existé. Un peu comme un rêve que l'on abandonne au matin sur l'oreiller et que l'on oublie en posant le pied sur la descente de lit. Elle venait de passer à autre chose et sentait confusément qu'un retour en arrière serait difficile.

Après bien des hésitations, elle avait sauté le pas, coupé avec ses racines, ce qu'Alphonsine n'avait pas eu le courage de faire. Marthe savait que sa mère, sans vouloir se l'avouer, enviait secrètement sa sœur. Partir n'était cependant pas une fin en soi. Encore convenait-il de ne pas s'abîmer en cours de route. Marthe comptait pour cela sur sa tante, qui avait apparemment su naviguer, s'il fallait en croire ce qu'elle voyait autour d'elle.

L'image de Gaétan dansa sous ses yeux. Elle la chassa d'un battement de cils. Elle ne devait pas se laisser attendrir. Si la vie en décidait, elle reviendrait peut-être dans la vallée de la Creuse. L'avenir le dirait. En attendant, il fallait aller de l'avant. Malgré son inexpérience, Marthe subodorait que les remords étaient préférables aux regrets.

Un grand soleil hivernal brillait sur la capitale. En début d'après-midi, Clarisse proposa une promenade à sa nièce.

– Je t'emmène jusqu'à l'Olympia, boulevard des

Capucines, où tu travailleras certainement sans tarder. C'est à un quart d'heure à peine. En revenant, on fera un détour par les Grands Magasins. Le Bon Marché est juste à côté.

Marthe était ravie. Au sortir de la rue Blanche, elles descendirent la rue de la Chaussée-d'Antin, bras dessus, bras dessous, et coupèrent par la place de l'Opéra, où la circulation était particulièrement dense. Elles bifurquèrent ensuite sur leur droite, remontèrent le boulevard des Capucines et s'arrêtèrent à hauteur du numéro 28. Une immense enseigne s'étalait sur la façade de l'Olympia. Marthe fut étonnée de trouver l'établissement ouvert.

– Il y a un grand café et deux restaurants qui fonctionnent midi et soir. Et aussi une salle de billard. Mon bureau est au premier. C'est cette fenêtre-là ! précisa Clarisse en la désignant du doigt.

Un peu à l'écart, un homme d'un âge certain observait les deux femmes.

– Qu'est-ce qu'il nous veut, celui-là ? demanda Marthe à voix basse, à l'oreille de sa tante.

– Il ne faut pas faire attention, ma chérie. C'est un vieux beau qui est toujours là à traîner. Un suiveur de trottins. La journée, ce n'est pas ce qui manque, par ici. Viens, nous allons le semer !

Marthe et sa tante continuèrent leur chemin, en accélérant le pas. Le regard noir que Clarisse lui avait jeté congédia l'homme, qui n'insista pas. Il tourna les talons et se mit en quête d'une proie consentante.

Les jeunes dames empruntèrent la rue Scribe et stoppèrent devant l'alléchante vitrine d'un pâtissier, à l'angle de la rue des Mathurins. Clarisse poussa sa nièce à l'intérieur.

– Je t'offre une forêt-noire et un chocolat chaud. C'est la meilleure maison du quartier. Ils font salon de thé, à l'étage. De la table, tu pourras voir l'entrée des Grands Magasins. Nous irons y faire un tour tout à l'heure.

La salle était bondée. Elles durent attendre quelques minutes qu'une table se libérât. Le salon de thé semblait être le rendez-vous des élégantes. Marthe était intimidée. Elle ne regrettait pas d'avoir gardé la dernière tenue qu'elle avait essayée. Devinant son désarroi, Clarisse lui décocha un petit sourire signifiant qu'elle n'avait pas de complexes à avoir.

– Tu n'as rien à envier à ces jeunes filles qui accompagnent leurs mères. Regarde comme elles t'observent. C'est toi la plus belle. Elles le savent, et ça les agace. La jalousie féminine n'est pas un vain mot. Les femmes sont des hyènes entre elles !

Une serveuse en tablier blanc s'approcha. Humant les effluves montant des tables voisines, Clarisse ne commanda pas deux, mais quatre forêts-noires.

– Nous les mangerons bien, n'est-ce pas ? murmura-t-elle en serrant tendrement le poignet de sa nièce. Je sais que tu es aussi gourmande que moi.

De sa place, Marthe avait une vue imprenable sur le boulevard Haussmann. La densité du trafic était impressionnante. Des attelages se succédaient dans les deux sens, en rangs serrés. Traverser le boulevard était une gageure pour les piétons. Marthe avait pu s'en rendre compte quelque vingt minutes plus tôt. Elle était étonnée qu'il n'y ait pas davantage d'accidents.

Un attroupement s'était formé sur le trottoir du Bon Marché.

– Dès qu'il y a un rayon de soleil, ils sortent des tréteaux et bradent des marchandises, expliqua Clarisse. Si on a du temps devant soi, on peut réellement faire des affaires !

Deux femmes saluèrent Clarisse en passant devant leur table. Elle attendit qu'elles fussent installées un peu plus loin et se pencha vers sa nièce.

– L'une est danseuse et l'autre chante dans les cabarets de Montmartre. J'ai fait leur connaissance au Moulin Rouge.

– Laquelle est danseuse ? se renseigna Marthe.

– La plus maigre, celle qui a le nez pointu.

– Elles ont toutes les deux le nez pointu ! dit Marthe en réfrénant un fou rire.

– Il ne faut pas se moquer. Ce sont deux grandes dames de la vie parisienne. Monsieur Henri a fait plusieurs portraits d'elles.

– Monsieur Henri ? Le peintre qui a fait le vôtre ?

– Oui. Il vient tous les soirs au Moulin Rouge. Il a sa place attitrée. C'est un homme très drôle... quand il veut. Je te l'ai déjà dit : il sera ravi de faire ton portrait.

Marthe se prit à rêver qu'elle accrochait le tableau au-dessus de son lit.

– Et celui que vous avez gardé ici, où l'avez-vous mis ? demanda-t-elle.

– Dans ma chambre ; je te le montrerai.

La serveuse revint avec un plateau et déposa la commande. Clarisse la remercia d'un sourire. Marthe regardait les gâteaux avec gourmandise. Au signal de sa tante, elle saisit sa cuillère.

Les deux jeunes femmes faisaient plaisir à voir. Tout en dégustant sa pâtisserie, Clarisse évoquait la vie parisienne. Elle expliqua à sa nièce qu'il valait mieux éviter certains quartiers, le soir, après vingt et une heures.

– Comme je te l'ai dit, je te ferai raccompagner ; la plupart du temps, nous rentrerons ensemble en fiacre. Le Moulin Rouge et l'Olympia sont à dix minutes à pied de chez moi et à cinq minutes à peine, en voiture. Je n'ai pas choisi la rue de la Tour-des-Dames par hasard.

Marthe écoutait avec attention, tout en savourant sa seconde forêt-noire. Une excitation – qu'elle avait du mal à contenir – s'était emparée d'elle. Tout ce que lui racontait sa tante lui plaisait beaucoup. Elle pressentait qu'elle allait s'adapter très vite à ses nouvelles fonctions. Et puis Clarisse devait l'aider à se mettre dans le bain.

– Au départ, tu ne travailleras que quatre jours par semaine, poursuivit celle-ci. Tu auras ainsi le vendredi, le samedi et le dimanche pour te reposer. Julie te fera découvrir les endroits secrets de Montmartre. Tu pourras également aller avec elle dans les Grands Magasins. Nous grimperons en haut de la tour Eiffel. J'y suis déjà montée une dizaine de fois. Nous y déjeunerons. Je t'emmènerai aussi au musée du Louvre, voir les antiquités égyptiennes.

Marthe hochait la tête, attentive, tout en trempant ses lèvres dans sa tasse de chocolat. Ces projets l'enchantaient. À Paris, on ne devait jamais s'ennuyer.

Après avoir lorgné les devantures du Bon Marché, Clarisse et Marthe regagnèrent la rue de la Tour-des-Dames. En attendant l'heure du départ pour la place Blanche, elles prirent une collation : un potage concocté par Julie et un morceau de poulet froid.

– Les serveuses peuvent grignoter, en cuisine, entre le café-concert et la revue, précisa Clarisse à sa nièce. Les autres te diront ce que l'on a le droit de faire et ce qui est interdit.

Elle lui décrivit succinctement l'intérieur du Moulin Rouge et lui parla aussi de l'éléphant, qui trônait dans le jardin du cabaret.

– Un éléphant ! s'exclama Marthe. Un vrai ?

– Non, sourit Clarisse ; un éléphant en stuc et en papier mâché. Beaucoup plus grand que nature.

– À quoi sert-il ? On peut grimper dedans ?

– Oui. Il y a une salle à l'intérieur. On y accède grâce à un escalier, dissimulé dans l'une des pattes de l'animal.

Marthe fit remarquer à sa tante que son éléphant était creux, comme le cheval de Troie. À son air embarrassé, Marthe comprit que Clarisse n'avait jamais entendu parler d'Homère, dont elle avait personnellement adoré les récits. Elle avait été emballée par les aventures d'Achille, et plus encore par celles d'Ulysse. Marthe se promit d'acheter ces livres, quand elle aurait gagné quelque argent. Paris ne devait pas manquer de librairies. Et puis il y avait les bouquinistes, en bord de Seine. Elle n'avait pas oublié les paroles de son institutrice : « La lecture permet de s'évader, de découvrir le monde. Lire, c'est avoir accès à la connaissance. Lire, c'est entrebâiller une porte qui ne pourra plus jamais se refermer. »

Marthe avait soudain envie d'avoir des tombereaux de livres autour d'elle. Sa tante avait prévu de l'emmener au marché aux puces. On devait trouver des tas de bouquins, pour pas cher. En cas d'oubli, elle n'hésiterait pas à lui rappeler ses engagements.

Clarisse jeta un coup d'œil à la pendule, sur la tablette de la cheminée. Elles avaient rendez-vous avec le directeur dans vingt minutes. Il était l'heure de partir.

Marthe et sa tante remontèrent la rue Blanche, jusqu'à la place du même nom. Clarisse avait dit à sa nièce que l'on ne pouvait pas rater le Moulin Rouge. En arrivant à destination, Marthe comprit pourquoi.

– C'est un vrai moulin ? s'étonna-t-elle en levant les yeux.

– Pas vraiment. Monsieur Oller l'a fait construire de toutes pièces. Il l'a installé sur le toit de ce petit bâtiment pour qu'on le voie de loin. Et encore, il ne fait pas nuit. Dans deux heures, on allumera l'éclairage électrique. Tu as vu toutes ces lampes ?

Clarisse sortit un trousseau de clés de son sac à main et déverrouilla une petite porte, sur le côté. Marthe s'engouffra derrière elle.

– Suis-moi ! lui intima sa tante. Les bureaux sont à l'étage. J'y ai le mien. Monsieur Oller doit nous y rejoindre.

Marthe eut à peine le temps d'apercevoir la salle de

bal. Elle traversa le hall et s'engagea dans l'escalier. Le velours rouge qui recouvrait les marches amortissait le bruit de ses pas. Une fois sur le palier, les deux jeunes femmes empruntèrent un couloir au plancher revêtu du même velours. Clarisse ouvrit une porte et s'effaça pour laisser entrer sa nièce.

– Voilà mon bureau ! C'est ici que je travaille. Quitte ta pelisse, tu seras plus à l'aise !

Marthe s'exécuta. Sa tante lui désigna un portemanteau, tout en approchant une chaise Louis XIII.

– Assieds-toi là ! Monsieur Oller ne devrait pas tarder. Il est toujours à l'heure.

Marthe avait les joues rouges. S'il n'en avait tenu qu'à elle, elle aurait pris la fuite, mais il était trop tard. Elle ne pouvait plus reculer.

Il y avait une pile de courrier sur le bureau. Clarisse passa les enveloppes en revue, en sélectionna une, reposa les autres et la décacheta. Marthe en profita pour inspecter la pièce. Plusieurs affiches étaient placardées sur les murs. L'une d'elles attira son attention. Elle représentait une danseuse, mains croisées sous sa jambe droite levée, genou plié. Tout en prenant connaissance de sa lettre, Clarisse jetait de temps à autre un coup d'œil vers sa nièce, car elle s'était rendu compte de l'intérêt que celle-ci portait à l'affiche.

– Fascinant tableau, n'est-ce pas ? lui dit-elle.

– Qui est-ce ?

– Notre vedette actuelle.

– Comment s'appelle-t-elle ? demanda Marthe.

– Jeanne Louise Beaudon. Son nom de scène est Jane Avril. Elle a commencé ici, au Moulin Rouge et s'y produit encore à l'occasion. Elle danse également au Jardin de Paris, qui appartient aussi à Joseph Oller. Avec monsieur Zidler, son associé, ils ont organisé un service d'omnibus qui fonctionne entre les deux cabarets. À minuit, quand le Moulin Rouge ferme ses portes, les clients qui le désirent peuvent ainsi se rendre au Jardin de Paris, sur les Champs-Élysées.

Marthe écoutait les explications de sa tante avec intérêt.

– Jane joue également au Divan Japonais, poursuivit Clarisse, comme tu peux le voir sur cette autre affiche. Le grand critique littéraire Édouard Dujardin est assis à ses côtés. Toutes les œuvres accrochées autour de nous sont de Monsieur Henri. Elles sont magnifiques, n'est-ce pas? Il a peint plusieurs portraits de Jane, qui est devenue son égérie. Thadée Natanson, le meilleur ami de Toulouse-Lautrec, dit que chacune de ses affiches est un « coup de poing ».

Clarisse s'apprêtait à lui donner de plus amples détails, lorsqu'on frappa à la porte. Le battant s'ouvrit simultanément, avant qu'elle n'ait eu le temps de réagir.

Un homme en redingote venait d'entrer, son chapeau claque à la main. Marthe s'était levée de sa chaise.

– Je te présente monsieur Oller, lui annonça Clarisse.

– Alors comme ça, ma bonne amie, dit celui-ci en lui faisant le baisemain, voilà votre protégée, je présume !

– Il s'agit de ma nièce.

– C'est bien ce qui me semblait. Comment se prénomme cette enfant?

– Je m'appelle Marthe, monsieur, pour vous servir, répondit l'intéressée.

L'œil de Joseph Oller s'alluma.

– Cette petite m'a l'air charmante, jugea-t-il en s'adressant à Clarisse. Je sens que nous allons bien nous entendre, elle et moi.

10

Marthe avait été prise deux semaines à l'essai. Officiellement tout au moins. Clarisse avait dit à sa nièce que c'était « la formule consacrée », mais qu'elle n'avait aucun mauvais sang à se faire : elle serait bel et bien embauchée à l'issue de cette période probatoire.

Clarisse s'était engagée à enseigner la comptabilité à sa nièce, laquelle devait l'assister par la suite dans la tenue des comptes des deux principaux établissements appartenant à Joseph Oller. En attendant d'avoir les compétences requises pour être autonome en la matière, Marthe avait été invitée à regarder vivre le cabaret de l'intérieur. Il avait été convenu qu'elle devrait occuper temporairement le maximum de postes différents, afin d'avoir une idée du travail qui s'accomplissait en coulisse, au sens propre comme au figuré.

Clarisse présenta sa nièce aux responsables des différentes branches d'activité du Moulin Rouge : restauration, bar, corps de ballet, orchestre, costumes, décors, machinerie.

Le premier soir, Marthe intégra l'équipe de serveuses

et de serveurs. Elle apprit à tenir un plateau et à passer dans les rangs, entre les danseurs et les curieux, avec une bouteille d'eau de Seltz et des verres. En voulant rattraper un bock, elle en cassa deux.

– C'est le métier qui rentre ! la rassura Louise, une jeune serveuse à peine plus âgée qu'elle.

Cette même soirée, Clarisse montra discrètement, au premier promenoir, un homme installé devant un grand carnet ouvert sur sa table.

– C'est Henri de Toulouse-Lautrec, ce fameux Monsieur Henri, dont tu as vu les affiches dans mon bureau. Il vient pratiquement tous les soirs. Sa place est réservée. Il adore croquer les danseuses. Ici, il fait surtout des dessins. Ce sont des études, qu'il reprend à tête reposée, dans son atelier. C'est quelqu'un qui a une excellente mémoire visuelle, qualité précieuse chez un peintre. Je te le présenterai, mais pas ce soir, car je devine, à sa façon de balancer le buste d'avant en arrière, qu'il a forcé sur le Cinzano.

– Il garde toujours son chapeau ? demanda Marthe, en observant le peintre du coin de l'œil.

– Toujours, répondit Clarisse. Ses binocles cerclés de fer aussi.

Quelque chose intriguait Marthe. Sa tante l'interrogea du regard.

– Il est assis ou debout ?

– Il est assis, pourquoi, quelque chose te choque ?

Marthe hésita. Elle ne savait comment formuler sa réponse.

– On dirait…

– Monsieur Henri s'est fracturé les deux jambes à

l'âge de treize ans, précisa Clarisse, coupant court à toute supputation. Je t'en ai déjà parlé, je crois. Depuis, elles ont cessé de grandir.

– Quel âge a-t-il ?

– Il aura trente ans à la fin de l'année. Il a souvent, comme ce soir, un doigt ganté d'une poupée d'étoffe. L'homme qui est à sa gauche, c'est Thadée Natanson. À sa droite, c'est son oncle.

Marthe se contenta de hocher la tête et ne posa plus de questions.

La première soirée fut éprouvante. Elle crut vingt fois lâcher son plateau. Hormis les deux bocks, elle s'en tira pourtant plus qu'honorablement, à la grande satisfaction de Joseph Oller, qui ne la perdait pas de vue.

Absorbée par son service et son désir de bien faire, Marthe ne remarqua pas les œillades intéressées que lui adressait son patron, contrairement à Clarisse, qui vaquait ce soir-là dans les coulisses à des occupations d'aide-costumière et qui connaissait l'inclination de Monsieur Joseph pour les jeunes filles en fleur.

Marthe termina épuisée. La fermeture des portes fut vécue comme une délivrance. Concentrée sur son travail, elle n'avait pratiquement rien vu du quadrille, ni de la prestation de Jane Avril, que Clarisse alla féliciter dans sa loge, comme à son habitude.

Chaque soir à minuit, Joseph Oller et Charles Zidler profitaient de la présence des omnibus pour se rendre au Jardin de Paris. Clarisse était chargée de faire la fermeture et de veiller à ce que tout se passe bien. Elle comptait la recette de la soirée avec la caissière en chef, consignait la somme sur un registre et portait l'argent au coffre, dans son bureau du premier étage. Elle quittait les lieux la dernière – rarement avant une heure du matin –, après s'être assurée que tout le monde était parti, et procédait à l'extinction des feux avant de sortir. Chaque soir, un cocher l'attendait devant l'entrée.

Malgré la fatigue, Marthe participa au comptage de la recette du jour, pendant que les serveurs débarrassaient et nettoyaient les tables, et que l'équipe de plongeurs lavait verres, assiettes et couverts. Le balayage de la salle n'avait lieu que le lendemain après-midi.

Marthe faillit s'endormir dans la voiture qui les ramenait rue de la Tour-des-Dames, distante de sept cents mètres à peine. Avant d'aller se coucher, Julie avait garni la cuisinière de boulets et mis un gros rondin dans la cheminée du salon. Il faisait bon, au rez-de-chaussée. À l'étage, l'air était un peu plus frais. Chaque chambre possédait sa propre cheminée, et sa propre salamandre, que l'on n'allumait que par grand froid. Ces poêles miniatures ne pouvaient pas contenir de grosses bûches, ce qui était un sérieux inconvénient. En revanche, ils avaient l'avantage de monter en température très rapidement.

Clarisse proposa à Marthe de venir passer sa chemise de nuit dans la cuisine, si elle le désirait, car elle aurait plus chaud. Elle préféra néanmoins se déshabiller dans sa chambre. Après avoir fait un détour par les toilettes – Julie lui avait dit que « les commodités » étaient au fond du couloir –, elle se faufila sous ses draps, se positionna en chien de fusil et s'endormit presque aussitôt.

Marthe rêva qu'elle avait supplanté Jane Avril. C'était elle qui menait la revue au Moulin Rouge, au Divan Japonais, au Tabarin. Elle fréquentait les milieux artistiques, ne ratait aucune exposition et rencontrait régulièrement les peintres dont lui avait parlé sa tante : Renoir, Degas, Gauguin, Toulouse-Lautrec. De nombreux écrivains lui faisaient la cour. Elle ne connaissait pas leurs noms, mais ne doutait pas qu'ils appartinssent à la fine fleur de la littérature française. Marthe écoutait d'une oreille distraite leurs élogieux hommages, tout en les éconduisant poliment les uns après les autres – avec son plus beau sourire –, sous le regard amusé d'un garçon accoudé au comptoir du bistrot.

Un soir, le beau jeune homme – qui n'était autre que Gaétan – vint l'inviter à danser. Lorsqu'ils s'avancèrent sur la piste, les autres danseurs s'écartèrent. Marthe et son cavalier se laissèrent alors emporter par les flonflons.

À la fin de la danse, comme la tête lui tournait, Marthe s'affala sur une chaise. Gaétan tira une table et s'assit à ses côtés. Il commanda une bouteille de champagne. Une jeune fille ressemblant à Marthe vint les servir. Dans les rêves, il ne fallait s'étonner de rien.

Les deux amoureux trinquèrent à leurs retrouvailles. Marthe ne cacha pas à Gaétan sa surprise de l'avoir rencontré à Paris, alors qu'elle le croyait à la mine. Le jeune homme expliqua qu'il avait changé de métier et qu'il avait été embauché comme goujat, sur un chantier de la rue Saint-Vincent. Marthe fut à deux doigts de lui demander des explications sur l'incendie qui avait ravagé la maison d'Émile Mativon, car cet événement la poursuivait. Mais elle redoutait la réponse. Même dans son rêve.

Deux coups – pourtant discrets – frappés à la porte, réveillèrent Marthe. Julie entra avec un plateau.

– Il est dix heures, Mademoiselle ! Votre tante m'a dit de vous réveiller, sinon les yeux allaient vous pourrir dans la tête.

Marthe se tourna en grognant.

Julie écarta les rideaux et ouvrit la fenêtre. Un premier volet claqua ; puis un second. Une lumière printanière éclaboussa la pièce.

– Il va faire beau. Je crois que Madame Clarisse veut vous emmener sur la Butte avant midi, pour vous faire découvrir les toits de Paris.

Julie revint vers le lit avec un oreiller. Elle secoua doucement Marthe, en la prenant par l'épaule.

– Asseyez-vous ! Cette semaine, vous avez droit à un traitement de faveur.

Marthe se redressa, en protestant pour la forme, car elle avait pu constater combien déjeuner au lit pouvait être agréable.

Julie récupéra le plateau, qu'elle avait posé sur la table, et le posa sur la couverture. Puis elle alla refermer la porte de l'armoire, d'où elle avait tiré l'oreiller. Elle s'apprêtait à sortir de la chambre lorsque Marthe poussa un cri : elle avait laissé échapper sa tartine de confiture de fraises sur sa chemise de nuit.

– Ce n'est rien ! cria Julie. On va nettoyer ça, Mademoiselle !

Elle se précipita vers la table de toilette, versa un peu d'eau dans la cuvette, y trempa un mouchoir et l'essora. Puis elle passa délicatement la main entre le tissu de la chemise et la peau de Marthe, effleurant sa poitrine au passage.

Marthe frissonna. Elle sentit la pointe de ses seins durcir et ne put retenir un léger soupir. Dans le même temps, ses paupières s'étaient fermées, l'espace d'un instant, emprisonnant un plaisir inconnu.

Julie avait perçu le trouble de la jeune fille. Elle aussi avait frémi. Une chaleur soudaine avait envahi son ventre.

– Ce n'est pas trop froid, Mademoiselle ? demanda-t-elle d'une voix rauque, tout en frottant énergiquement la tache rosâtre.

– Un peu, chuchota Marthe.

– Il ne faudrait pas que vous vous enrhumiez. Voulez-vous que je vous aide à changer de chemise ?

– Non, merci, ça ira. Vous pouvez disposer, fit Marthe.

Julie lui adressa un sourire avant de quitter la chambre. À peine eut-elle refermé la porte qu'elle s'adossa au mur du couloir en serrant les cuisses et se mordit l'annulaire jusqu'au sang.

11

La première semaine, Marthe fut employée comme serveuse dans la grande salle du Moulin Rouge. Elle prit peu à peu de l'assurance. Le troisième jour, elle avait totalement dompté sa peur. Elle circulait avec son plateau parmi les danseurs et glissait entre les tables avec une aisance qui surprit agréablement sa tante.

À partir de vingt-deux heures, Louise Weber – alias La Goulue – menait le quadrille. Le « chahut » sitôt terminé, elle entraînait Jacques Renaudin – dit Valentin le Désossé – dans une valse endiablée. Vêtu d'une redingote étriquée, cigare éteint vissé au coin des lèvres, coiffé de son inséparable haut-de-forme, gants noirs, cravate noire, Valentin ne dansait qu'avec elle. Une affiche les représentant était collée à l'entrée du cabaret. Œuvre d'Henri de Toulouse-Lautrec, des centaines d'exemplaires de la même affiche étaient placardés dans les différents quartiers de Paris. Elle avait détrôné celle de Jules Chéret. Marthe était en admiration devant elle. Sa tante lui avait promis d'en demander une à Monsieur Henri.

Marthe regardait souvent dans la direction du

peintre, attablé à sa place favorite. Elle avait parfois l'impression qu'il ne la quittait pas des yeux.

– Je lui ai parlé de toi, lui confia Clarisse le vendredi soir. Il t'a repérée et il a bien l'intention de faire ton portrait.

– Il vous l'a dit ?

– Il m'a demandé la permission de t'emmener dans son atelier. J'ai accepté, mais à une condition.

– Laquelle ?

– Que je t'accompagne chez lui. Je lui ai laissé entendre que tu étais encore une vraie jeune fille et que, selon le vœu de ta mère, je devais te chaperonner jusqu'à ta majorité.

Marthe avait perçu de l'inquiétude dans la voix de sa tante.

– Dans un mois et demi, je suis majeure ! Et puis, il ne va quand même pas me sauter dessus en arrivant ! s'exclama-t-elle en réprimant un petit rire nerveux.

– Je n'ai en lui qu'une confiance très limitée. Monsieur Henri adore les jeunes femmes rousses, qu'il qualifie de « blondes des dieux ». Il adore peindre leur chevelure. Son travail fini, il se plante devant son œuvre et parle, à qui veut l'entendre, de « technique des Vénitiens ». Il emploie souvent le mot « technique » – qu'il prononce *tek-nik*, comme deux petits coups de marteau saccadés –, et il zézaye un peu. Tu verras, il prononce les « s » comme des « t ». Quand il a bu, on ne peut pas le tenir. Le problème, c'est qu'il boit de plus en plus. Son atelier regorge de bouteilles d'alcool. Il passe son temps à inventer de nouveaux cocktails, qu'il tient absolument à faire goûter à ses modèles et à ses amis.

– Moi, je n'ai jamais bu un seul verre d'alcool, lui avoua Marthe.

– C'est bien pour ça que je veux être là ! ajouta sa tante en hochant la tête, les yeux soudain perdus dans d'obscures pensées. Je n'ai pas envie que tu sois à moitié inconsciente, à la merci de sa libido, pour ainsi dire. Surtout que…

Marthe attendait la suite. Elle observait sa tante dans les yeux. Sans ciller. La suite ne venant pas, elle l'incita à préciser le fond de sa pensée.

– Surtout que… ? murmura-t-elle.

Clarisse s'en voulait d'en avoir presque trop dit mais elle sentait que Marthe ne se contenterait pas d'une moitié d'explication.

– Surtout que, de ce côté-là… il a été particulièrement gâté par la nature.

– Comment le savez-vous ? s'exclama Marthe avec assurance. Il a été votre amant ?

Clarisse ne s'attendait pas à une telle réaction de la part de sa nièce. Un instant déstabilisée, elle chercha un moyen d'esquiver adroitement l'allusion.

– Cela me gêne de devoir raconter ce genre de choses devant une jeune fille. Il en va toutefois de mon honneur. Voilà. Certains après-midi, Monsieur Henri a pris l'habitude de peindre dans le jardin du père Forest – surnommé « l'archer de Montmartre », à cause du tir à l'arc qu'il y a installé –, à deux pas de son atelier, à l'angle de la rue Caulaincourt. Il dispose d'un cabanon pour ranger ses toiles et son chevalet. Un jour que je passais par là pour le saluer, je l'ai surpris derrière la cabane, avec Berthe la Sourde, qui pose régulièrement pour lui. Le temps qu'il remonte son pantalon, j'ai pu voir des choses... À Montmartre, on l'appelle « la Cafetière » et l'un de ses modèles l'avait baptisé « Portemanteau ». C'est te dire !

Marthe se tourna et pinça les lèvres. Clarisse s'était tournée, elle aussi. Les deux jeunes femmes partirent d'un rire qui les renversa dans les bras l'une de l'autre.

Les jours passaient. Un soir, Clarisse avait présenté Marthe à Henri de Toulouse-Lautrec. Après lui avoir fait le baisemain, le peintre avait dit qu'il aimerait réaliser son portrait.

– Demain, on est dimanche. Venez me chercher à La Souris – il prononçait La Touris – vers quatorze heures. Nous irons dans mon atelier.

Avant de se rendre à leur rendez-vous, Clarisse avait prévenu sa nièce que La Souris était un bar « un peu spécial ».

Marthe avait ouvert de grands yeux.

– Que voulez-vous insinuer ?

– Tu verras par toi-même.

– C'est un lieu mal famé ?

– Je n'ai pas dit ça ! corrigea Clarisse.

La rue Bréda était à deux pas. En traversant la rue Notre-Dame-de-Lorette, Marthe faillit se faire renverser par une voiture. Elle n'eut pas le temps d'avoir peur. Le cocher, lui, en fut quitte pour une belle frayeur.

Arrivées à hauteur du numéro 29, les deux femmes s'engouffrèrent dans le cabaret. Une odeur d'éther et de fumée les prit à la gorge. Marthe balaya la salle du regard. Quelques tables étaient libres. Celles qui étaient occupées l'étaient par des femmes, à une exception près : un couple était attablé dans un coin, à la gauche du comptoir, avec un bouledogue à ses pieds.

– C'est madame Palmyre, la patronne. Elle est accompagnée de son associé. C'est son chien qui est à côté d'elle. D'habitude, il est assis sur la table.

Marthe porta sa main gantée à sa bouche et se mit de profil.

– Pourquoi ris-tu ? demanda Clarisse à voix basse.

– Je trouve que la dame ressemble à son chien ! pouffa Marthe.

Sa tante ne fit pas de commentaire.

Juché sur un tabouret, les jambes ballantes, un homme était accoudé au zinc. Il griffonnait quelque chose sur un grand carnet, levant et baissant alternativement la tête. Il regardait vers le fond de la salle et n'avait pas vu les nouvelles arrivantes. Un verre était posé à côté d'une pile de soucoupes. Clarisse s'approcha et lui effleura l'épaule.

– Bonjour, Monsieur Henri. Nous sommes un peu en retard.

Toulouse-Lautrec se retourna, en rajustant ses lorgnons. Un grand sourire illumina sa barbe.

– Voici les plus belles dames de la capitale ! claironna-t-il à la cantonade, l'œil pétillant de malice.

Des têtes se redressèrent un instant, puis replongèrent.

– C'est moi qui suis en avance, quoi ! J'en profite pour crayonner. Veuillez m'excuser de rester sur mon tabouret, mais si je descends, je ne pourrai plus remonter !

Le peintre leur fit signe de prendre place à ses côtés.

– J'aime bien dominer les lieux, savez-vous ? Du haut de mon perchoir, il me semble que je suis le roi du monde.

De sa main libre, il montra son verre.

– Je vous offre un porto !

Clarisse voulut refuser. Toulouse-Lautrec repoussa sa réponse d'un geste.

– Vous me vexeriez ! Ce n'était pas une question. Maria, deux portos, quoi, je vous prie ! clama-t-il en s'adressant à la serveuse, qui était en grande conversation avec une jeune personne.

Marthe était mal à l'aise. Elle se tourna vers sa tante.

– Il n'y a que des femmes, ici ! lui fit-elle remarquer.

– Je t'avais prévenue que c'était un endroit un peu spécial. Ici sont nées de nombreuses amours saphiques. Ce cabaret est un rendez-vous d'artistes et d'écrivains.

– J'aime vivre dans la société des femmes. Vous êtes dans une « bicherie » de haut vol, ma chère, murmura Toulouse-Lautrec à l'oreille de Marthe. Les demi-mondaines qui viennent ici sont toutes de bonne famille. On leur donnerait le Bon Dieu sans confession. Elles sont particulièrement bien élevées. Si vous venez un jour en ces lieux pour consommer, vous saurez me le dire, quoi ! *Tek-nik* des amours non prolifiques !

– Voyons, Monsieur Henri, ma nièce va être majeure le mois prochain, certes, mais elle est encore bien jeune !

– Depuis l'Antiquité, Madame, ces choses-là se font à tout âge. La nature est diverse. Tout dépend du tempérament de chacun. Le mien m'a poussé vers les femmes ; il eût pu tout aussi bien m'aiguiller vers la gent masculine, comme certains de mes amis, au moins autant respectables que vous et moi. Mais vidons plutôt nos verres et allons dans mon atelier, car je dois faire le portrait de cette petite avant la nuit. Vous êtes bien venues pour ça, non ?

Clarisse et Marthe acquiescèrent d'un sourire. Elles voulurent l'aider à descendre de son tabouret, mais il mit un point d'honneur à se débrouiller seul.

Le trio remonta la rue Caulaincourt. L'atelier de Toulouse-Lautrec était tout près. Le peintre les précéda dans le couloir, puis dans les escaliers. Au premier, un chat noir leur passa entre les jambes, manquant de peu de faire tomber Marthe.

– Il ressemble à celui de May Belfort ! lança Monsieur Henri.

– Elle l'a peut-être perdu ! s'exclama Clarisse en riant.

– Qui est cette May Belfort ? demanda discrètement Marthe à sa tante, en atteignant le palier du troisième.

– Une chanteuse anglaise qui se produit sur la scène de plusieurs cabarets, avec un petit chat noir dans les bras.

– Je vous la présenterai ! lança Toulouse-Lautrec, qui avait l'ouïe fine. J'ai fait plusieurs portraits d'elle. Je vais souvent voir ses spectacles. Je suis un oiseau de nuit. Je me couche à l'heure où se lèvent les poules. Enfin… les poules à plumes, quoi !

Il fut pris d'un rire incoercible qui fit trembler son

chapeau, et en laissa tomber la clé qu'il venait de tirer de sa jaquette.

L'atelier n'était pas très grand. Il était éclairé par une verrière. Des toiles et des cartons étaient adossés aux murs, à même le sol, ainsi qu'une échelle. Une parodie du Bois sacré de Puvis de Chavannes était accrochée en hauteur. Une foule d'objets hétéroclites étaient entassés dans les coins, mais également sur les meubles et les étagères.

– Ne faites pas attention au désordre. J'ai depuis toujours cette manie d'acheter des trucs, des bidules et des machins, quoi ! *Tek-nik* de la brocante !

Henri de Toulouse-Lautrec débarrassa un fauteuil des vêtements qui y étaient amassés.

– Tenez, asseyez-vous, très chère, suggéra-t-il à Clarisse, et mettez-vous à l'aise, car il va vous falloir patienter, quoi ! Le métier de chaperon n'est pas facile. Vous avez des exemplaires de *La revue blanche* sur le meuble, à côté, ainsi que quelques numéros du *Chasseur de chevelures*, un supplément auquel j'ai eu l'honneur de collaborer avec mon ami Tristan Bernard. Si cela vous tente, vous trouverez des revues légères sur le piano.

Puis se tournant vers Marthe :

– Et vous, belle enfant, venez vous mettre ici ! poursuivit-il en installant un tabouret sous la verrière.

Marthe s'exécuta. Toulouse-Lautrec fit pivoter sa tête dans tous les sens, afin de voir dans quelle position son modèle prenait le mieux la lumière.

– Parfait ! Ne bougeons plus, quoi ! *Tek-nik* du portrait !

Enfin, il se plaça derrière son chevalet, qu'il déplaça légèrement, après y avoir fixé une grande feuille cartonnée.

Le peintre crayonna nerveusement le buste de Marthe à grands traits et ne fit qu'esquisser le contour du visage. Puis il affina peu à peu son dessin. Au bout de trois quarts d'heure, il quitta son tablier.

– Terminé pour aujourd'hui ! annonça-t-il en se dirigeant vers une table de bar garnie de bouteilles d'alcools de toutes sortes. Pour faire quelque chose de bien, il faudra encore trois ou quatre séances.

– Nous reviendrons dimanche prochain, promit Clarisse en se levant.

– Puis-je vous offrir un verre ?

– Non, merci ; nous allons rentrer. La prochaine fois, peut-être.

– Dommage, reprit Monsieur Henri, j'aurais pu vous concocter un cocktail de ma composition, quoi ! J'en invente un par jour ! L'autre jour, chez Achille, rue Royale, j'ai pris la place du barman. J'ai préparé pour May Belfort et Oscar Wilde des *rainbow cups*, dans la petite salle du fond. Il y en avait de toutes les couleurs. On a ensuite mangé des sardines flambées au genièvre. La semaine d'après, j'ai dîné au Weber avec Alphonse Allais, Curnonsky, Jean de Tinan, Lucien Guitry, Mallarmé et bien d'autres. Avant de passer à table, je leur ai servi des cocktails au gingembre et des *sherry goblets.* Même Jules Renard a bu, alors qu'il ne boit jamais, trop occupé à prendre des notes.

En entendant le nom de Jules Renard, Clarisse pensa à ce que celui-ci lui avait confié un jour : « Toulouse-

Lautrec est un grand petit homme. Plus on le voit, plus il grandit. Il finit par être d'une taille au-dessus de la moyenne. Il s'exprime avec un grognement qui sépare les phrases et soulève les lèvres, comme le vent les bourrelets d'une porte*. »

Les yeux de Toulouse-Lautrec étincelaient derrière ses binocles. Marthe le salua d'un petit sourire timide. Elle était sur le point de sortir, lorsqu'il lui lança :

– Pas de blague ! La prochaine fois, vous revenez avec la même tenue.

– Est-ce vraiment nécessaire ? demanda Marthe.

– C'est indispensable, quoi ! affirma le peintre en se saisissant d'une bouteille de vermouth.

Clarisse et Marthe quittèrent l'immeuble. Comme il faisait particulièrement beau pour la saison et qu'il n'était que quinze heures trente, elles bifurquèrent sur leur droite et montèrent jusqu'au Sacré-Cœur, par la rue Lepic et la rue Gabrielle. Elles redescendirent par les escaliers de la Butte et regagnèrent le domicile de Clarisse par le boulevard de Rochechouart et la place Pigalle.

À la maison, Marthe s'écroula sur une chaise du salon.

– Je suis vannée ! Je n'ai jamais autant marché de ma vie.

– Je vais nous faire un café, décida Clarisse. Sors la boîte de biscuits ! Cette promenade m'a donné faim.

---

* Vraie citation : « Il fait mal d'abord par sa petitesse, puis très vivant, très gentil, avec un grognement qui sépare les phrases et soulève les lèvres, comme le vent les bourrelets d'une porte. »

Attablées devant leurs tasses fumantes, les deux femmes évoquèrent Monsieur Henri.

– C'est un curieux bonhomme ! fit Marthe en croquant dans une langue de chat.

– C'est effectivement un personnage insaisissable. Et il est très drôle. Tu as entendu son accent ? Il adore faire des jeux de mots. Comme ses parents ont pas mal d'argent, il a toujours eu beaucoup de relations. C'est maintenant un peintre reconnu. Un très bon affichiste, surtout. Tu peux en juger par les dessins qui sont au mur. Il vit depuis plusieurs années de sa peinture, mais comme il donne beaucoup de réceptions et qu'il est toujours dans les cafés, sa mère est là pour assumer les dépenses. Monsieur Henri est issu d'une illustre famille. Lorsqu'il a un peu trop bu – ce qui lui arrive fréquemment –, il raconte les faits d'armes de ses ancêtres. Ce serait étonnant qu'il ne te parle pas un jour de Raymond IV, qui a pris Jérusalem, lors de la première croisade. En mil quatre-vingt-dix et quelques. Et aussi de ce comte de Toulouse, auquel Charlemagne a confié ses éperons, lors de son sacre, à Reims. Monsieur Henri se déguise à tout propos. En Japonais, en barman, en musulman, en enfant de chœur. À l'occasion d'une réception, il avait endossé la tenue de Jane Avril, avec son boa et son chapeau à plumes !

– J'ai l'impression qu'il boit pas mal !

– C'est son plus grand défaut. Cela dit, presque tous les peintres boivent. Les sculpteurs et les écrivains aussi. Certains soirs, s'il a trop abusé de l'absinthe – « la verte », comme on l'appelle – ou de ces fameux cocktails dont il nous a parlé, il s'endort dans les bars ou les restaurants, roulé en boule, à même le sol. Il est souvent ivre mort. Ses amis le font ramener chez lui en fiacre. Ils ont l'habitude. Thadée Natanson prétend qu'il passe sa vie à regarder et à boire. Et qu'il boit parfois tellement que les coins de ses moustaches n'ont pas le temps de sécher ! Un jour, comme une dame lui faisait remarquer qu'il buvait trop, Toulouse-Lautrec lui a répondu : « Non, j'vous assure, chère madame, que j'bois sans danger... J'suis si près de terre, hein ? »

– Il n'a jamais songé à se marier ? s'informa Marthe.

– Il dit lui-même que personne ne voudrait d'un « nabot ». Il a pris son parti de ses jambes débiles. Il a fait plusieurs dessins pour se caricaturer. Il s'enlaidit volontairement, accentue la taille de son nez, et se représente plus petit qu'il n'est réellement, et avec une bouche plus lippue. Il a pourtant eu des aventures. Avec des demi-mondaines, mais aussi des femmes du monde. À Montmartre, tout le monde sait qu'il a été l'amant de Maria Valadon, l'un de ses modèles, rebaptisée Suzanne. Il avoue tomber facilement amoureux. Il cite souvent Ingres, qui disait que la meilleure façon de posséder une femme, c'était encore de la peindre ! Les bouches des femmes de Renoir lui arrachent des cris d'admiration.

Marthe fixa sa tante droit dans les yeux.

– Je vous repose la question : a-t-il été votre amant ?

– Non, nia Clarisse en soutenant le regard de sa nièce. Mais je sais qu'il aurait bien aimé.

– Il vous l'a dit ?

– Il me l'a fait comprendre.

– Il n'est peut-être pas trop tard, reprit Marthe.

Les deux femmes rirent de bon cœur.

Clarisse scruta la pendule et se leva d'un bond.

– Mon Dieu, je n'avais pas vu l'heure ! Je vais me mettre en retard.

Elle se retourna vers sa nièce.

– Ah, oui ! J'ai oublié de te prévenir que ce soir, je suis de sortie. Ne m'attends pas pour dîner, je ne rentrerai pas de bonne heure. Julie ne devrait plus tarder. Elle te tiendra compagnie. Je crois que tu as une revanche à prendre au jacquet. Et je sais que tu as de la lecture.

– Chaque soir, je puise dans l'anthologie que vous m'avez offerte. Je me garde le meilleur – François Villon – pour la fin !

Clarisse grimpa au premier. Marthe avait quitté sa pèlerine en arrivant. Maintenant, elle avait un peu froid. Plutôt que d'allumer la cheminée du salon, elle alla dans la cuisine, où régnait nuit et jour une chaleur identique à celle de la maison de Chanteloube.

Marthe ouvrit la porte de la cuisinière, glissa dessous un petit banc de bois pour la caler, avança sa chaise et étira ses pieds devant le four. Des bruits d'eau se faisaient entendre à l'étage. Sa tante devait être dans la salle de bains. Fatiguée par sa promenade, Marthe ferma les yeux et somnola bientôt. Ses rêveries l'emportèrent sur les rives de la Creuse.

C'était l'été. Il n'était pas tombé une goutte d'eau en juillet, ni pendant la première quinzaine d'août. Les moissonneurs s'affairaient sur les hauteurs, dans les torpeurs moites, prémices d'orages à venir. Il faisait un peu plus frais dans la vallée, mais la chaleur y restait néanmoins étouffante. Les eaux étaient particulièrement basses. Gaétan apparut là où la rivière faisait un coude, torse nu, pantalon relevé à mi-cuisse. Il s'agenouilla avec précaution. Ses bras disparurent sous un rocher jusqu'aux épaules. Assise dans le pré voisin, Marthe l'observait depuis la rive. Au tressaillement soudain de son buste, elle comprit qu'une lutte farouche se déroulait sous l'eau. Gaétan se redressa brusquement en brandissant une magnifique truite qu'il jeta sur la berge. Marthe était nue. Elle se releva et se mit à courir dans sa direction. Sentir la caresse de l'herbe entre ses doigts de pied lui procurait un voluptueux bien-être. Ses seins se balançaient en mesure avec grâce, sans arrogance aucune, cependant qu'un soleil polisson jouait avec la toison de son sexe, y allumant mille reflets. Elle sauta au cou de son petit ami et l'enlaça. Ils roulèrent tous les deux dans l'eau.

C'est Julie, en entrant dans la pièce, qui réveilla Marthe. Elle s'excusa.

– Je ne dormais pas ! mentit Marthe. Je fermais simplement les yeux. Ma tante est partie ?

– Elle vous a laissé ce mot sur la commode, Mademoiselle, dit Julie en lui tendant une feuille.

Marthe prit connaissance du billet.

« Je rentrerai sans doute assez tard. Ne t'inquiète pas. À demain, ma chérie ! »

En voulant se relever, Marthe fit la grimace et laissa échapper un petit cri. Julie se précipita vers elle.

– Qu'y a-t-il, Mademoiselle ?

– Je me suis tordu le pied avec mes bottines, juste

en arrivant sur le trottoir. Je crois que j'ai la cheville enflée. J'ai mal jusqu'en haut du mollet.

Julie s'accroupit et lui ôta son chausson.

– Je vais vous faire un massage à l'huile camphrée. Il faut retirer vos bas. Le mieux serait que vous alliez vous mettre en robe de chambre ; je ne voudrais pas tacher votre jupon.

Marthe quitta la pièce en boitillant.

Pendant qu'elle se changeait, Julie fit du feu dans la cheminée du salon, puis elle monta chercher un flacon dans le placard de la salle de bains. Au passage, elle récupéra deux serviettes de toilette dans la lingerie. Marthe descendit peu après en claudiquant.

– Venez vous allonger sur le sofa, Mademoiselle. Vous serez mieux.

– Vous avez fait du feu ! observa Marthe. Vous vous donnez du mal pour moi !

– J'ai pensé que vous pourriez avoir froid.

Julie protégea le tissu du canapé avec les serviettes, avant que la blessée ne s'y étende, et lui cala un coussin derrière le dos.

– Voyons cette jambe ! ordonna-t-elle en écartant les pans de la robe de chambre, dont la ceinture se dénoua.

Marthe avait posé ses chaussons. Julie lui prit délicatement le pied.

– Il faudrait relever un peu votre chemise de nuit, Mademoiselle ; ce serait plus commode. Attendez, je vais vous aider.

Julie remonta le tissu jusqu'au-dessus du genou. Marthe s'était légèrement soulevée pour lui faciliter la tâche, en prenant appui sur ses poings. Dans la manœuvre, ses cuisses s'étaient disjointes. Pour bref qu'il fût, l'entrebâillement n'avait pas échappé au regard de Julie. Son visage s'empourpra. Mais cette chaleur n'était rien, comparée à celle qui lui avait lacéré le bas-ventre. Marthe semblait ne s'être aperçue de rien.

Julie dévissa le bouchon du flacon en tremblant et versa un peu d'huile camphrée dans sa main. Elle l'étala sur la cheville et le mollet mal-en-point, puis entreprit de masser la jambe de Marthe avec une infinie douceur.

– Dites-moi où cela vous fait mal, Mademoiselle ; guidez-moi, s'il vous plaît !

– Un peu plus haut... Non, là, un peu plus bas. Oui, ici ; juste ici !

Julie mettait tout son cœur dans l'opération, usant également de toute sa science. La peau de Marthe roulait sous ses doigts. Sous l'experte caresse, le mollet tremblotait, se déformait, et sans cesse, reprenait sa position première. De temps à autre, Julie exerçait une pression un peu plus forte sur le muscle lésé, tout en souriant à Marthe, qui lui retournait son sourire.

Une fois que l'huile avait suffisamment pénétré, Julie en prenait de nouveau une petite quantité dans sa paume et ses mains terminaient à chaque fois leur course un peu plus haut. Subjuguée par le bien-être qu'elle éprouvait, Marthe fermait les yeux.

– Vous avez mal jusque sous le genou, Mademoiselle, n'est-ce pas ?

– Oui, gémit Marthe, les paupières mi-closes. Cela me tire même un peu derrière la cuisse.

– Voyons cela ! dit Julie.

Pour faciliter les choses, Marthe avait imperceptiblement desserré les jambes. Profitant de l'aubaine, Julie gagnait du terrain à chaque aller-retour.

Les respirations des deux jeunes femmes étaient de plus en plus saccadées. Julie fermait elle aussi de temps en temps les yeux. Chaque fois qu'elle les rouvrait, son regard s'attardait sur un endroit précis, qui semblait mobiliser toute son attention. Lorsque ses doigts effleurèrent le sexe de Marthe, une décharge électrique lui cisailla le ventre. Un frisson avait également parcouru le corps de la jeune fille. Julie avait poussé son avantage. Sous la surprise, Marthe s'était cabrée.

– Que faites-vous, Julie ?

– Rien de répréhensible, Mademoiselle. C'est un jeu. Je fais uniquement cela pour votre bien.

– Et pas le vôtre ?

– Fermez les yeux et ne dites rien. Tout à l'heure, nous inverserons les rôles.

Marthe voulut protester, prétextant qu'elle ne connaissait rien à ce jeu.

– Je vous apprendrai ! fit Julie en approchant ses lèvres des siennes.

12

Ce soir-là, Marthe eut du mal à s'endormir. Elle était restée en compagnie de Julie dans le salon, jusqu'à dix heures et demie. Puis les jeunes femmes étaient allées s'installer dans la cuisine. Marthe avait mangé la moitié d'une terrine de pâté de lapin et avalé une énorme part de forêt-noire.

– Ce sont des activités qui donnent faim, Mademoiselle, n'est-ce pas ? l'avait taquinée Julie. Ça fait toujours ça, les premières fois. Je suis un peu fatiguée, moi aussi. Après une bonne nuit, il n'y paraîtra plus. Demain matin, vous pourrez faire la grasse matinée.

Encore sous le coup de l'émotion, Marthe avait souri. Elle était extrêmement gênée. Julie l'était un peu également. Mais ce qui était fait était fait. C'était elle qui avait pris congé la première, gratifiant sa partenaire d'un soir d'un baiser dans les cheveux.

– Surtout, pas un mot de tout cela à Madame votre tante. Elle ne devra jamais savoir. Ce sera notre secret. Puis-je compter sur votre discrétion, Mademoiselle ?

– Vous pouvez.

Marthe s'était calée contre le dossier de sa chaise en

fermant les yeux. Lorsqu'elle les avait rouverts, Julie n'était plus là.

Marthe s'était mordillé l'annulaire gauche, au niveau de la première phalange, là où la peau est la plus tendre. Et elle l'était particulièrement; depuis qu'elle ne travaillait plus à la mine, ses mains avaient gagné en douceur. Ses doigts s'étaient affinés. Sa tante l'avait emmenée dans un salon de coiffure du dernier chic. Par la même occasion, elle avait eu droit à une séance de manucure.

Marthe n'était pas montée tout de suite dans sa chambre. Inconsciemment, sans doute, afin de ne pas courir le risque de croiser Julie dans le couloir.

Qu'avaient-elles fait là? Marthe s'en voulait. Tout cela était de sa faute. Si cela avait été à refaire... Elle s'en voulait surtout d'avoir pris du plaisir. Ce qui était troublant, c'était qu'elle en avait peut-être pris davantage à donner qu'à recevoir.

Elle avait frissonné en revoyant certaines images, se remémorant ces secousses qui avaient déferlé dans son ventre. Elle n'avait pas cherché à localiser l'épicentre de ces ondes sismiques, qui semblaient s'être succédé de façon anarchique, l'une ignorant superbement l'autre. Et la suivante, celle qu'elle suivait.

La prochaine fois, peut-être... Y aurait-il seulement une prochaine fois? Ne fallait-il pas tout de suite mettre les choses au point avec Julie? Le pourrait-elle? Ne venait-elle pas de mettre le doigt dans un engrenage susceptible de broyer sa vie?

Autant de questions auxquelles elle n'avait pas de réponses. Avec, en point d'orgue, cette interrogation existentielle : les caresses auxquelles elle s'était adonnée n'étaient-elles pas contre nature ?

Mais qui décidait de la nature ? Les penchants ne fluctuaient-ils pas au gré du hasard ? Et si oui, n'allait-elle pas basculer dans la sphère des tribades ?

Marthe avait regagné sa chambre. Elle s'était couchée, s'était recroquevillée sur elle-même, une main sur la poitrine et l'autre entre les cuisses. Or son émoi n'avait fait que croître, car après leurs ébats, Julie lui avait fait une confidence troublante.

En début d'après-midi, elle était également au cabaret La Souris. Julie les avait vus, Monsieur Henri, elle et sa tante. Elle était au fond de la salle, avec une amie.

– Je lui ai dit que je vous connaissais, lui avait confié Julie. Et vous savez quoi ? Elle veut absolument vous rencontrer.

– Pourquoi donc ? avait rétorqué Marthe.

– Vous lui plaisez. Elle vous trouve très belle, Mademoiselle.

Marthe en avait frémi.

– Comment s'appelle votre amie ?

– Sidonie.

Le lendemain matin, quand Julie entra dans la chambre de Marthe pour ouvrir les volets, elle ne fit aucune allusion à ce qui s'était passé la veille. Elle demanda simplement des nouvelles de sa cheville. Marthe baissa la tête. Un sentiment de honte la submergeait. Elle aurait voulu se cacher sous les draps, telle une petite fille prise en faute.

Julie avait posé son plateau sur la table, comme à son habitude. Lorsqu'elle le reprit pour le porter sur le lit, Marthe décréta qu'elle préférait prendre son petit déjeuner dans la cuisine, et que, dorénavant, ce ne serait plus la peine de le lui monter dans sa chambre.

– Comme vous voudrez, Mademoiselle, lui répondit Julie. Je faisais cela pour vous être agréable.

– Je le sais, dit Marthe, et je vous en remercie.

Julie redescendit avec son plateau. À Clarisse, qui l'interrogeait du regard, elle expliqua simplement que, désormais, Mademoiselle Marthe déjeunerait en bas.

Lorsque sa nièce fit son apparition dans la cuisine, Clarisse trouva qu'elle avait des cernes sous les yeux.

– Toi, tu n'as pas assez dormi, ma chérie ! Remarque, avec la pleine lune, c'est normal. Je n'ai pas fermé l'œil non plus. Et vous, Julie ?

– Moi, j'ai fait un joli rêve, au contraire.

– Je ne sais pas comment vous vous débrouillez pour être toujours en galante compagnie, dans votre sommeil. Confiez-moi donc votre secret !

– Je ne le connais pas moi-même, Madame. C'est peut-être parce que dans la vie, je suis une jeune fille sage ! s'esclaffa Julie, en jetant un regard langoureux en direction de sa nièce.

Marthe avait plongé le nez dans sa tasse, mais Clarisse avait saisi l'œillade au vol.

– Dites-moi, Julie, dans ce rêve, étiez-vous avec un beau blond ou avec une jolie brune ? demanda-t-elle en clignant des cils.

– Sauf votre respect, avec les deux, Madame ! osa l'intéressée en éclatant de rire.

Ce lundi-là, Clarisse annonça à Marthe qu'elles travailleraient désormais toutes les deux à l'Olympia, dont la fréquentation montait en puissance. Joseph Oller l'avait priée d'accélérer la formation de sa nièce aux arcanes de la comptabilité. La simple gestion des factures et des cachets des innombrables artistes défilant sur scène nécessitait deux personnes à temps plein. Sans parler de la recette à compter chaque soir et à mettre en lieu sûr, avant de la porter le lendemain à la banque. En semaine, il y avait régulièrement six à sept cents spectateurs par soirée. Le samedi et le dimanche, on atteignait dix-huit cents personnes. La salle de l'Olympia avait été conçue pour en accueillir deux mille.

Le spectacle débutait à vingt et une heures. En première partie, acrobates et contorsionnistes se succédaient sur la scène. Arrivait ensuite Fregoli – un transformiste. Au cours de sa démonstration, il changeait plus de quatre-vingts fois de costumes. Un orchestre de cuivres et de percussions accompagnait son numéro, qui durait trois quarts d'heure.

Suivait un long entracte, pour permettre aux spectateurs de boire un verre et de se restaurer. Puis le spectacle reprenait. On éteignait la salle. Des violons se mettaient à jouer. La scène sortait peu à peu de l'obscurité, grâce à un savant jeu de lumières. La danseuse Loïe Fuller faisait alors son apparition à l'intérieur d'un cube de verre, dans des drapés évanescents, tel un papillon émergeant de sa chrysalide, au milieu d'une houle de mousseline phosphorescente. C'était un spectacle d'une beauté à couper le souffle. N'eût été les violons, on eût entendu une mouche voler. La Goulue clôturait la soirée, avec son quadrille.

Les bureaux étaient situés au premier. Celui de Clarisse se trouvait à l'opposé de la scène et des coulisses. La pièce était suffisamment vaste pour contenir plusieurs tables. Au bout de trois jours, Marthe y avait pris ses marques.

Chaque soir, en rentrant, elle songeait à cette jeune fille prénommée Sidonie. Elle ne doutait pas un instant de sa beauté, mais elle aurait bien aimé savoir qui elle était, quel âge elle avait, comment elle était habillée. Marthe n'osait pas aborder Julie.

Le vendredi matin, n'y tenant plus, elle attendit que la domestique de sa tante vînt ouvrir les volets de sa chambre. Elle se leva sans bruit et la plaqua contre le mur.

– Je veux savoir qui est cette Sidonie, à la fin !

Julie se dégagea délicatement. Elle promena doucement sa main sur le visage de Marthe, descendit lentement le long de son cou, ménageant ses effets, et enfin la laissa courir sur sa poitrine. Elle sentit la pointe des seins de Marthe durcir sous la chemise.

– Venez me rejoindre ce soir dans ma chambre, l'invita Julie, avec ce merveilleux sourire dont elle avait usé lors de la scène de massage. Je vous parlerai d'elle.

Marthe frissonna. La main de Julie poursuivait sa course descendante. Marthe s'esquiva.

– Vous semblez oublier ma tante !

– Madame ne rentre pas ce soir.

– Comment le savez-vous ?

– Elle me l'a fait comprendre, Mademoiselle. Nous utilisons un code entre nous.

– Parlez-moi de Sidonie, reprit Marthe. C'est votre petite amie ?

– Ce soir, dans ma chambre, lui chuchota Julie à l'oreille. Je promets de tout vous révéler.

L'après-midi fut longue, dans les bureaux de l'Olympia. Et la soirée, interminable. Entre deux calculs, Marthe était descendue dans les coulisses, afin d'écouter May Belfort, qui se produisait exceptionnellement sur cette scène, ce soir-là. Un chat noir dans les bras, elle chantait *J'ai un petit chat, et j'aime beaucoup ça.*

Quelques instants plus tard, Yvette Guilbert était entrée à son tour. En robe blanche, gants noirs et coiffe de dentelle nouée par un gros ruban, elle avait interprété *Éros vanné* et *Les vieux messieurs*, les deux célèbres chansons de Maurice Donnay. La salle avait applaudi à tout rompre, quelques sifflets avaient néanmoins fusé. Une altercation avait eu lieu dans la travée centrale. Un individu avait crié que c'était une honte de chanter des choses pareilles et qu'il préférerait entendre déclamer du Bruant ou du Rollinat. L'homme avait été emmené à l'extérieur par deux amis, guère plus à jeun que lui. Renseignement pris, il s'agissait d'Edmond de Goncourt, qui avait abusé du champagne.

Marthe était remontée à l'étage. Elle avait compté la recette avec sa tante, dans le bureau du chef d'équipe. À minuit, elle avait pris le fiacre, avancé, comme chaque soir.

– Je ne rentre pas, cette nuit, ma chérie, lui avait confirmé Clarisse. Surtout, referme bien la porte de la maison et ne laisse pas la clé dessus, comme l'autre jour. Et n'aie pas peur, Julie est là pour veiller sur toi.

En arrivant rue de la Tour-des-Dames, aucune lumière ne filtrait à travers les volets, contrairement à l'habitude. Marthe tâtonna un instant pour trouver la serrure. Son rythme cardiaque s'accéléra. Elle entra et repoussa vivement la porte. Par chance, elle mit du premier coup la main sur l'interrupteur commandant l'allumage dans l'entrée. Le filament de l'ampoule électrique monta progressivement en température, passant du rouge sombre au blanc le plus éclatant. Marthe se figea, les sens en éveil : aucun bruit ne perturbait le silence de la maison. Elle fut vite gagnée par la panique.

– Julie ? appela-t-elle à voix basse.

Personne ne répondit. Marthe s'avança vers le salon, tout en essayant de se raisonner. Julie était peut-être sortie. Pour autant, il n'y avait pas de raison de s'affoler. La porte était bien fermée. C'était une rue tranquille. Elle éclaira toutes les pièces du rez-de-chaussée.

Prise d'une inspiration soudaine, elle retourna dans l'entrée et ouvrit la porte du débarras. Les bottines de Julie étaient là. Marthe reprit sa respiration. Elle leva les yeux et sourit malgré elle, en apercevant la pèlerine accrochée au portemanteau.

Elle se rendit dans la cuisine et se servit un grand verre d'eau. Puis elle quitta ses souliers, enfila ses chaussons, alluma dans l'escalier et grimpa à l'étage, après avoir éteint les lumières du rez-de-chaussée.

Marthe avança sur la pointe des pieds jusqu'à la

porte de la chambre de Julie, l'entrebâilla suffisamment, afin de vérifier sa présence, et la referma sans bruit. Le sang battait à ses tempes. Ses jambes, soudain, ne la portaient plus. Elle ferma les yeux, mains appuyées au mur, et resta ainsi un long moment, attendant que les battements de son cœur se fussent assagis.

Alors elle alla dans sa chambre, se déshabilla prestement et se rendit à demi-nue dans la salle de bains, chemise de nuit à la main. Elle se brossa les dents et fit sa toilette à l'eau froide. Avant de passer sa chemise, elle se planta devant la psyché, ébouriffa de la main sa toison pubienne, s'observa de face, de profil, de trois quarts – alternant les positions à plusieurs reprises – et soupesa ses seins.

Satisfaite, Marthe s'adressa une grimace coquine et revêtit sa chemise. En dernier, elle défit son chignon. Ses cheveux ruisselèrent sur ses épaules. Après un ultime coup d'œil à sa silhouette, elle alluma le bougeoir que sa tante rangeait là, sur une étagère, en prévision des coupures de courant. La lumière éteinte, elle sortit de la salle de bains et se dirigea vers le fond du couloir. Elle marqua un temps d'arrêt, faillit revenir en arrière et frappa discrètement à la porte qu'elle avait entrouverte précédemment. Aucune réponse ne lui parvint. Après une dernière hésitation, elle pénétra dans la chambre, son bougeoir à la main.

Julie semblait dormir, mais Marthe n'était pas dupe. Elle souffla la chandelle, souleva les draps et se lova contre elle.

13

Marthe avait raison. Julie ne dormait pas. Les deux jeunes femmes s'aimèrent une grande partie de la nuit. Entre deux étreintes, Marthe demanda des précisions sur cette inconnue, prénommée Sidonie.

– Je suis déçue, se plaignit Julie. Dites-moi la vérité : vous êtes venue dans mon lit uniquement pour que « je vous apprenne des choses » sur cette demoiselle !

– Pas seulement, vous le savez bien !

– Menteuse !

– Je pensais vous l'avoir prouvé, susurra Marthe en lui mordillant le lobe de l'oreille. C'est vous qui me décevez !

Elle se détacha de sa partenaire et s'allongea sur le dos. Chacune bouda quelques instants dans son coin. Et puis Julie se tourna à son tour. Après un temps qui parut infini à l'une et à l'autre, elle laissa courir sa main sur le ventre nu de Marthe. Ses doigts partaient à l'aventure, sillonnaient des contrées cachées, s'égaraient dans des plis secrets.

– Je ne connais que son prénom, confessa Julie.

– Quel âge a-t-elle ?

– Vingt et un ans.

– Elle est jolie ?

– Elle est très belle ! Moins que vous, toutefois, Mademoiselle.

Marthe ne se laissa pas déconcentrer.

– Avez-vous couché avec elle ?

Julie hésita.

– Couché n'est pas le mot exact. Je ne l'ai rencontrée que deux fois. Au bar de La Souris.

– Et alors ? insista Marthe.

– Nos mains se sont attardées sous nos jupons, avoua Julie. Mais il n'y a pas là de quoi fouetter un chat.

– La formule est plaisante ! ironisa Marthe.

Et de poursuivre.

– Et cette Sidonie veut me voir ?

– Je vous l'ai dit ; vous lui plaisez, Mademoiselle. Je lui ai promis de vous présenter.

– Que fait cette charmante jeune fille ?

– Rien, répondit Julie. Enfin… si, elle écrit. Elle m'a dit qu'elle était en train de coucher ses souvenirs d'école sur des cahiers.

Puis se reprenant :

– Ah, oui ! J'ai omis un détail.

Marthe s'était raidie. La main de Julie remonta vers sa poitrine, épousa le contour de son sein.

– Elle est mariée !

Marthe se redressa sur le lit.

– Comment est-ce possible ? Son mari la laisse aller toute seule dans les cabarets pour dames ? Et lui, pendant ce temps, que fait-il ?

– Elle m'a laissé entendre qu'il était écrivain. Il

s'appelle Willy. Mais ce ne serait pas son vrai nom. Il fréquente les bars du Quartier latin. Je crois que son père est éditeur. J'ai oublié aussi de vous prévenir que Sidonie roule copieusement les « r », et qu'elle a horreur que l'on fasse référence à son accent, qui, il faut bien le dire, est exécrable !

Tout en donnant ces explications, Julie n'avait cessé ses attouchements. Ses caresses étaient de plus en plus appuyées. Elle se cambra, écarta le drap et vint se coller contre Marthe. Leurs lèvres se joignirent.

– Quand me présenterez-vous cette petite dévergondée ? balbutia Marthe entre deux baisers.

Le surlendemain, Marthe avait rendez-vous devant l'atelier de Monsieur Henri, à quinze heures. Le peintre voulait qu'elle vienne le chercher avec sa tante au cabaret Le Hanneton, mais Clarisse avait refusé. Elle était mal à l'aise dans ces établissements fréquentés par la communauté lesbienne. Henri de Toulouse-Lautrec était l'unique personne de sexe masculin à être tolérée au Hanneton. Les autres étaient impitoyablement refoulées. Ces dames voulaient rester entre elles. À La Souris, il n'était pas le seul en revanche à avoir ses entrées : on acceptait aussi les androgynes.

Il arriva devant chez lui en même temps que Marthe et sa tante. Clarisse salua la performance, car Monsieur Henri était plus souvent en retard qu'en avance. Il tenait sa minicanne dans la main droite et un petit sac de voyage – en forme de grosse saucisse – dans la gauche. À peine entré dans son atelier, il en tira une bouteille de vin.

– C'est un cadeau de ma pauvre sainte femme de mère, quoi ! dit-il sur un ton solennel, en la posant sur la table, déjà encombrée par une ribambelle de bouteilles d'alcool. Elle m'invite presque tous les dimanches. C'est un vin de notre propriété de Malromé, dans le Bordelais. Nous allons le goûter. Vous m'en direz des nouvelles !

Clarisse eut beau protester, elles ne purent y échapper. Monsieur Henri fit le service et leva son verre en rajustant son lorgnon.

– À la santé des femmes du monde… et des autres, quoi !

Il trempa ses lèvres charnues dans le breuvage, non sans l'avoir miré à la lumière de la verrière au préalable, et fit rouler le vin dans sa bouche avant de l'avaler.

– Nectar des dieux ! *Tek-nik* viticole ! Voilà un vin qui fait plume de paon sur la langue !

Henri de Toulouse-Lautrec installa ensuite son modèle sur le tabouret utilisé lors de la séance précédente et fit pivoter ce dernier.

– Ne bougeons plus, quoi ! Je vous trouve bien nerveuse, savez-vous ?

Tout en hachurant sa plaque de grands coups de crayons, Monsieur Henri demanda à Clarisse de lui rappeler de quelle région elles étaient originaires.

– Ma nièce et moi venons du Limousin. Du département de la Creuse, plus précisément. Ma sœur et mes parents travaillent à la mine de Lavaveix, à côté d'Aubusson. Marthe y a elle-même été employée pendant deux ans.

– Elle ne descendait tout de même pas au fond ? *Teknik* masculinc, quoi !

– Non, elle triait du charbon sur le carreau de la mine, avec ma sœur. C'est un travail réservé aux femmes. Savez-vous comment l'on appelle celles qui font ça ?

– Je donne tout de suite ma langue au chat, trancha Henri de Toulouse-Lautrec en redressant son bonnet.

– Les modistes ! reprit Clarisse. À cause de leur grand chapeau et du voilage qui protège leur cou de la poussière.

– Comme c'est intéressant ! Je dîne ce soir avec des camarades. Il y aura Alphonse Allais et Jules Renard. Je suis sûr qu'ils n'en ont jamais entendu parler non plus !

Le peintre suspendit la course de son crayon.

– Mais si vous êtes creusoises, vous devez connaître Fresselines. C'est bien une localité de chez vous, quoi ? C'est là-bas que s'est retiré, depuis plus de dix ans, mon ami Maurice Rollinat. J'espère que ce nom vous dit quelque chose.

Clarisse se tourna vers sa nièce et l'interrogea du regard.

– J'ai lu ses *Névroses*, l'automne dernier.

– Et alors, qu'en pensez-vous ?

– Que ce n'est pas très gai ! jugea Marthe.

– C'est le moins qu'on puisse dire, approuva Henri de Toulouse-Lautrec. Mais certains de ses poèmes sont sublimes. D'aucuns prétendent que Rollinat est un plagiaire de Poe et de Baudelaire. C'est un faux débat, quoi ! Depuis l'Antiquité, dans ce vaste domaine qu'est l'art, tout le monde pique à tout le monde. En littérature, en peinture, en sculpture, en musique. Chaque créateur s'inspire à un moment donné de ceux qui l'ont précédé. Moi-même, qui suis un admirateur de Degas, je lui ai certainement fauché quelques trucs. Ou quelques thèmes, plutôt. J'ai puisé aussi chez Gauguin. Ou chez les Japonais. En y apportant ma touche, naturellement.

Monsieur Henri se tut, le temps de donner quelques coups de gomme rageurs, avant d'enchaîner :

– Quoi qu'il en soit, Rollinat était – est, pourquoi est-ce que j'en parle au passé ? – un pianiste et un chanteur hors pair. Qui ne l'a vu au Rat Mort déclamer ses poèmes en musique a vraiment raté quelque chose ! Il a une voix terriblement envoûtante. Je me souviens d'un article dithyrambique de Barbey d'Aurevilly, dans *Le Constitutionnel,* et d'un autre d'Albert Wolff, dans *Le Figaro.* Rollinat vit maintenant en ermite, paraît-il, auparavant il était reçu régulièrement chez Hugo, chez Banville, chez Daudet. Je l'ai revu trois fois, depuis son départ pour Fresselines. Il vient de temps en temps chez son éditeur, à Paris. Il y a deux ans, il m'a raconté le séjour de Monet, qu'il avait invité chez lui, début 1889. Et les colères que piquait « le vieux », à cause du printemps pourri et de cette Creuse qui montait un jour, descendait le lendemain, et changeait perpétuellement de couleur. Il m'a rapporté aussi une histoire incroyable. Monet s'était attelé à une série de quatre toiles d'un vieil arbre qui se trouvait au confluent des deux Creuses. Entamée par temps hivernal, à la fin du mois de mars, il ne l'avait terminée qu'en mai, par un beau soleil printanier. Les bourgeons ayant éclaté, il avait fait « plumer » les pousses par le propriétaire du chêne, pour pouvoir terminer ses toiles. Moi, je n'ai pas ce genre de problème ; je ne peins pas de paysages. J'ai horreur de ça ! Il n'y a que les silhouettes qui m'intéressent. Les paysages, ça change, mais les modèles, ça bouge ! Cessez de bouger, Mademoiselle Marthe, quoi !

Monsieur Henri crayonna encore une dizaine de minutes, puis il sonna la fin de la séance.

– Assez travaillé, quoi ! Fait trop beau ! Le dessin est achevé. La prochaine fois, on va barbouiller tout ça ! *Tek-nik* du coloriste !

Il voulut leur servir un autre verre de vin, mais les deux jeunes femmes déclinèrent de nouveau la proposition.

– Un petit gâteau sec alors, avec un doigt de porto !

La phrase avait claqué comme un ordre. Clarisse dut s'incliner.

– Vous qui êtes un ami de Maurice Rollinat, pourquoi n'êtes-vous jamais allé chez lui ?

Henri de Toulouse-Lautrec avait sorti une petite râpe de la poche de son manteau, accroché à une patère. Il râpa un peu de noix de muscade au-dessus de son verre, avant de répondre.

– Il m'a invité, pourtant. Mais la région de Fresselines est accidentée, je crois. Mes jambes ne pourraient pas suivre. À la vérité, j'ai peur de m'ennuyer, là-bas. Moi, j'ai besoin de voir du monde !

Avant de prendre congé, Clarisse demanda combien de fois Marthe devait encore venir. Monsieur Henri termina son verre d'un trait, en faisant rouler ses gros yeux derrière son lorgnon.

– Deux séances. À moins que j'arrive à saisir du premier coup la lumière du visage. *Tek-nik* de l'artiste ! Et puis Mademoiselle Marthe est une très belle jeune fille. Je n'ai pas le droit de rater son portrait. Et surtout pas sa chevelure. *Tek-nik* des Vénitiens. D'autant que si ça se trouve, elle va passer à la postérité. Imaginez la responsabilité, quoi !

Marthe regardait l'horloge. Elle ne tenait pas en place.

– Je vous prie de nous excuser, ma nièce a rendez-vous. Nous sommes pressées.

– C'est de son âge, dit Toulouse-Lautrec. Allez, filez ! Dimanche prochain, même heure, en bas de l'immeuble !

En quittant l'atelier de Monsieur Henri, les deux femmes prirent un fiacre. Clarisse fit un crochet pour déposer Marthe devant Le Chat Noir, où Julie avait dit qu'elle l'attendrait à partir de seize heures. À l'entrée du cabaret, Marthe dut s'effacer pour laisser sortir un homme, visiblement éméché, qui souleva son chapeau en guise de salut et faillit s'étaler sur le trottoir.

La salle de café – tout en longueur – était pleine à craquer. Des halos de fumée masquaient les tables du fond. Marthe s'avança. Des têtes se levèrent sur son passage. Un groupe de messieurs accoudés au bar la dévisagea de pied en cap. Marthe tenait son ombrelle, qu'elle avait fermée en entrant et la faisait tournoyer entre ses mains, pour se donner une contenance. Elle intercepta un garçon.

– Excusez-moi, je cherche une amie !

Le garçon lui demanda le nom de cette amie. Elle allait lui répondre lorsqu'elle aperçut Julie, qui était attablée sur sa gauche avec une jeune femme arborant une natte d'une longueur peu commune. Elles étaient assises l'une en face de l'autre.

Julie lui fit un petit signe. Marthe louvoya entre les tables pour les rejoindre. Julie commença les présentations. Sidonie se déplaça légèrement et invita l'arrivante à s'asseoir sur la banquette, à côté d'elle. Le pouls de Marthe s'accéléra.

Julie héla un garçon. Marthe commanda un chocolat. Craignant qu'une gêne ne s'installât, Julie s'éclaircit la voix et adressa son plus beau sourire à Marthe.

– Mon amie Sidonie vous a vue, l'autre jour, à La Souris, Mademoiselle. Elle souhaitait faire votre connaissance.

– Eh bien, voilà qui est fait ! dit Marthe en se tournant vers sa voisine.

– Vous êtes rrravissante, ma chèrrre… Votrrre petit ami doit êtrrre comblé.

– Je n'ai pas de petit ami. Celui que j'avais est resté au fin fond de la Creuse.

– Vous ne vous ennuyez pas trrrop de lui ? s'enquit malicieusement Sidonie, en posant délicatement sa main sur la sienne.

Marthe croisa le regard de Julie.

– Je n'en ai pas le temps, répondit-elle en battant des cils.

Sidonie avait surpris l'œillade échangée. Elle ôta sa main et entreprit de jouer avec sa natte.

– Que faites-vous de beau à Paris, ma chérrrie ? poursuivit-elle.

– Je travaille avec ma tante au Moulin Rouge ; et à l'Olympia, également.

– Comme danseuse ?

Marthe pouffa dans son gant.

– Vous n'y pensez pas !

– Vous chantez, peut-êtrrre ?

– Pas davantage. Je travaille à la comptabilité. Et vous, que faites-vous, Mademoiselle ?

– Madame ! rectifia Sidonie.

– Je vous prie de m'excuser. Je le savais, pourtant ; Julie m'en avait parlé.

– Elle vous en a dit, des choses, la coquine ! Que vous a-t-elle apprrris d'autrrre ?

– Rien, mentit Marthe. Enfin... si. Julie m'a dit que vous écriviez.

Sidonie lissait toujours sa natte démesurée entre ses doigts, tout en cambrant les reins, ce qui faisait saillir sa poitrine, sous l'élégant corsage en pilou.

– C'est un bien grrrand mot. Je couche quelques souvenirrrs d'école surrr des cahiers. Et j'ai le prrrojet d'écrrrire des nouvelles.

– Moi, j'écris des poèmes ! sursauta Marthe, se prenant au jeu.

Dans son élan, sa cuisse rencontra celle de sa voisine, qui comprima à son tour son genou contre le sien, tout en cherchant son pied de la pointe de son soulier.

– Ça parrr exemple ! Je brrrûle d'envie de les voirrr !

Vous me les ferrrez lirrre, n'est-ce pas ? l'implora presque Sidonie, en accentuant la pression de sa jambe.

– Je n'oserai jamais.

– Pourrrquoi donc ?

– Parce que je suis de la campagne, soupira Marthe. Vous vous moqueriez de moi. Et je ne le veux pas. Il me semble pourtant que je m'améliore tous les jours. Je vous les ferai lire dans un an ou deux, peut-être, si nos chemins se croisent encore.

– J'espèrrre bien que nous allons êtrrre amies et que nous nous crrroiserrrons souvent, comme vous dites.

Le regard de Julie voletait de l'une à l'autre. Elle se sentait délaissée.

– Si je vous gêne, je peux m'en aller ! lança-t-elle, faisant mine de quitter la table.

– Vous n'y pensez pas, ma chérrrie ! répliqua Sidonie en se levant pour aller l'embrasser sur le front. Il est bien norrrmal que je fasse la converrrsation à notrrre amie. C'est la moindrrre des politesses. De quoi aurrrions-nous l'airrr sinon, je vous le demande ?

Sidonie lui avait serré tendrement le bras. Puis elle se pencha vers elle.

– Ne soyez pas jalouse, ma chérrrie, vous savez bien que je n'ai d'yeux que pourrr vous ! lui glissa-t-elle, avant de retourner s'asseoir.

Marthe était mal à l'aise. Sidonie s'en était rendu compte. Elle apostropha le garçon pour avoir la note.

– On étouffe, ici, ajouta-t-elle à l'adresse de ses compagnes. Que dirrriez-vous d'un autrrre café – ou d'un autrrre chocolat –, ailleurrrs qu'ici ? Je connais un endrrroit plus trrranquille. L'une de mes amies est parrrtie dans le Midi enterrrer sa grrrand-mèrrre. Elle m'a charrrgée de soigner son chat et de veiller surrr son apparrrtement.

– C'est loin ? s'inquiéta Marthe.

– Pas trrrès. C'est rrrue Saint-Benoît, à Saint-Gerrrmain-des-Prrrés. De toute façon, nous irrrons en voiturrre.

– Qu'en pensez-vous, Julie ? fit Marthe.

– C'est vous qui voyez, Mademoiselle, répondit l'intéressée. Je ferai comme il vous plaira.

– Dans ce cas, allons-y ! Mais j'ai promis à ma tante d'être rentrée à dix-neuf heures.

14

Les semaines passaient. Marthe était maintenant autonome dans son activité de comptable. Sa tante n'était plus obligée de vérifier systématiquement son travail. À l'Olympia, tout le monde désormais la connaissait. On savait qu'elle était la nièce de Madame Clarisse.

Marthe était retournée deux autres fois avec sa tante dans l'atelier d'Henri de Toulouse-Lautrec, afin qu'il puisse terminer son tableau. Le dernier dimanche, elles y étaient restées presque trois heures. Monsieur Henri n'étant pas tout à fait satisfait du résultat, il avait dit à Marthe qu'il procéderait à quelques retouches. Après quoi, il se ferait un plaisir de lui offrir ce portrait.

– Je dois lui trouver un nom, lui avait-il indiqué sur le point de laisser partir son modèle.

Le peintre était allé se servir un verre de porto, puis deux, puis trois. Comme il avait déjà bu plusieurs cocktails de sa composition, il avait tendance à tanguer. Absorbé dans une intense réflexion, il s'était accoudé à la table. Accentuées par quelques poils dérisoires, ses grosses lèvres étaient luisantes d'alcool.

– Comment appelez-vous déjà les trieuses de charbon ? avait-il demandé d'une voix hésitante.

– Les modistes ! avait répété Clarisse.

– Ah ! C'est bon, ça ! J'ai déjà fait des portraits de modistes. Mais des vraies, quoi !

Henri de Toulouse-Lautrec s'était affalé dans un fauteuil crapaud barbouillé de peinture.

– Rappelez-moi le nom du puits où travaillait cette charmante enfant ?

– Le Puits Saint-Antoine.

Monsieur Henri avait voulu se lever, ce à quoi il avait dû renoncer. Il était retombé dans son fauteuil et s'y était couché en chien de fusil.

– Alors, nous intitulerons ce tableau *La modiste du Puits Saint-Antoine* ! avait il marmonné avant de s'endormir.

Marthe n'avait pas revu Sidonie depuis ce fameux dimanche où elles s'étaient retrouvées avec Julie, dans l'appartement de son amie. Les trois jeunes femmes avaient joué au zanzi. Marthe avait parlé poésie avec Sidonie. Elles avaient également évoqué leurs lectures du moment. Accédant au désir de leur hôtesse, Julie leur avait servi plusieurs verres de guignolet kirsch. L'alcool aidant, Sidonie s'était laissé aller à des confidences. Elle avait raconté que son mari avait quatorze ans de plus qu'elle et qu'il connaissait le Tout-Paris, car sa famille baignait dans le monde de l'édition. Lui-même écrivait d'ailleurs des romans.

Au quatrième verre, voulant leur révéler un secret, elle avait fait signe à ses amies de se rapprocher. Elle les avait prises par le cou et leur avait confié qu'à l'instar d'Alexandre Dumas père, son époux avait des nègres.

– C'est un imposteurrr! leur avait-elle dit. Un contrr-rebandier de la petite histoirrre littérrrairrre.

Julie avait ouvert de grands yeux. Sidonie avait dû expliquer ce qu'était un nègre.

– C'est quelqu'un qui écrrrit « en sous-main ». Son nom n'apparrraît pas surrr l'ouvrrrage. Le pseudo-auteurrr n'a plus qu'à signer.

– Ça existe, ça? avait lancé Julie, effarée.

– Tant que des gens serrront prrrêts à payer et d'au-trrres à rrrester dans l'ombrrre cela existerrra. Willy, enfin… Henry – mon marrri – a plusieurrrs nègrrres : Tristan Bernard, Curnonsky, Paul-Jean Toulet. Et je crrrois savoirrr que d'autrrres petits jeunes sont surrr les rrrangs.

Sidonie avait voulu verser un cinquième verre à ses amies, essuyant un refus de Marthe. Elle avait vaine-ment tenté de l'entraîner sur le sofa. Julie, elle, s'était laissé faire. Marthe avait préféré s'en aller. Elle était rentrée chez sa tante en voiture et était allée se cou-cher, sans manger.

Monsieur Henri avait terminé le portrait de Marthe quelques jours plus tard. Il le lui avait offert, après l'avoir signé devant elle.

– En hommage à votre beauté, quoi! lui avait-il dit les yeux brillants.

Elle avait accroché le tableau au-dessus de son lit. Julie l'admirait tous les matins, bien qu'elle trouvât la jeune fille moins belle que dans la réalité. Marthe avait apprécié le compliment.

Lorsque Clarisse découchait, les deux jeunes femmes se rejoignaient tantôt dans la chambre de l'une, tantôt dans celle de l'autre. Elles restaient ensemble jusqu'au matin. Un jour, Clarisse faillit les surprendre. Marthe eut tout juste le temps de regagner son lit. Au sourire avec lequel elle l'accueillit pour le petit déjeuner, Marthe comprit que sa tante avait deviné leur manège. Mais celle-ci ne l'avait-elle pas encouragée dans son entreprise, en lui suggérant d'aller se réfugier dans le lit de Julie, si elle avait peur ? Tout cela n'était-il pas volontaire – voire prémédité – de sa part ?

Un soir, Marthe avait interrogé Julie sur les escapades de sa tante. Elle avait essayé de lui faire avouer que Joseph Oller était son amant et qu'elle allait avec lui à l'hôtel, ou dans sa garçonnière. Comme il était marié, Marthe n'imaginait pas un instant qu'il eût pu l'emmener chez lui.

– Vous faites fausse route, Mademoiselle, avait démenti Julie. Il y a longtemps que tout est fini entre eux.

– Avec Charles Zidler, alors ?

– Pas davantage.

– Elle ne va tout de même pas chez Monsieur Henri ?

Julie avait paru choquée.

– Vous n'y êtes pas.

– Alors, quoi ?

Devant l'insistance de Marthe, Julie avait fini par avouer que Clarisse avait une amie.

– Elles se voient chez elle. L'amie en question est venue ici deux ou trois fois. Elle s'appelle Agnès.

Marthe fut obligée d'admettre qu'elle ne connaissait finalement rien de la vie de sa tante.

– Qu'y a-t-il d'étrange ? avait poursuivi Julie. Vous et moi, nous en prenons aussi à notre aise !

Un soir que Clarisse s'était « absentée », Marthe avait demandé à Julie de lui répondre franchement : avait-elle oui ou non couché avec sa tante ?

Julie avait baissé la tête et gardé le silence.

– Ton mutisme parle pour toi ! lui avait lancé Marthe.

– Au début, simplement.

– Combien de fois ?

– Quatre ou cinq.

Julie avait soudain perdu son sérieux.

– On peut dire que vous êtes drôlement douées, dans la famille, Mademoiselle ! n'avait-elle pu s'empêcher de constater, en riant aux éclats.

Les deux jeunes femmes avaient longuement discuté, dans le lit de Julie. Elles avaient parlé de Clarisse. Marthe avait dit qu'elle aimerait bien savoir comment elle pouvait être la propriétaire d'une maison aussi luxueuse. Julie lui avait laissé entendre qu'elle savait des choses. Comme elle ne voulait pas perdre sa place, elle préférait les garder pour elle. Mais Marthe avait su se montrer persuasive.

Julie avait finalement cédé, en lui faisant promettre de tenir secrètes les révélations qu'elle allait lui faire.

– Votre tante a travaillé comme comptable dans l'entreprise de maçonnerie qui a construit le Moulin

Rouge. C'est à cette occasion qu'elle a rencontré Joseph Oller, le directeur. Au cours d'une réunion de travail, Madame Clarisse a fait la connaissance d'Amédée, soixante-dix ans, un veuf sans enfants, ami de Joseph Oller. Amédée était dans les affaires et sa femme lui avait légué à sa mort un beau petit magot, paraît-il. Ce vieux cochon est tombé sous le charme de votre tante. Il l'a invitée le soir même à dîner dans un restaurant chic et lui a demandé de l'épouser.

Julie s'était tue un instant, ménageant ses effets.

– Et alors ? l'avait encouragée Marthe.

– Alors elle lui a dit que tout cela méritait réflexion. Pour achever de la convaincre, il a acheté cette maison deux jours plus tard, au nom de votre tante. Et les choses n'en sont pas restées là.

Marthe avait supplié Julie de ne rien lui cacher. Celle-ci avait fait durer le plaisir, allant jusqu'à monnayer en nature la suite de l'histoire.

– Promettez-moi encore de ne jamais dévoiler un seul mot de ce que je vais vous révéler, Mademoiselle, avait-elle fait jurer à Marthe, en reprenant ses esprits.

Marthe avait promis.

Julie avait raconté qu'en remerciement de l'achat de la maison, Clarisse s'était dénudée devant Amédée, dans la chambre du vieux monsieur. Qu'elle lui avait dit qu'il pouvait seulement regarder, pas toucher. Que pour cela, il devait lui léguer tous ses biens. Après quoi, elle serait à lui, rien qu'à lui, le soir même.

– Et alors ? avait à nouveau demandé Marthe.

– Alors, il a refait son testament le lendemain et les deux tourtereaux ont entrepris les démarches administratives auprès de la mairie du neuvième arrondissement.

– Pourtant ma tante n'a jamais été mariée ! s'était exclamée Marthe.

– C'est exact, avait confirmé Julie. Ce cher Amédée est décédé la veille de la cérémonie, alors que les bans étaient publiés depuis un mois.

– De quoi est-il mort ?

– De mort naturelle, d'après le médecin qui a délivré le certificat de décès. Le pauvre n'aura pas survécu au traitement de choc de votre tante. Matin, midi et soir, c'en était trop pour lui. Il y a un âge pour tout. Arrive un moment où le cœur ne peut plus suivre… et le reste non plus. Surtout, ne me demandez pas comment je sais tout cela, Mademoiselle. Je le sais, c'est tout.

Marthe n'en était pas revenue. Elle avait tout de suite pensé au scandale, si ses parents venaient à apprendre ce qu'elle savait désormais. Julie avait terminé en disant que Madame Clarisse s'était ensuite volontairement détournée des hommes. Elle voulait rayer certaines images de sa mémoire.

Marthe n'avait pas dormi, cette nuit-là. Elle s'était blottie contre Julie.

– Il devait être riche, cet Amédée ?

– Très riche, d'après ce que j'en puis savoir.

– Tu en sais effectivement beaucoup, petite polissonne ! Ma tante a dû hériter de sa maison.

Marthe s'était redressée sur un coude.

– Car il devait bien avoir une maison ?

– Un petit hôtel particulier, plutôt ; dans le XVIe arrondissement.

– Ma tante l'a conservé ?

– Je crois que Madame l'a vendu. Elle prétendait que c'était trop voyant. Et que ces choses-là relevaient d'un monde auquel elle ne pourrait jamais se faire.

Marthe était sous le choc. Elle avait joué avec la chevelure de Julie. Sa tante devait être millionnaire. Pourquoi diable travaillait-elle ? Elle avait posé la question à Julie.

– Pour donner le change, Mademoiselle ! avait rétorqué celle-ci, en l'embrassant dans le cou.

Un détail tracassait Marthe. Sa tante prétendait avoir déménagé en janvier. Elle l'avait écrit dans la lettre à sa sœur. Or, la maison de la rue de la Tour-des-Dames appartenait apparemment à Clarisse depuis plusieurs années. Voyant que Julie était dans la confidence, Marthe exigea des précisions.

– C'est tout simple, Mademoiselle. Madame Clarisse est venue habiter ici quelques semaines seulement après être devenue propriétaire. Elle m'a embauchée un mois plus tard. Comme elle ne voulait pas le faire savoir chez vous, elle a demandé de faire suivre vos lettres ici.

Ce samedi-là, Clarisse avait annoncé à Julie qu'elle ne rentrerait que le lendemain soir.

– Je compte sur vous pour ne pas faire de bêtises ! Mais que cela ne vous empêche pas de faire en sorte que mademoiselle Marthe ne manque de rien.

– J'y veillerai ! avait répliqué Julie, qui savait décoder les subtilités du langage.

Julie avait tenu parole.

Comme Clarisse ne rentrait pas, Marthe l'avait priée

de rester dormir dans sa chambre. Les deux jeunes femmes ne s'étaient assoupies qu'au petit matin.

Marthe avait rêvé de sa tante. Qu'avait-elle fait de tout cet argent, cette petite cachottière ? Car elle le cachait bien, son jeu. Marthe ne pouvait imaginer que sa tante ne revienne pas un jour dans son pays natal. Elle était née dans la vallée de la Creuse. Chanteloube était perché tout en haut. Son village pouvait envelopper d'un côté les méandres de la rivière – depuis Saint-Martial jusqu'au pont médiéval du Moutier –, et de l'autre, les cheminées des puits du bassin d'Ahun.

Le carreau de la mine. Marthe y retournerait-elle un jour ? On disait que le Puits Saint-Antoine allait fermer. Que c'était inéluctable. Que sa production diminuait. Gaétan ne lui écrivait pas. Y travaillait-il toujours ? Pensait-il à elle, le soir, au fond de son lit ? L'aimait-il encore ou lui avait-il trouvé une remplaçante ? La vie n'était pas simple. Marthe avait une désagréable impression de gâchis.

Dans ses lettres, Alphonsine n'évoquait jamais la mine. Ni Gaétan. Elle parlait de la pluie et du beau temps. Des fortes eaux, par exemple, consécutives à un gros orage – inhabituel en mars – qui avaient fait fondre la neige en un jour. La Creuse avait failli emporter le pont du Moutier. S'était formé un énorme embâcle – constitué d'un enchevêtrement de plusieurs dizaines de troncs d'arbres – auquel s'étaient plaqués un amas de branches et toute une collection de planches arrachées Dieu sait où. La carcasse d'une vache était même venue s'encastrer entre un tronc et la voûte de l'arche centrale.

En cette deuxième semaine d'avril, Marthe songeait que l'année précédente, à la même époque, elle était allée avec Gaétan détruire les nids de jasses, car chaque année, les pies enlevaient des poussins, dans la basse-cour. Son petit ami était un véritable casse-cou. Il ne fallait pas avoir le vertige pour escalader les arbres qui recouvraient le plateau, parfois jusqu'à une quinzaine de mètres de hauteur. Un dimanche, Gaétan s'était attaqué à un bouquet d'aubépine, en bordure du bois de la Naute, le manche d'une petite scie entre les dents. Il s'était piqué le front et déchiré les mains, mais il avait réussi à grimper suffisamment haut pour pouvoir sectionner la tête du buisson blanc. Marthe avait failli recevoir les œufs sur le crâne. Quatre avaient terminé en omelette au pied de l'arbuste. Le cinquième avait survécu à la chute. Pendant que Gaétan redescendait de son perchoir, Marthe avait ramassé l'œuf et pris le temps de l'observer. Ce spécimen était d'un bleu vert légèrement plus clair que ceux qu'ils avaient détruits la veille, mais il était « picacé » des mêmes taches brunes et grises. Elle l'avait secoué à son oreille avant de le lancer contre une pierre. Il renfermait un embryon, à un stade déjà bien avancé.

Avant de regagner le village de Chanteloube, Gaétan avait proposé de faire un crochet par un bosquet, à la lisière duquel il avait repéré un nid de corneilles. Les corvidés avaient bâti à l'extrémité d'une branche, en haut d'un gros chêne. Marthe avait fait la courte échelle à son petit ami, avant d'expédier trois signes de croix à la suite. Pendant toute l'ascension, elle avait récité en boucle une prière à la Vierge, en accélérant la cadence lorsque Gaétan, arrivé à la hauteur de la branche convoitée, avait entrepris de ramper jusqu'au bout. Marthe se souvenait même avoir fermé les yeux. Gaétan avait détruit le nid et les trois œufs qu'il contenait, sous les vociférations des propriétaires, perchés sur un hêtre voisin.

Une fois son petit ami revenu sur la terre ferme, Marthe lui avait dit qu'à toujours vouloir monter plus haut, un jour, il se tuerait.

L'esprit de Marthe vagabondait souvent sur ses terres creusoises. Elle n'avait pas l'intention de renier ses origines. On ne renonçait pas du jour au lendemain à des souvenirs aussi profondément ancrés dans cette enfance passée au grand air. Les rues de Paris ne remplaceraient jamais les paysages dont ses yeux s'étaient abreuvés depuis son plus jeune âge. Les gens de Montmartre ne connaîtraient jamais non plus l'indicible plaisir de parties de pêche à la main dans le ruisseau de Chevillade ou celui de Chamberaud. Marthe avait maintes fois suivi son père au bord de l'eau, l'été, avec sa sœur. Elle s'était elle-même essayée à la pêche avec ses amies et avait un jour rapporté une truite de plus de trois cents grammes. Dès l'âge de dix ans, pendant les grandes vacances, elle descendait chaque après-midi, avec ses voisines, sur les bords de la Creuse. Elles pêchaient le goujon avec une canne rudimentaire et n'oubliaient jamais de faire suivre une bouteille au fond percé – garnie de morceaux de pain – pour capturer les vairons. Elles introduisaient une ficelle par l'orifice, la faisaient ressortir par le goulot et attachaient les deux extrémités ensemble. Il suffisait alors d'enfoncer un bouchon pour la bloquer et d'aller caler le piège dans la rivière, goulot tourné vers l'amont. L'endroit choisi conditionnait les chances de réussite.

Marthe et ses amies avaient très vite appris à privilégier les courants. Elle se revoyait relevant le dispositif, en le tirant par la ficelle et se rappelait ces vairons ventrus qui butaient désespérément contre le cul de la bouteille. On enlevait le bouchon pour récupérer les prises, qui étaient rassemblées dans un vieux seau. Il leur était même arrivé de prendre quelques loches barbues, plus attirées peut-être par leur curiosité que par leur gourmandise.

Marthe avait passé son enfance au bord de l'eau. Les pieds dedans, même, en été, quand elle quittait ses sabots pour aller ramasser des vers d'eau. Elle s'était prise d'amitié pour Philémon, un pêcheur de truites – dont elle ne connaissait que le prénom – qui passait ses journées le long de la rivière et revendait son poisson dans les restaurants d'Ahun et de Lavaveix, vivant ainsi du fruit de son art. Car Philémon racontait partout à qui voulait l'entendre que la pêche à la truite était un art. Marthe l'accompagnait souvent, depuis le moulin des Pelades jusqu'au confluent du ruisseau de Chamberaud. Elle savait qu'à la saison chaude, il pêchait de préférence à la sauterelle et au hanneton de fougère – ou au grillon, pour faire sortir les grosses truites de leurs trous. Marthe l'approvisionnait en appâts, qu'elle stockait dans une vieille boîte au couvercle métallique truffé de trous, réalisés au moyen d'une pointe et d'un marteau.

Lorsque les eaux étaient basses, sur un simple signe

de Philémon, Marthe allait « chercher la petite bête » – la patraque – sous les pierres. Cela demandait de l'adresse et de la réactivité ; dès que l'on en retournait une, les bestioles, qui se retrouvaient à l'air libre, n'avaient qu'une envie, se sauver. Elles avaient tôt fait de se laisser glisser le long de la face humide et légèrement gluante de la pierre et de replonger dans l'eau. Il convenait aussi d'avoir de bons yeux, les plus grosses ne dépassant guère sept ou huit millimètres. Marthe plaçait ses patraques dans un tube de cigare en métal à moitié rempli d'eau. Avant de les utiliser comme esches, Philémon changeait de bas de ligne. Il en montait un, muni d'un hameçon numéro onze ou douze – sans ardillon, afin de ne pas les étriper – et en accrochait deux ensemble, si nécessaire.

Philémon offrait parfois une truite à Marthe pour la remercier.

Elle se souvenait qu'un jour, il en avait pris une d'un kilo – au grillon –, sous le déversoir de l'écluse du Pont Sebrot. Un soir de juin, quelques années plus tôt, il avait sorti un saumon de quatre livres au même endroit. L'un des derniers à être pêché dans les eaux de la Creuse. Marthe n'était pas sans savoir que le record – non homologué, et pour cause – était toujours détenu par le meunier de Lavault, qui en avait attrapé un de sept livres, au filet.

Aujourd'hui, Philémon avait quitté ce monde. Marthe pensait souvent à lui. Elle se disait qu'il avait été un artiste dans son genre et qu'il eût mérité que l'on élevât un monument à sa mémoire. Pendant des années après sa disparition, chaque fois qu'elle était allée se promener sur les rives de la Creuse, Marthe avait eu une pensée pour cet homme féru d'espaces sauvages, de grand air, de solitude.

Un soir d'été, on l'avait retrouvé au bord de la rivière, agenouillé au pied d'un rocher, la tête appuyée contre un arbre, la canne à pêche encore dans la main et la ligne trempant dans l'eau, son « éternel » sourire éclairant sa moustache. Une épithète en clin d'œil au destin. Une façon peut-être aussi de remercier Dieu pour une aussi belle mort. Une mort douce, sans témoins. Loin du monde et du temps. Anonyme.

Marthe croyait savoir que sa dépouille avait été transportée dans le cimetière de Charron, à l'est du département, commune où Philémon était né quelque soixante-quinze ans plus tôt.

Elle s'était promis d'aller un jour se recueillir sur sa tombe.

15

Un vendredi soir, alors que Marthe était dans les coulisses de la scène de l'Olympia, à attendre le début du tour de chant d'Yvette Guilbert, une ouvreuse vint la prévenir qu'on la demandait dans la salle. Elle crut tout d'abord que c'était quelqu'un de la direction. Sa tante étant dans son bureau, il ne pouvait s'agir d'elle. Marthe voulut des précisions. L'ouvreuse écarta un pan du rideau.

– C'est cette jeune dame, au deuxième rang, à côté de l'allée centrale, lui indiqua-t-elle en la pointant du doigt.

Le spectacle allait commencer. On avait éteint la plupart des lampes. La salle était plongée dans une semi-obscurité. D'où elle était, Marthe ne pouvait voir qu'une vague silhouette.

– Suivez-moi, je vais vous conduire ! insista l'employée.

Le cœur de Marthe se mit à battre à ses tempes. Elle emboîta le pas à l'ouvreuse en se pinçant les lèvres. Qui cela pouvait-il être ? Marthe avait bien une idée, mais elle la chassa de son esprit. À hauteur de la deuxième travée, elle put constater cependant que son intuition ne l'avait pas trompée.

– Bonsoirrr, susurra Sidonie en se levant, après avoir gratifié l'ouvreuse d'un généreux pourboire. Sorrtons quelques instants dans le hall, voulez-vous ; j'ai à vous parrrler.

Marthe hésita. Le piano égrenait les premières mesures d'une chanson de Paul de Kock. Yvette Guilbert allait faire son entrée sur scène.

– Assis ! cria quelqu'un au troisième rang.

– Venez ! la pressa Sidonie en prenant la main de Marthe.

Les jeunes femmes sortirent de la salle. Sidonie entraîna Marthe dans un recoin, près du vestiaire, à l'abri des regards.

– Je désespérrrais de vous rrrevoirrr, méchante. Que vous ai-je donc fait ? Je vous invite à venirrr déguster des petits-fourrrs demain aprrrès-midi, rrrue Saint-Benoît. Un cocher passerrra vous cherrrcher à quinze heurrres. Mon amie Rosine s'est de nouveau absentée pour quelques jourrrs. J'aimerrrais lirrre vos poèmes. Apporrrtez-m'en quelques-uns. De mon côté, je vous montrrrerrrai deux ou trrrois chapitrrres des « souvenirrrs », que je suis en trrrain de coucher surrr un cahier. Tout n'est pas autobiogrrraphique. Loin de là. C'est un mélange. Perrrsonne cependant – à parrrt moi – ne serrrait à même de « détrrrier le vrrrai du faux », comme disait ma grrrand-mèrrre...

Marthe était gênée. Elle ne savait que répondre.

– Je viendrai avec Julie, murmura-t-elle, en regardant autour d'elle si ses patrons ne la voyaient pas.

– Julie n'entend rrrien à la littérrraturrre. Nous serrrons mieux à bavarrrder toutes les deux.

– Est-ce bien raisonnable ? culpabilisa Marthe à voix basse.

Sidonie lui serra tendrement le bras.

– Laissons la rrraison, voulez-vous, aux gens de peu et aux imbéciles. Brrrûlons la vie parrr tous les bouts ! Avec son *Carrrpe diem*, Horace n'a pas voulu dirrre autrrre chose. Le rrremords n'est rrrien, comparrré au rrregret. Je vous laisse méditer cette vérrrité prrremièrrre. Demain, quinze heurrres. Soyez ponctuelle. Les petits-fourrrs n'attendent pas.

En regagnant les coulisses, Marthe buta sur Stanislas, l'assistant de Joseph Oller, qui avait suivi discrètement les deux dames et les avait espionnées, embusqué derrière une tenture.

– Vous avez déserté votre poste de travail, ce qui est rigoureusement interdit, mademoiselle, gronda-t-il. Et ce n'est pas la première fois. Vous en prenez à votre aise, depuis quelque temps. Veuillez me suivre dans mon bureau, je vous prie !

Marthe se raidit. Stanislas s'effaça pour la laisser passer dans l'escalier. Marthe enrageait intérieurement. Elle savait que ce pervers allait lui laisser quelques marches d'avance, afin de se régaler du balancement de sa croupe, à la lumière rouge tamisée des ampoules électriques. Elle craignait même qu'il ne lui intimât l'ordre de continuer jusqu'au deuxième, mais il n'en fut rien.

L'assistant du directeur l'avait déjà convoquée dans son bureau à deux reprises, sous des prétextes futiles.

Marthe n'avait pas subi d'attouchements de sa part, mais elle supposait que ce n'était pas l'envie qui lui en manquait. Le regard de cet homme parlait pour lui. La façon qu'il avait de déshabiller des yeux la gent féminine était connue de tout le personnel. Joseph Oller lui-même l'avait recadré plusieurs fois, en le priant de réfréner ses ardeurs.

Marthe dépassa volontairement le bureau, qu'elle ne connaissait que trop, tentant d'échapper à ces mains baladeuses qui ne demandaient qu'à s'égarer sur sa taille, son épaule, ou sur les parties les plus rebondies de sa personne.

Pris de court, Stanislas se saisit de la poignée de la porte et la fit pivoter sans ménagement. Le battant heurta violemment le butoir.

– Après vous ! grommela-t-il à Marthe, en contenant sa rage.

Elle entra et recula au fond de la pièce, sans perdre son persécuteur de vue. Stanislas referma la porte et alla s'asseoir sur le rebord de son bureau, en se caressant la barbiche.

– Approchez !

L'ordre avait claqué comme un coup de fouet. Marthe en avait frémi. Elle se recroquevilla.

– Approchez, vous dis-je !

Un rire gras secoua sa gorge.

– Je ne vais pas vous manger, que diable ! Quoiqu'une belle jeune fille comme vous doive être un régal sous la langue.

Marthe gardait les yeux baissés, tout en se tenant sur ses gardes. Elle fit un premier pas en avant, puis un second, les mains ballantes, prêtes à repousser l'assaut, qu'elle savait inéluctable.

Stanislas sut contenir l'envie qu'il avait de se jeter sur elle. Il sentait confusément que la victoire était loin d'être acquise et qu'il était même des forteresses imprenables. Mais la facilité ne lui avait jamais laissé qu'un arrière-goût fadasse. À l'inverse, enlever des citadelles de haute lutte générait en lui une délectation à nulle autre pareille. Il reprit sa respiration.

– Que voulait cette jeune femme ? hasarda-t-il d'une voix mielleuse.

Marthe choisit de ne pas répondre. Elle fixait la pointe de ses souliers. Un léger frisson avait parcouru sa nuque.

– Je vous ai posé une question !

Stanislas avançait dans sa direction.

– C'est une affaire personnelle ; cela ne vous regarde pas ! trouva la force de dire Marthe, en relevant brusquement la tête.

– Détrompez-vous ! Tout ce que mes employés font sur leur lieu de travail me regarde, au contraire. Je suis votre patron, ne l'oubliez pas ! Je peux vous congédier à tout moment.

Le chef du personnel avançait toujours plus vers Marthe, qui reculait d'autant, à chacun de ses pas. Ses talons butèrent bientôt contre la plinthe et son dos heurta le mur. Le visage de Stanislas était à deux centimètres du sien. Marthe sentait sa respiration sur sa joue. Elle se protégea la poitrine avec les mains.

– Si vous vouliez être gentille, vous n'auriez pas à le regretter, tenta-t-il en la saisissant à l'épaule. Appelez-moi Stan !

Il essaya de l'embrasser dans le cou, mais elle réussit à se dégager, en se faufilant sous son bras.

– J'irai me plaindre à monsieur Oller ! Vous n'avez pas le droit de faire ça !

– J'ai tous les droits, ma petite ! ricana-t-il. Je gère le personnel à ma guise. Je renvoie qui je veux, quand je veux. La liste d'attente des candidates est longue. Je peux piocher dedans sans rien demander à personne. Monsieur Joseph m'a donné carte blanche.

Stanislas avait débité tout cela d'un seul trait.

– Vous croyez que je n'ai pas remarqué votre manège ? On vous a vue au cabaret Le Hanneton. Alors comme ça, mademoiselle n'aime pas les hommes ! Elle préfère la compagnie des dames ! Pourtant, si vous vouliez, je pourrais vous faire beaucoup de bien. Beaucoup plus que vos petites copines.

Marthe avait reflué vers la porte. Son regard allait et venait. Les idées se bousculaient dans sa tête. Il fallait en finir. Bondissant vers le porte-parapluie, elle en tira une canne, qu'elle brandit comme une arme. Le malotrus s'avança, sourire triomphal aux lèvres.

– N'approchez pas, hurla-t-elle, ou je ne réponds plus de rien !

– Vous n'oseriez tout de même pas ! lança-t-il en se jetant sur elle.

La canne s'abattit sur son crâne, émettant un son étrange. À moitié assommé, Stanislas avait mis un genou à terre.

Marthe lâcha la canne, ouvrit la porte et se sauva en courant.

La jeune fille s'était réfugiée dans le bureau de sa tante. Elle lui avait tout raconté. Clarisse avait hésité entre deux solutions. Rapporter la scène au directeur – tout en sachant que celui-ci aurait immédiatement mis à pied son assistant, qui n'en était pas à son premier coup d'essai avec le personnel féminin. Ou parler à Stanislas et menacer de le dénoncer auprès de Joseph Oller, s'il prenait la moindre mesure de représailles envers Marthe. C'était finalement la seconde solution qu'elle avait choisie.

Elle avait trouvé le chef d'équipe assis sur sa chaise, encore sonné, l'air hagard, une serviette humide sur le crâne. En le voyant dans cette posture, Clarisse avait détourné la tête pour étouffer un rire. Recouvrant son sérieux, elle lui avait dit qu'il n'avait que ce qu'il méritait et que si cela se reproduisait, il aurait affaire à elle.

Stanislas n'avait pas décroché un mot. Il s'était contenté de comprimer consciencieusement la bosse que l'on devinait sous son front dégarni.

Marthe avait passé le restant de la soirée dans le bureau de sa tante. Elle l'avait aidée à compter la recette. Puis elles étaient rentrées ensemble, rue de la Tour-des-Dames, après avoir fait demander un fiacre par le voiturier.

Pour tenter d'oublier cette lamentable soirée, Marthe s'était attablée à son secrétaire, dans sa chambre, car elle savait qu'elle allait avoir du mal à s'endormir. Deux heures durant, elle avait écrit un poème – l'un de ses plus beaux –, à la lumière de sa lampe de chevet. Elle l'avait relu à plusieurs reprises, faisant à chaque fois une ou deux corrections au passage, dans un souci d'euphonie. Ce n'est que lorsqu'elle n'eut plus l'impression de buter sur un mot qu'elle posa sa plume. Satisfaite, elle parcourut une dernière fois son œuvre avant de se coucher.

La chambre est immobile et retient ses ardeurs ;
Le prochain rendez-vous a lieu dans un quart d'heure.
Les rideaux assoupis bercés de senteurs fortes
Ne voient pas le dernier sursaut des feuilles mortes.

Une femme est assise, au bord du lit défait,
Les yeux flottant très loin, sur quelque volupté ;
Et son corps alangui qu'aucun plaisir n'étonne
Frissonne à la pensée de l'été ; c'est l'automne.

Le soir tombe sur elle comme un baiser tremblant
Et fait vibrer sa peau délicatement belle,
Lorsque le feu s'éteint, le silence est troublant,
Pour peu qu'au fond des yeux demeure une étincelle.

La chambre est immobile et la femme est prostrée.
Un miroir au plafond boit l'ombre féminine
Et ne laisse entrevoir que l'image feutrée
D'un monde renversé, couché sur sa poitrine.

Le temps voudrait pouvoir crucifier ses élans
Et figer à jamais la splendeur de l'attente
Sur ce corps dénudé, oublié, insolent,
Mais la soif de savoir est bien trop entêtante.

On dirait que ce corps ouvert aux quatre vents
Attend un partenaire au sexe indifférent.
Mais voici qu'une porte est poussée dans la chambre ;
Une forme apparaît et la femme se cambre.

Concupiscente enfant au cœur trop libertin,
Ainsi donc tu faisais l'amour au féminin !
Toi qui as dû fouiller les recoins de ces âmes,
N'y a-t-il des parfums vénéneux pour les dames ?

Dieu, pourquoi condamner l'illégitime écart
Quand on voit la raison ruer dans les brancards !
Dieu, qui n'a pas rêvé de combats gigantesques,
De contorsions, d'amours, de défis, d'arabesques ?

Comme pour chacun de ses poèmes, Marthe inscrivit la date au-dessous – celle du lendemain, puisqu'il était minuit passé.

Elle ne lui avait pas encore trouvé de titre. Elle hésitait entre plusieurs. Ce n'est qu'au moment de ranger son cahier dans le tiroir de son secrétaire qu'elle inscrivit « Femmes », en tête de page.

Cherchant le sommeil, elle se récita son poème, le connaissant déjà par cœur. Pour l'écrire, elle avait pensé à Julie, mais surtout à Sidonie. Elle ne devrait jamais le dire à personne… ou alors, uniquement aux intéressées. Et faire croire à chacune que ce poème lui était dédié.

Marthe décida que c'était celui-ci qu'elle ferait lire à Sidonie. Elle le recopierait sur une feuille.

Elle s'endormit en songeant à son rendez-vous, rue Saint-Benoît.

Le lendemain matin, lorsque Julie entra dans sa chambre, Marthe somnolait encore. La domestique entrouvrit un volet, referma la fenêtre et s'avança vers le lit, sur la pointe des pieds. Contrairement à son habitude, elle était encore en robe de chambre. Elle la quitta prestement et se glissa entre les draps. Dans son demi-sommeil, Marthe émit un grognement de protestation.

– Quelle heure est-il ? nasilla-t-elle.

– Dix heures, Mademoiselle. Reposez-vous. Aujourd'hui, nous sommes samedi. Votre tante est partie en repérage au Magasin du Louvre. Ils viennent de sortir les collections d'été. Madame ne sera pas là avant midi. Elle m'a recommandé de bien veiller sur vous. Alors, j'obéis : je suis venue vous tenir compagnie.

Julie s'était blottie contre Marthe.

– Madame m'a dit, pour hier soir, Mademoiselle. Les hommes sont des sauvages et ce Stanislas est une vraie brute. Défiez-vous de lui ! Défiez-vous d'eux ! Ils sont incapables d'improviser le moindre geste tendre à notre endroit. Ils ne connaissent pas nos attentes et ne pensent qu'à leur plaisir. Seule une femme est à même de répondre à nos aspirations.

Elles soupirèrent longtemps dans les bras l'une de l'autre, pour finalement s'assoupir. C'est le carillon de l'église de la Sainte-Trinité qui les réveilla.

– Mon Dieu, il est midi ! lança Julie en bondissant du lit. Madame ne va pas tarder. Et la table qui n'est pas mise !

Clarisse rentra une demi-heure plus tard, les bras chargés de paquets. Marthe lui fit remarquer que son chapeau était de travers.

– C'était une telle cohue dans ces magasins ! À croire que toutes les femmes de l'arrondissement s'y étaient donné rendez-vous !

– Comme je ne savais pas à quelle heure exactement vous reviendriez, j'ai prévu une omelette aux fines herbes, dit Julie à sa patronne, en l'aidant à se délester de ses sacs.

– Vous avez bien fait ; les œufs, c'est excellent pour la santé.

Sitôt le repas achevé, Clarisse montra ses achats à sa nièce. Lors des essayages, elle laça par-dessus sa chemise un nouveau corset en satin de laine noir et coutil blanc, puis passa une robe en foulard de soie à petits motifs – avec corsage orné d'un entre-deux couleur crème, à manches bouffantes cerclées de dentelle –, et agrémenta le tout d'une ceinture drapée en velours.

– Vous êtes ravissante, ma tante ! la complimenta Marthe, en l'observant devant la glace. Vous allez faire tourner des têtes !

– Tu vas les faire tourner aussi, très chère, car j'ai repéré pour toi une toilette de promenade en damier : jupe drapée, corsage vagué, collet mobile – doublé de soie fantaisie. Ils appellent ça une tenue « lawn-tennis ». Nous irons la voir cet après-midi.

Marthe prit un air contrit.

– C'est que... mon après-midi est retenu.

– Où vas-tu donc, ma chérie ? l'interrogea Clarisse.

– Chez une amie, qui m'a invitée à venir manger des petits-fours.

Clarisse ne sembla pas apprécier la nouvelle.

– Tu ne m'as jamais parlé de cette amie, dit-elle en battant des cils, ce qui trahissait chez elle une contrariété ou un agacement. Comment s'appelle-t-elle ?

– Sidonie, répondit Marthe, gênée.

– Sidonie comment ?

– Je ne sais pas son nom.

– Où l'as-tu connue ?

Marthe hésita.

– C'est une jeune fille sérieuse. C'est Julie qui me l'a présentée.

– Je vois, lâcha Clarisse avec une petite moue amère. Je lui avais demandé de parfaire ton éducation. Je me rends compte qu'elle n'a pas perdu de temps. Tu es entre de bonnes mains. Je m'en vais de ce pas la féliciter !

Elle descendit trois marches et revint en arrière.

– Nous irons voir la toilette de promenade demain, puisque les Grands Magasins sont ouverts le dimanche !

À quinze heures, on frappa à la porte. Marthe était prête depuis dix minutes. Elle rajusta une nouvelle fois son chapeau de paille de riz couleur tabac devant le miroir de l'entrée et adressa un petit signe à Julie, qui était sortie sur le pas de la porte de la cuisine.

Le fiacre attendait devant la maison. Marthe marqua

un temps d'arrêt sur le trottoir, puis pénétra à l'intérieur, un rouleau de papier à la main.

En bas de l'avenue de l'Opéra, la voiture fut prise dans un embouteillage, qui ne s'estompa qu'à la sortie de la place du Carrousel. Marthe faillit descendre et rentrer à pied rue de la Tour-des-Dames. L'angoisse avait en effet succédé à l'exaltation. Qu'allait-elle faire rue Saint-Benoît ? Quelle force mystérieuse l'y attirait ? Elle avait la sensation que sa vie était en train de basculer. Il était encore temps de se ressaisir et d'inverser le cours des choses. Sidonie n'avait pas l'air d'en être à son premier coup d'essai. Elle comprendrait qu'une jeune fille de son âge ait pu renoncer au dernier moment à se jeter corps et âme dans une aventure totalement nouvelle pour elle. Afin de dissiper ses derniers doutes, elle dénoua le ruban entourant la feuille qu'elle tenait à la main et la déroula avec une infinie précaution, comme s'il se fût agi d'un document irremplaçable. Avant de se préparer, Marthe y avait recopié son poème. En chemin, elle eut le temps de le relire plusieurs fois.

À la première lecture, il lui sembla qu'elle accrochait sur plusieurs mots. Au deuxième passage, le texte lui parut plus fluide. Au troisième, elle ne trouva rien à redire, mis à part un vers, peut-être, qui lui laissait un arrière-goût étrange :

N'y a-t-il des parfums vénéneux pour les dames ?

Cet alexandrin pouvait donner l'impression d'avoir été couché sur le papier par une main masculine... Comment Sidonie réagirait-elle ? Peut-être qu'elle en sourirait. Mais non, Sidonie n'avait aucune raison de ne pas goûter son poème, écrit en deux heures à peine. Son amie applaudirait l'exploit, au contraire.

Et elle, qu'allait-elle lui montrer ? Qu'écrivait-elle vraiment ? Un roman, un récit, des souvenirs, un parcours imaginaire ?

L'air de la rive gauche la revigora. Le fiacre s'était engagé sur le quai Voltaire. Il bifurqua dans la rue des Saints-Pères et la remonta jusqu'au boulevard Saint-Germain.

Saint-Germain ! À la lecture de la plaque apposée sur la grille courant le long de l'église, le pouls de Marthe s'accéléra. Le quartier grouillait d'étudiants. Elle aussi aurait aimé faire des études de lettres, il était maintenant trop tard. À quoi bon se torturer l'esprit ? On ne refaisait pas l'histoire. Elle avait été modiste au Puits Saint-Antoine. Il lui sembla qu'elle l'avait toujours été. Elle retournerait peut-être d'ailleurs à la mine, car elle avait parfois l'impression de ne pas être un rat des villes. Il lui était pourtant plus facile de lire et d'écrire à Paris qu'à Chanteloube. On ne pouvait néanmoins passer son temps à lire et à écrire, sauf à vivre en marge de la société. Vivre, c'est entendu, mais de quoi ? Il fallait bien manger. Travailler était encore le moyen le plus sûr pour ne pas mourir de faim. Combien d'écrivains vivaient de leur plume ? On aurait certainement pu les compter sur les doigts d'une seule main.

La voiture s'engouffra dans la rue Saint-Benoît et stoppa à hauteur du numéro 23. Marthe ne se souvenait plus à quel étage habitait l'amie de Sidonie. Elle n'était même plus sûre d'être entrée dans le bon immeuble ; elle ne reconnaissait pas les lieux. Elle était sur le point de rebrousser chemin lorsque, levant les yeux, elle aperçut une jolie frimousse qui l'attendait sur le palier du troisième. Son cœur se mit à battre. Il était trop tard pour faire marche arrière. Elle avança comme un automate et sentit ses jambes se dérober sous elle.

Sidonie descendit à sa rencontre et lui tendit une main secourable. Marthe se laissa conduire dans le couloir, comme une petite fille docile et obéissante. Elle n'était plus maîtresse de son destin.

La pièce dans laquelle elle fut introduite fleurait bon la pâtisserie fine. Deux corbeilles en biscuit de faïence débordaient de petits fours, que l'on devinait confectionnés du matin. Une pyramide de berlingots à la violette paradait dans une coupe, à côté d'elles.

– Mettez-vous à l'aise et prrrenez un siège ! claironna Sidonie.

Marthe quitta sa pèlerine et s'enfonça dans un fauteuil crapaud. Elle tenait religieusement sa feuille à la main. Sidonie la devança.

– C'est pourrr moi ? demanda-t-elle avec un grand sourire.

– Oui, déclara timidement Marthe, en lui tendant le rouleau de papier. Je préférerais cependant que vous attendiez que je sois partie pour lire ma prose… qui d'ailleurs n'en est pas.

– J'ai une meilleurrre idée ! J'irrai la lirrre dans la chambrrre, pendant que vous feuilletterrez le cahier que vous voyez sur ce guérrridon. L'aprrrès-midi est à nous. Mais commençons, si vous le voulez bien, parrr ces délicieux petits-fourrrs, que l'on vient juste de me livrrrer. J'en ai l'eau à la bouche. Pas vous, ma chérrrie ?

16

Au fil des jours, Marthe était devenue très amie avec Sidonie. Les deux jeunes femmes se voyaient fréquemment, le samedi et le dimanche, dans l'appartement de Rosine, qui était maintenant allée rejoindre son père, attaché d'ambassade à Rome. Son retour à Paris n'était pas programmé avant plusieurs mois. Elle avait confié une fois de plus les clés à Sidonie, avec pour mission de s'occuper de sa chatte Saha, qu'elle avait dû se résoudre à laisser à Paris.

Marthe faisait régulièrement des scènes de jalousie à Sidonie, qui changeait systématiquement de conversation et refusait de répondre, quant à la nature exacte des relations qu'elle entretenait avec Rosine.

– Et Julie ? la questionna Marthe, un soir.

– Quoi, Julie ? s'indigna Sidonie.

– Est-ce que vous avez dormi dans son lit ?

– Et vous ?

Marthe se contenta de soulever les épaules.

– Et votre mari ? Parlez-moi de votre mari ! Comment se fait-il qu'il vous autorise autant de liberté ?

Sidonie hésita, triturant sa natte, puis elle s'épancha et raconta ce qu'elle avait sur le cœur.

Elle lui confia que Willy l'obligeait à écrire des souvenirs de l'école primaire, car « les fonds étaient bas ». Il lui avait dit de ne pas avoir peur des « détails piquants ». Leur grande différence d'âge les éloignait chaque jour un peu plus l'un de l'autre. Leurs centres d'intérêt n'étaient pas les mêmes. Elle s'était mariée beaucoup trop jeune et n'aurait jamais dû épouser un « oiseau de nuit ». Sidonie savait que leur séparation était inéluctable. Leur couple battait de l'aile. Un jour, elle en était convaincue, c'est elle – et elle seule – qui déciderait de la rupture.

En attendant, elle prenait son mal en patience et s'était lancée à corps perdu dans l'écriture, activité qui l'occupait à temps plein et lui procurait une délicieuse impression de puissance. Écrire était certes une épreuve, mais aussi un immense plaisir. Sidonie avoua à Marthe qu'elle y avait pris goût et qu'elle avait l'intention de prendre le temps d'écrire chaque jour.

Elle lui avait fait lire quelques pages du cahier sur lequel elle avait entrepris de conter les souvenirs d'une jeune fille répondant au prénom de Claudine.

– Cette Claudine, est-ce vraiment vous ? lui avait demandé Marthe.

– Oui et non, avait conclu Sidonie, afin d'entretenir le mystère.

– Et Anaïs, et Marie Belhomme, et les Jaubert, ces jumelles modèles, elles ont existé ?

Sidonie avait acquiescé, avant de préciser qu'elle avait changé les noms et que celui de Marie Belhomme était plutôt drôle. Elle avait même utilisé le terme de « rigolo ».

– Et cette petite Aimée, avait enchaîné Marthe, ce n'est pas non plus son vrai nom, je présume ? Mais je parierais bien qu'elle aussi a existé, et qu'elle n'est pas sortie comme ça de votre imagination ! Question noms et prénoms, vous savez y faire ; je vous félicite. Aimée, Belhomme, vous entretenez l'ambiguïté ! Vous avez oublié Camille. Il faudra y songer dans l'un de vos prochains chapitres.

Sidonie avait paru un instant rêveuse. Elle n'avait pas répondu tout de suite. Et puis la sentence avait fusé.

– Perrrsonne, à parrrt moi, n'en saurrra jamais rrrien. Dans mon rrrécit – carrr c'est un rrrécit –, rrréalité et fiction sont intimement mêlées. Comme vous, dans votrrre poème, j'imagine. À moins que la scène décrrrite ne soit que purrr fantasme ! Mais j'en doute. Il y a du vécu, là-dedans. Le diable m'emporrrte si je me trrrompe. Qu'en dites-vous ?

– Je n'en dis rien, avait répliqué Marthe en fuyant son regard. Vous n'en saurez pas davantage. Moi aussi, j'ai mes petits secrets.

Sidonie l'avait prise par le bras, l'obligeant à relever la tête.

– J'espèrrre tout de même qu'il y a un peu de nous, dans cette scène !

– Sans aucun doute ! avait confessé Marthe avec un petit sourire narquois.

– Ne me dites pas que vous avez pensé à Julie !

Marthe se taisait. Mais Sidonie voulait des précisions.

– Cette femme qui attend, au borrrd du lit « défait », c'est elle ou c'est moi ? J'ai besoin de savoirrr…

– Un peu les deux, très certainement, avoua Marthe ; mais ce n'est qu'un poème. En poésie, on a tous les droits. Tous les coups sont permis. Toutes les transgressions aussi. C'est comme dans votre récit. Le lecteur ne peut distinguer la fiction de la réalité.

Sidonie était entrée dans une colère noire.

– Celle-là, vous me la copierrrez ! lui avait-elle lancé, hors d'elle. Sorrrtez d'ici, je ne veux plus vous voirrr !

Marthe s'était retrouvée sur le palier avant d'avoir pu esquisser un geste. Un vieux beau l'avait suivie jusqu'à la station de fiacres. Elle l'avait chassé à coups d'ombrelle, sous les rires et les quolibets d'un groupe d'étudiants.

Le soir même – c'était un samedi –, Sidonie lui avait fait porter un mot, dans lequel elle la priait de lui pardonner sa crise de jalousie. Elle la conviait le lendemain. Même endroit, même heure.

Pour bien lui faire comprendre qu'elle n'était pas à ses ordres, Marthe arriva devant le 23 de la rue Saint-Benoît avec quarante minutes de retard.

Lorsqu'elle pénétra dans l'appartement, une boîte de macarons de la maison Luce à la main, Sidonie se jeta dans ses bras. Les deux amies réussirent dans un premier temps à contenir leurs larmes, et puis l'émotion les submergea.

C'est en rentrant ce soir-là rue de la Tour-des-Dames que Marthe apprit de Julie la terrible nouvelle : sa tante venait d'être renversée par une berline, place de l'Opéra. Elle avait miraculeusement réchappé aux sabots des chevaux, mais le marchepied l'avait heurtée à la tête. Elle était morte sur le coup.

On l'avait transportée à l'hôpital Saint-Louis. La maréchaussée avait trouvé son nom et son adresse dans son sac à main. Un agent était venu prévenir Julie.

Marthe était effondrée. C'était un pan entier de sa vie qui s'écroulait. Elle était majeure depuis deux mois, certes, mais elle ne se sentait pas la force d'affronter seule les dangers de la vie parisienne. Sa tante ne serait plus là pour la protéger des noirs desseins de ses employeurs. Sans parler du comportement des autres hommes, que sa jeunesse et sa beauté ne laissaient pas indifférents. Les embûches étaient présentes à chaque coin de rue. Marthe avait beau garder les yeux rivés au sol pour ne pas croiser les regards, sa silhouette était l'objet de toutes les convoitises. Et puis la maison de la rue de la Tour-des-Dames allait sans doute être vendue. Où irait-elle ?

Si elle ne pouvait plus vivre dans la capitale, il ne lui resterait alors qu'une solution : retourner à la mine. Cependant pouvait-on recommencer à trier du charbon quand on avait travaillé à l'Olympia ?

Marthe avait dû aller reconnaître le corps de Clarisse à la morgue. Horrible instant. Qu'elle ne souhaitait à personne.

Dans le fiacre qui la ramenait de l'hôpital Saint-Louis, elle n'avait cessé, à travers ses larmes, de scruter ses mains. Sa tante l'avait emmenée à plusieurs reprises dans un salon de beauté, situé à l'angle de la rue de la Paix et du boulevard des Capucines, à quelques dizaines de mètres de l'endroit où s'était produit le tragique accident. En quatre mois et demi, la manucure avait fait des merveilles. Ses doigts s'étaient affinés, mais la métamorphose la plus remarquable concernait ses ongles : mis à part une légère strie qui perdurait au pouce gauche, elle avait désormais les ongles d'une grande dame.

Marthe envoya un télégramme à ses parents, qui furent abasourdis par la nouvelle.

Leur première pensée fut matérielle : où allait-on inhumer Clarisse ?

Dans le caveau de famille du petit cimetière de Chanteloube ? Seulement qui paierait le transport du corps, depuis Paris ? Alphonsine n'osait imaginer le coût de l'opération, avec les taxes à payer pour chaque changement de commune, le cercueil plombé et tout le reste.

Au cimetière de Montmartre ? Les concessions devaient y être hors de prix. Mais on n'allait tout de même pas l'enterrer dans la fosse commune !

Marthe avait pensé à ce problème, elle aussi. Elle s'en était ouverte à Julie. Marthe avait une information que ses parents n'avaient pas : sa tante était riche. Très riche même. Puisqu'elle avait hérité d'Amédée. Les frais d'obsèques n'étaient donc pas un problème. Leur montant serait honoré jusqu'au dernier centime, cela ne faisait aucun doute.

Lors d'une de leurs discussions, Julie avait appris à Marthe que la succession du vieil homme avait été réglée par un notaire du neuvième arrondissement, lequel avait prévenu leur notaire de famille, dans la Creuse.

Marthe expédia un second télégramme à ses parents : « Urgent. Contacter Maître Durand. Inhumation à Chanteloube ».

Alphonsine attela son ânesse et prit la direction d'Ahun. Vu le contexte, elle fut reçue dans l'instant.

– Ma sœur Clarisse est décédée hier à Paris. C'est affreux, Maître. On ne sait pas où l'enterrer. Comme je suis la seule héritière, je voudrais savoir si elle a assez d'argent pour se payer ce dernier voyage. Car ce sera pour sûr le dernier !

Maître Durand hocha gravement la tête. Il croisa les doigts et regarda son interlocutrice bien en face.

– Permettez-moi tout d'abord de vous présenter mes condoléances. Cela dit, il faut que vous sachiez, ma bonne dame, que vous n'êtes pas la seule héritière potentielle. Je dis bien : potentielle, répéta-t-il en détachant les syllabes. N'oubliez pas que vous avez deux filles. Vous êtes donc trois sur les rangs. Je ne peux vous en dire plus. Sauf que la défunte a testé !

Alphonsine ouvrit de grands yeux. Le notaire comprit que le terme qu'il avait employé lui échappait.

– Je veux dire qu'elle a fait un testament. Or une personne sans enfants peut disposer de ses biens comme elle l'entend.

Alphonsine bondit de sa chaise, qui bascula sur le parquet.

– Vous voulez insinuer qu'elle m'a déshéritée ? s'étrangla-t-elle.

Maître Durand réussit à réprimer un rire naissant.

– Ne me faites pas dire ce que je n'ai pas dit !

– Qu'y a-t-il, dans ce testament ? demanda Alphonsine, en prenant appui sur le bureau du notaire.

– Son ouverture aura lieu en temps et en heure. Je ne puis rien vous dévoiler de plus, si ce n'est que votre sœur souhaitait être inhumée dans le cimetière de Chanteloube… et que sa fortune personnelle permettra sans conteste de régler les frais du rapatriement de sa dépouille dans la Creuse. Leur montant sera prélevé directement sur la succession.

Alphonsine quitta l'étude en état de choc. L'abattement succédait à la colère. Sa sœur l'avait déshéritée. Elle le sentait.

Est-ce qu'on faisait un testament, d'abord, quand on avait une sœur ? Une sœur aînée qui s'était saignée aux quatre veines, pour que sa cadette mange à sa faim ! Il en serait parlé au pays, qu'elle l'ait déshéritée !

La vallée de la Creuse était resplendissante. La nature éclatait de partout. Les ravins du Moutier étaient en fleurs. Une armada de martinets tournait autour du clocher de l'abbatiale. Alphonsine entendait leurs cris de la route. Comme chaque année, ils étaient arrivés les premiers, précédant de peu les hirondelles. Alphonsine avait toujours pensé qu'ils faisaient la route ensemble. Son grand-père maternel lui avait raconté que lorsqu'ils « sentaient l'écurie », les martinets distançaient leurs congénères, grâce à leur voilure.

Absorbée dans la contemplation de cette vue imprenable sur la vallée, Alphonsine reprenait espoir au fil des virages. Quand elle arriva sur le pont qui enjambait la Creuse, elle se surprit même à sourire. Comment avait-elle pu imaginer un instant que Clarisse ait pu la déshériter ? Qu'était-elle allée chercher là ? Elle s'en voulait d'avoir pensé une chose pareille. Enfants, elles avaient été soudées comme les doigts de la main. En grandissant, il est vrai qu'il y avait eu parfois des moments un peu plus difficiles. L'adolescence est une période compliquée. Mais la connivence l'avait toujours emporté. Au bout du compte, elles avaient traversé la vie sans dégâts majeurs. Leurs chemins s'étaient ensuite séparés. L'une était allée à la mine, l'autre pas. Cependant elles avaient gardé une affection réciproque.

Un soleil radieux montait au-dessus de l'église de Saint-Médard. Avant de quitter la route de Lavaveix pour grimper à Chanteloube, Alphonsine eut envie de marcher un peu. Elle avait besoin d'être seule quelques instants encore. Elle gara sa carriole à la sortie du pont, attacha son ânesse à un anneau fiché dans l'une des pierres de l'ouvrage et revint en arrière, avec l'intention d'aller se dégourdir les jambes sur le chemin des Pelades.

En aval, un pêcheur lançait sa ligne au pied de l'écluse du moulin, sur la rive droite de la Creuse. Alphonsine éprouva une sensation étrange. Étonnamment, jamais la rivière ne lui avait paru aussi belle. À cause de ces images, peut-être, qui remontaient à la surface d'une vie somme toute assez courte, mais paradoxalement bien remplie.

Le visage de sa sœur était là, devant ses yeux. En avaient-elles attrapé des vairons ventrus, avec leurs bouteilles aux culs percés, et pêché des goujons barbus, avec leur canne, en bambou du Japon « garanti véritable » par le père Mallet, le quincaillier de la rue du Centre ! Clarisse et Alphonsine avaient passé leur enfance au bord de l'eau.

Tout en marchant, Alphonsine secouait la tête, comme pour se persuader que la vie n'avait pas de sens. Mourir à trente-huit ans était d'une incongruité insigne.

Elle était parvenue à l'extrémité du pont. La voiture du boulanger du Moutier la dépassa. Perdue dans ses souvenirs, Alphonsine la vit à peine et ne répondit pas au salut du conducteur. Elle n'avait qu'une image en tête, le sourire de Clarisse, sur le quai de la gare de Lavaveix, le jour de son départ à Paris, quelque dix-neuf ans plus tôt. C'est alors qu'une pensée chassa toutes les autres : Alphonsine venait de réaliser qu'elle ne verrait plus jamais le visage de sa sœur, qui allait regagner sa terre natale dans un cercueil plombé, bardé de scellés. Il n'y avait qu'une seule façon de la revoir une dernière fois : monter à Paris et se précipiter à la morgue de l'hôpital Saint-Louis, avant la mise en bière.

Elle prit le train le jour même, en début d'après-midi, après avoir prévenu Marthe par télégramme.

Alphonsine n'avait jamais mis les pieds dans la capitale. Le train du soir était plein. En voyant la cohue qui régnait sur le quai, elle crut ne jamais revoir la Creuse. Mal renseignée sur les horaires, Marthe débarqua à la gare avec une demi-heure de retard.

Mère et fille se rendirent directement à l'hôpital. Le passage à la morgue fut particulièrement éprouvant pour Alphonsine, qui ne reconnut pas sa sœur, tant son visage était tuméfié. Cette fois, Marthe avait prudemment attendu dans le couloir.

Alphonsine avait apporté un extrait de naissance, ainsi que le livret de famille de ses parents. Elle se présenta au bureau des entrées, pour les formalités administratives. Ce n'est que le lendemain que l'autorisation de transport du corps fut délivrée par le commissariat du neuvième arrondissement. Lors de la mise en bière, Marthe resta une fois de plus à l'écart.

La messe d'enterrement eut lieu le surlendemain, en milieu d'après-midi, dans la petite église de Chanteloube, trop exiguë pour pouvoir accueillir tous les gens du village. Le convoi funèbre était parti de Paris le matin.

Julie avait tenu à accompagner sa maîtresse jusqu'à sa dernière demeure. Marthe proposa de lui payer le train, mais Julie protesta vivement, déclarant qu'elle n'était pas à la mendicité.

– Je lui dois bien ça, par exemple ! ajouta-t-elle en éclatant en sanglots. C'était une femme charmante, très arrangeante. Jamais je n'ai eu à m'en plaindre. C'est terrible ce qui lui est arrivé. On est bien peu de choses, tout de même !

Julie pleura pendant tout le voyage. Elle était inconsolable et voulait repartir le jour même. Alphonsine réussit à la persuader qu'il valait mieux coucher une nuit sur place. Et que d'ailleurs, il n'était pas sûr qu'elle pourrait attraper le train du soir.

– Vous dormirez à la maison, dans le lit de Marthe.

– Non, insista Julie ; je ne veux pas vous déranger. J'irai à l'hôtel.

Alphonsine essaya en vain de la faire changer d'avis. Marthe remercia Julie du regard. C'était mieux ainsi.

Les directions du Moulin Rouge et de l'Olympia avaient appris avec effarement la nouvelle de la mort de Clarisse. Elles avaient envoyé à l'hôpital une couronne, barrée d'un ruban mauve portant en grosses lettres dorées : « *À notre collaboratrice* ».

Marthe avait fait prévenir Joseph Oller qu'elle n'irait pas travailler pendant quelques jours. Il fallait lui laisser le temps de s'organiser. Elle ne savait pas elle-même comment la situation allait évoluer. Sans sa tante, elle craignait de ne pouvoir faire face à cette nouvelle vie qui s'ouvrait devant elle. Marthe préférait ne pas penser aux difficultés de toutes sortes qui n'allaient pas manquer de se dresser sur son chemin.

Le voyage en train lui avait paru interminable. Sa mère n'arrêtait pas de répéter que ce qui était advenu à sa sœur était à peine croyable. Elle avait une façon comique d'écarter les bras qui confinait au burlesque. À Vierzon, Marthe dut masquer un rire nerveux derrière son mouchoir, après avoir croisé le regard de Julie. La locomotive s'était arrêtée pour refaire de l'eau. Les deux jeunes femmes allèrent se dégourdir les jambes dans le couloir. À Montluçon, il fallut changer de train, ainsi qu'à Busseau. Lorsque le convoi entra enfin dans la station de Lavaveix, il était treize heures.

Un corbillard attendait dans la cour de la gare. Vu le

poids du cercueil, six porteurs avaient été engagés – au lieu de quatre. Firmin était de ceux-là.

L'enterrement était programmé pour seize heures. Un repas était organisé dans la maison Bussière, pour la famille et les porteurs.

Le croque-mort prit les rênes et commanda son cheval. Un petit groupe suivit le corbillard, revêtu de tentures noires. Alice et son mari fermaient la marche.

Le convoi remonta la rue du Centre. Les trottoirs étaient encombrés de badauds, prévenus depuis la veille par la rumeur publique de l'arrivée de la défunte.

Julie laissa sa valise à l'hôtel, en passant. Elle ne garda que son sac à main. Marthe lui donnait le bras.

À Chanteloube, la préparation du repas avait été confiée à une voisine, laquelle avait concocté le pot-au-feu traditionnel. Le croque-mort y avait été convié, lui aussi. Julie remarqua que le brave homme avait tout à fait la tête de l'emploi. Il avait garé son corbillard à l'ombre, derrière la grange, suffisamment à l'écart, afin de pouvoir y faire une sieste réparatrice en toute discrétion, avant la célébration de l'office, auquel tous les habitants de Chanteloube assistèrent.

Alors que les fidèles sortaient de l'église, l'unique cloche égrena son glas funèbre. Le cortège pénétra dans le minuscule cimetière jouxtant la nef. La concession de la famille Bussière se trouvait à côté d'un caveau dont la pierre tombale, en granit du pays, était surmontée d'une croix. Cette croix en pierre était décorée d'un motif extrêmement curieux, une sorte de récipient, orné de trois cannelures, faisant penser à un calice ou un ciboire. Deux autres tombes arboraient le même décor. Personne dans le village ne connaissait l'origine de telles sépultures. Peut-être étaient-ce celles d'anciens prélats. Clarisse elle-même s'était toujours promis de mener l'enquête. La tâche incombait désormais aux autres représentants de la famille.

Gaétan assista aux funérailles. Il n'avait pas osé s'approcher de la famille de la défunte et s'était glissé vers l'arrière du cortège. Quand vint son tour de bénir le corps, son regard croisa celui de Marthe. Leurs visages s'empourprèrent. La jeune fille sentit un frisson lui traverser le corps, cependant que le cœur de Gaétan lui sautait dans la gorge.

À la fin de la cérémonie, le garçon s'attarda au bas de la petite place, que surplombait le mur sud du cimetière. Avant de rentrer dans la maison de ses parents, Marthe s'arrangea pour venir le saluer. Les embrassades furent brèves et discrètes. Le contexte ne prêtait guère aux effusions. Marthe put ainsi donner le change. Gaétan tenta néanmoins d'avancer ses pions.

– Quand repars-tu ? demanda-t-il.

– Je ne sais pas, soupira Marthe.

– On peut se voir, ce soir, si tu veux !

– Je crains que le moment ne soit pas très bien choisi.

– Je comprends, dit-il en baissant la tête. Au cas où tu changerais d'avis, tu sais où me trouver.

Alice et son mari avaient regagné Villemeaux. Julie resta dîner chez les parents de Marthe. Elle lui confia son intention de quitter la maison de la rue de la Tour-des-Dames et de retourner provisoirement chez sa mère, qui habitait près de la porte d'Italie.

– Attendez au moins dimanche ! lui conseilla Alphonsine. Et même jusqu'à la fin du mois. Nous vous paierons vos gages. Cette maison va revenir à la famille. Il faudra bien que quelqu'un s'en occupe. Si Marthe retourne à Paris, où voulez-vous qu'elle couche ? Nous allons chez le notaire demain.

– Je t'enverrai un télégramme, décida Marthe. Quoi qu'il arrive, je vais rester quelques jours ici. Mais même si je ne reprends pas mon travail, il faudra bien que j'aille récupérer mes affaires.

Julie ne répondit pas. Elle se contenta de hocher la tête avec un petit sourire triste.

Après le repas, Marthe la raccompagna à son hôtel. En descendant à Lavaveix, elles n'échangèrent pas un seul mot. Leurs mains parlaient pour elles.

À l'hôtel, Julie invita Marthe à venir lui tenir compagnie quelques instants dans la chambre.

– Une autre fois. Nous nous verrons à Paris. Ce soir, je n'ai pas la tête à ça.

– Il ne s'agit pas de ce que vous croyez, Mademoiselle. Je voulais simplement discuter un peu avec vous, pour vous changer les idées.

– C'est gentil de ta part, reprit Marthe, mais la semaine a été éprouvante. J'ai besoin d'une bonne nuit de sommeil. Tu devrais te reposer, toi aussi. Est-ce bien raisonnable de prendre le train du matin ? Celui de midi serait plus commode. Tu pourrais rester au lit jusqu'à dix heures.

– Je vais y réfléchir, promit Julie. La nuit porte conseil.

Les deux jeunes femmes s'étreignirent. Elles avaient les larmes aux yeux.

– Prenez soin de vous, Mademoiselle ! ajouta Julie.

– À bientôt ! lui murmura Marthe à l'oreille.

Elle retraversa le hall sans se retourner. En sortant de l'hôtel, elle hésita, faillit bifurquer dans la rue du Centre pour aller rejoindre Gaétan, et s'engagea finalement sur la route d'Aubusson, avant d'entamer la montée sur Chanteloube d'un pied ferme.

Le soir tombait sur la cité minière. Le soleil avait disparu derrière le plateau. Même de là-haut, on ne pouvait sans doute plus l'apercevoir. Il avait dû s'abîmer derrière le bois d'Ayen.

Un chien aboya du côté du Puits Saint-Antoine. Marthe songea à ses anciennes amies. Elle revoyait leurs visages tristes, leurs mains meurtries, leurs manches noires relevées jusqu'aux coudes, leurs silhouettes anonymes, impersonnelles, stéréotypées. Sans âge. Fallait-il qu'on eût besoin de gagner sa vie pour qu'existât pareil métier ! Pourquoi le mot « forçate » n'avait-il pas été inventé ? Qu'attendait l'Académie ? Que les modistes aient disparu ?

17

Marthe et sa mère veillèrent devant la cheminée jusqu'à onze heures. Elles parlèrent de Clarisse. Le notaire avait utilisé l'expression « fortune personnelle » à son sujet. Qu'avait-il voulu dire ?

Marthe avait d'abord fait une réponse évasive, avec l'espoir que sa mère s'en serait contentée. Mais Alphonsine était revenue à la charge. Alors elle en avait raconté un peu plus.

– Est-ce que tu savais qu'elle avait failli se marier ?

Alphonsine manqua s'étrangler.

– Quand ça ?

– Il y a quelques années.

– Avec qui ?

– Je ne connais pas son nom. Tout ce que je sais, c'est que ce monsieur était très riche.

– Qui t'a dit ça ? gronda Alphonsine, furieuse d'apprendre qu'une fois de plus, sa sœur ne l'avait mise au courant de rien.

– Peu importe ! soupira Marthe.

– Si elle n'était pas mariée, d'où venait cette soi-disant fortune ?

Marthe ne put s'empêcher de sourire.

– Avant de mourir, le cher homme lui a légué tous ses biens.

– Parce qu'il est mort ? éructa Alphonsine.

– À ce qu'il paraît ! La veille de la noce.

– Quel âge avait-il ?

– Soixante-dix ans ! répondit Marthe.

Sa mère s'immobilisa.

– Dieu du Ciel ! Mais à l'époque, Clarisse devait en avoir à peine plus de la moitié ! Que me chantes-tu là ?

– Je n'en sais pas davantage. Tu n'auras qu'à demander des explications au notaire. Il est certainement au courant.

Alphonsine était allée avaler un grand verre d'eau.

– Est-ce que tu te rends compte de ce que tu viens de m'annoncer ? Je ne vois qu'une seule explication possible.

– Que vas-tu encore aller chercher ? lui lança Marthe en se levant à son tour.

Sa mère était revenue s'asseoir. La tête entre les mains, elle fixait la flamme, qui montait à l'assaut de la cosse de noisetier qu'elle avait déposée dans la cheminée quelques minutes plus tôt.

– Écoute, tu n'as plus dix ans. Même que tu es majeure. Il y a des mots qu'une jeune fille de ton âge peut entendre : ta tante était une grande cocotte. C'était une « horizontale », une poule de luxe, qui tondait la laine sur le dos des vieux. Voilà la vérité !

Alphonsine se tut quelques secondes, afin de reprendre son souffle. Son cœur était prêt à éclater.

– Tout s'explique, maintenant. Ces tenues qu'elle

portait quand elle venait nous voir ; cette coiffure, cette élégance ! Elle avait des mains de reine, était toujours bien pomponnée. Son parfum n'empestait pas le patchouli. Et ces cadeaux qu'elle nous faisait pour Noël, ces paquets qu'elle envoyait pour les anniversaires !

Alphonsine se tourna vers sa fille, qui avait repris sa place à côté d'elle.

– Si ça se trouve, tu ne m'as pas tout dit !

Marthe laissa fuser un petit rire nerveux.

– Excuse-moi, c'est la fatigue. Je crois que l'on ferait mieux d'aller se coucher. Pauvre tante, si elle nous entendait !

Alphonsine prit sa fille par le bras.

– Tu peux tout me raconter ; je suis prête à tout entendre. Le mal est fait, n'est-ce pas ? Alors finissons-en. Qu'as-tu appris encore ?

– Rien, lui assura Marthe. Je te l'ai dit. Son promis est mort la veille des épousailles. C'est une coïncidence, voilà tout.

– Mais qu'avait-elle bien pu lui faire, pour qu'il lui lègue sa fortune avant le mariage ?

– Ma tante n'est malheureusement plus là pour le dire, soupira Marthe. Alors rengaine ta question !

Alphonsine hochait la tête. Sa fille avait raison. À quoi bon se torturer l'esprit ? L'essentiel n'était-il pas que cette fortune allait tomber désormais dans leur escarcelle ? Elles étaient trois héritières possibles, mais c'était la même maison. Alphonsine essaya de se persuader que chacune aurait sa part et s'en voulut d'avoir songé, l'espace d'une seconde, qu'elle n'aurait pas vu d'inconvénient à ce que la sienne fût un peu plus importante que les deux autres. Après tout, Clarisse n'avait qu'une sœur, non ?

Mère et fille restèrent encore quelques minutes devant les flammes de la cheminée, perdues dans leurs pensées. Et puis Alphonsine décréta qu'il était effectivement temps d'aller dormir.

Marthe couchait au premier. Elle alluma la lampe à pétrole et monta dans sa chambre. Une pensée fugace lui traversa l'esprit. Elle songea à cette usine électrique, dont lui avait parlé Gaétan. Peut-être qu'à Chanteloube, on aurait bientôt l'électricité, comme à Paris. N'ayant pas sommeil, elle s'accouda à sa petite table et griffonna, sur le cahier qui l'accompagnait partout, un poème à la mémoire de sa tante.

Le lendemain, Julie prit sagement le train de midi – comme le lui avait conseillé Marthe –, après avoir avalé un copieux petit déjeuner. À l'heure où son wagon entrait en gare d'Orléans, Alice, Marthe et Alphonsine pénétraient, elles, dans l'étude de Maître Durand. Alors que leurs visages eussent dû être plutôt graves, certes, mais sereins, ils étaient crispés, au contraire. On devinait comme un malaise dans leur regard. Un rictus semblait figé sur les lèvres d'Alphonsine, qui se demandait quel sort allait lui être réservé.

Le notaire désigna les trois chaises, préparées à leur intention. Alphonsine s'assit entre ses deux filles.

– Permettez-moi de vous renouveler mes plus sincères condoléances, commença-t-il, d'une voix que l'on sentait travaillée pour la circonstance.

Maître Durand n'était pas un novice. Il avait plusieurs décennies de pratique derrière lui. Ce n'était pas la première fois qu'il se livrait à cette mascarade et ce ne serait assurément pas la dernière. Il avait un rôle à jouer, qu'il connaissait par cœur. Il savait que ces moments étaient extrêmement particuliers et que l'on pouvait s'attendre à tout. Les dérapages étaient fréquents. Il avait assisté à des scènes épiques, à des crêpages de chignons mémorables. Un jour, dans la maison d'un défunt, deux familles avaient coupé un drap en deux devant lui, pour que la partie adverse n'en ait pas un de plus. Dans cette ambiance singulière, il savait aussi qu'il suffisait d'un rien pour peser sur le cours des choses et que parfois, le diable – ou le Bon Dieu – pouvaient se cacher dans une intonation. Compatir à la douleur morale de ses clients était encore ce qu'il avait trouvé de mieux pour désamorcer les conflits, car lors de certaines successions, chaque héritier en puissance venait avec une bombe à retardement, qui pouvait être lancée à tout moment.

Cependant, les notaires ont souvent eux aussi une arme redoutable, qui leur permet de déminer le terrain et de diriger la partie : ils connaissent la plupart du temps les volontés du testateur, et pour cause, puisqu'ils l'ont presque toujours assisté dans la rédaction du document.

Une enveloppe en papier kraft était posée bien en évidence sur le bureau. Maître Durand la prit délicatement et la montra à ses clientes.

– Voici le testament, déposé en mon étude par

Clarisse Bussière, votre sœur et tante. Nous allons procéder à son ouverture, puis à sa lecture.

Joignant le geste à la parole, le notaire se saisit d'un coupe-papier en argent et entreprit d'en extraire une feuille, qu'il déplia soigneusement.

– Ce document a été entièrement rédigé par le testateur. C'est ce que l'on appelle un testament olographe.

« Ceci est mon testament.

Je soussignée, Clarisse Bussière, souhaite léguer à ma mort 500 louis d'or de 20 francs à ma sœur Alphonsine et 500 louis également à ma nièce Alice. Les louis sont dans mon coffre, à la banque. »

Maître Durand lisait à haute et intelligible voix, en détachant les mots. Il marqua un temps d'arrêt, pour faire durer le suspense.

Cinq cents louis, c'était une somme !

Les intéressées s'étaient tournées vers Marthe, qui n'avait pas bronché. Le notaire poursuivit :

« Je lègue le reste de ma fortune et tous mes autres biens – meubles et immeubles –, les actions, les bons au porteur, le contenu de mon coffre et mes effets et objets personnels à ma nièce Marthe.

Fait à Ahun, en l'étude de Maître Durand, saine de corps et d'esprit, le 24 juin 1892. »

Suivait la signature.

Clarisse avait ajouté un codicille, dans lequel elle formulait le souhait d'être inhumée dans le caveau familial de Chanteloube.

Alice se tourna vers sa mère et l'interrogea du regard. Elle ignorait totalement l'étendue de la fortune de sa tante, contrairement à Alphonsine, qui en savait un peu plus, depuis la veille. Entièrement absorbée par la conversion de ses louis d'or en francs, Alice ne savait que penser de ce qu'elle venait d'entendre.

Alphonsine, elle, émergeait peu à peu du coup de massue qu'elle avait reçu sur le crâne.

– Pourquoi n'a-t-elle pas partagé en trois ? demanda-t-elle au notaire, en prenant ses filles à témoin.

– Tels sont les vœux de la défunte, chère madame ! Je n'en sais pas plus que vous.

Maître Durand ne disait pas la vérité, cependant il était lié par le secret professionnel. En réalité, Clarisse lui avait confié qu'Alice avait fait un mariage d'argent et qu'elle « était à l'abri du besoin ». Elle avait néanmoins tenu à lui laisser un joli petit magot, « pour sa tranquillité d'esprit ». Quant à Alphonsine, les cinq cents louis qu'elle lui léguait allaient lui permettre d'agrandir la propriété. Dix hectares étaient à vendre à La Couchezotte et cinq à Badassat. Elle n'aurait plus à aller trier le charbon pour un salaire de misère. Prudence et Adrien non plus, qui seraient plus utiles à la ferme. Alphonsine pourrait se lancer dans l'élevage du mouton, en commençant par l'achat d'une quarantaine de têtes.

Et si Clarisse avait légué la quasi-totalité de sa fortune à son autre nièce, c'était parce que Marthe était la plus fragile des deux et surtout – elle avait supplié le notaire de garder cela pour lui – parce qu'elle était sa préférée.

Maître Durand fit circuler la feuille entre les mains des trois héritières, afin qu'elles puissent constater que l'écriture était bien celle de Clarisse, ce qu'elles confirmèrent, sans doute possible. Alphonsine pensa un instant la déchirer en petits morceaux, mais elle ne voulait pas faire de scandale devant ses filles. Après tout, l'argent ne sortait pas de la famille. Et puis Maître Durand avait certainement incité Clarisse à rédiger son testament en plusieurs exemplaires. Aussi la rendit-elle sans regret au notaire.

Alice, en revanche, sortit de l'étude avec un sentiment de frustration. Elle héla sa sœur sur le perron.

– Petite cachottière, tu le savais que notre tante t'avait tout légué ! Tu étais sa favorite ! Pourtant, qu'est-ce que tu as de plus que moi ? Tu peux me le dire ?

– Non, je l'ignorais, se défendit Marthe avec douceur. Je l'ai appris en même temps que toi.

– Je ne sais pas ce qui me retient de te coller mon poing sur la figure, espèce de faux-jeton ! hurla Alice en se précipitant sur sa sœur.

Quelqu'un venait d'écarter un rideau à l'une des fenêtres de l'étude. Leur mère s'interposa.

– Allons, un peu de tenue ! On nous regarde. Inutile de vous donner en spectacle. Nous discuterons à la maison.

– Puisque c'est comme ça, je rentre chez moi ! Léon doit m'attendre. Je vais aller lui annoncer la bonne nouvelle.

Alice était arrivée en bas de l'escalier. Elle se retourna, remonta deux marches et pointa son index en direction de sa mère.

– Cela m'étonnerait qu'on se croise avant longtemps. À partir d'aujourd'hui, pour les fêtes de famille, il ne faudra plus compter sur moi. Quant à toi, ma chère sœur, tu n'es pas près de revoir ma tête. Retourne donc à Paris ! Avec le pognon que tu vas toucher, tu pourras ouvrir un bordel ! Maquerelle, il paraît que ça gagne bien. À moins que tu ne préfères jouer les grandes cocottes dans les quartiers chics, comme ta tante. Car c'est bien ainsi qu'elle l'a gagné, son fric, d'après ce qui se raconte au pays !

Alice avait crié sa colère avec tant de hargne que plusieurs commerçantes étaient sorties sur leur trottoir.

– Vas-tu te taire, à la fin ! la houspilla sa mère. Tu ne vois pas que tu nous fais honte !

– Je me tairai si je veux ! Les gens d'Ahun doivent savoir que ta chère sœur était une putain et que ta fille cadette est bien partie pour embrasser la même carrière.

– Tu ne sais pas ce que tu dis ! lança Marthe. Tu as une langue de vipère. La méchanceté t'étouffe. Tu ferais mieux de la boucler. Quand on a épousé un vieux, bourré de fric, on n'est pas la mieux placée pour parler. C'est plutôt toi qui…

Le visage de sa tante s'imprima devant elle.

– Qui quoi ? l'apostropha Alice.

Marthe croisa le regard de sa mère et baissa les yeux.

– J'allais dire une bêtise.

Alphonsine prit sa fille cadette par le bras et l'obligea à descendre du trottoir.

– Rentrons ! Ne nous occupons pas de cette folle !

Marthe décida de rester quelques jours dans la Creuse. Elle envoya deux télégrammes. L'un à Joseph

Oller, pour lui dire qu'elle démissionnait de son poste. L'autre à Julie, pour lui annoncer qu'elle avait hérité de la maison de la Tour-des-Dames et qu'elle la gardait à son service.

Marthe fut de nouveau convoquée chez le notaire. Maître Durand lui expliqua que les avoirs de sa tante étaient placés dans une grande banque de la capitale et qu'elle y avait également un coffre. Il l'informa qu'ils devraient aller ensemble à Paris, afin de faire ouvrir ledit coffre en sa présence. Mille louis seraient prélevés. On les placerait dans un sac scellé. Le reste serait remis le jour même à Marthe, conformément au souhait de sa tante. Elle pourrait en disposer à son aise.

Au sortir de l'étude de Maître Durand, Marthe n'avait toujours pas réalisé ce qui lui arrivait. Elle remerciait secrètement sa tante d'avoir davantage songé à elle qu'à sa sœur et à sa mère, mais elle n'avait pas conscience du chambardement qui allait en résulter. Le scandale déclenché par Alice dans les rues d'Ahun lui avait vaguement mis la puce à l'oreille. Ce n'est cependant que plusieurs jours plus tard qu'elle se rendit compte que sa vie venait de basculer.

Trois nuits consécutives sans sommeil à penser à ces louis d'or et à tout le reste eurent raison de son flegme. Une griserie, venue des tréfonds de son être, envahit son esprit et ne la quitta plus. Du patrimoine de sa tante, elle ne connaissait que la maison de la rue de la Tour-des-Dames. Le reste relevait du domaine du fantasme. L'idée du coffre, surtout, tournait en boucle dans ses méninges. Les mille louis mis à part, qu'y avait-il d'autre à l'intérieur ? Serait-elle assez forte pour tenir jusqu'à son ouverture ? Et quand même il n'y aurait que ces mille louis ! Mais non, elle se refusait à le croire. Il devait y en avoir beaucoup plus. Avait-on jamais vu quelqu'un posséder un nombre aussi précis de pièces d'or ? Encore que... Marthe avait entendu dire qu'on pouvait les acheter par sachets de cent. Il y en avait dans toutes les familles. On se les léguait de génération en génération. Il se murmurait qu'une de leurs voisines de Chanteloube en détenait un plein « chibre » !

L'imagination de Marthe galopait, car Clarisse parlait également dans son testament d'actions et de bons au porteur. Marthe avait néanmoins appris à se méfier de ces chiffons de papier, qui avaient mené un apothicaire d'Aubusson à la ruine.

Sa décision était prise : sitôt qu'elle aurait cette paperasse en main, elle irait la convertir en louis sonnants et trébuchants.

18

Le règlement de la succession prit plus de temps que prévu. La Banque de France se fit prier pour effectuer le transfert des avoirs de Clarisse à l'agence de Guéret. Pour accélérer la procédure, Marthe fit une demande d'ouverture de compte à son nom, dans la succursale parisienne qui hébergeait ceux de sa tante.

Quand elle eut connaissance du montant de ces avoirs – quatre cent vingt-cinq mille francs –, Marthe comprit pourquoi la banque mettait autant de temps. Elle envoya une lettre à Julie, pour lui annoncer qu'elle lui paierait ses gages dès que possible. Celle-ci lui répondit que sa tante lui avait versé son mois l'avant-veille de la tragédie, c'est-à-dire avec dix jours d'avance. Elle avait ajouté que le fait était troublant, allant même jusqu'à écrire que « c'était comme si Madame Clarisse avait eu une prémonition ».

Marthe préféra attendre sagement dans la Creuse que toutes les formalités fussent réglées.

En cette première semaine de juin, on s'acheminait vers les jours les plus longs. Le soir, Marthe ne tenait pas en place. Elle disait à sa mère qu'elle allait se promener sur la route de Saint-Martial. Qu'elle avait besoin d'être seule. Toutefois Alphonsine n'était pas dupe. Depuis quelques jours, elle avait remarqué que Gaétan l'évitait, au Puits Saint-Antoine, et qu'il était mal à l'aise. Son regard fuyant était plus parlant qu'un long discours.

Les deux jeunes gens se voyaient en effet le soir, après dix-neuf heures. Pour plus de discrétion, Gaétan partait sur la route d'Aubusson et la quittait à hauteur du Puits Sainte-Marie. Coupant alors à travers champs, il rejoignait le chemin de Chanteloube, en contournant soigneusement le village de La Couchezotte.

Le premier soir, Marthe faillit ne pas aller au rendez-vous que son ami lui avait fixé. Elle avait pensé toute la journée à sa nouvelle vie parisienne. Une vie sans sa tante… et sans présence masculine. Son âme balançait entre quatre mondes. Ceux de la province et de la capitale, tout d'abord, aux antipodes l'un de l'autre. Mais aussi celui des hommes et celui des femmes. Son cœur tout neuf répudiait à choisir. Il n'y avait pire chose que le choix. Marthe avait décidé de laisser venir les événements, de ne pas les brusquer. Il serait toujours temps, lorsque la vie l'aurait emmenée un peu plus loin, de juger les uns et les autres à l'aune de ses propres affinités.

Marthe avait surtout songé à Sidonie. Elle ne parvenait pas à définir clairement ce qui l'attirait le plus chez cette jeune mariée désabusée. Était-ce son physique ou la femme de lettres qu'elle devinait en elle ? Sidonie lui avait promis de lui faire lire l'intégralité de sa première œuvre, provisoirement intitulée *Les souvenirs de Claudine*, qu'elle venait tout juste de terminer. Le peu que Marthe en avait lu lui avait beaucoup plu. Le style était innovant. Sidonie avait de plus une excellente connaissance de la nature. Les descriptions auxquelles elle se livrait en attestaient.

Marthe avait également songé à Julie. Elles avaient vécu de doux moments ensemble. N'était-elle cependant pas en train de passer à côté de quelque chose ? Il lui arrivait de plus en plus fréquemment d'avoir conscience d'un manque.

C'est en voulant s'affranchir de cette incertitude que l'esprit de Marthe s'était de nouveau tourné vers Gaétan. Elle savait que c'était un brave garçon. Il avait failli sacrifier sa place à la mine pour elle et l'avait défendue contre cet obsédé qui était sur le point de la violer. Et puis une question la taraudait : l'incendie qui avait ravagé la maison d'Émile Mativon était-il vraiment accidentel ? Gaétan lui avait-il dit la vérité ? Marthe avait repensé aussi à ce qui s'était passé sous la table, dans ce bistrot, le jour de la Sainte-Barbe.

Alors elle avait eu envie de revoir Gaétan.

Le premier soir, il l'avait assaillie de questions. Non, elle n'avait pas de petit ami à Paris. Oui, elle logeait chez sa tante et regagnait sa maison chaque soir, après son travail. Non, elle ne s'était toujours pas habituée à la vie trépidante de la capitale. Oui, elle en venait parfois à regretter celle qu'elle menait à la mine, parce que c'était un univers solidaire. On se serrait les coudes dans l'adversité. À Paris, au contraire, c'était chacun pour soi.

– Il paraît que là-bas, tu fréquentes des intellectuels ! lui avait rapporté Gaétan.

– Qu'ont-ils de plus que les autres ? avait rétorqué Marthe, un sourire moqueur aux lèvres. Certains sont profondément attachants, c'est vrai ; en revanche, d'autres sont inintéressants, tellement ils sont transparents. Je ne les remarque pas. Je les ignore. La plupart sont beaucoup trop imbus de leur personne.

Marthe avait failli parler de Sidonie, mais elle avait finalement préféré taire la complicité qui les unissait. Cela faisait partie de ses petits secrets. Après tout, elle n'était pas au confessionnal. Il y avait d'ailleurs belle lurette qu'elle n'allait plus confier au curé ses soi-disant péchés. On n'était plus au Moyen Âge. Cette mascarade était bonne pour les gamines de douze ans, lesquelles se croyaient obligées de dresser un catalogue de faits anodins ou de pensées subliminales pour faire plaisir au prélat, qui n'était là que pour dissuader ses ouailles d'aller rôtir en enfer ou les inviter à faire pénitence. Ce qui n'empêchait pas le saint homme de se délecter de récits, au sujet desquels il n'hésitait pas à demander moult détails. Le diable n'était-il pas – précisément – dans les détails ?

Avez-vous de mauvaises pensées, ma fille ?

La rédemption était à ce prix.

Gaétan avait demandé le nom de cette jeune femme qui avait fait le voyage de Paris, pour assister aux funérailles de sa tante… et qui la couvait des yeux.

– Elle s'appelle Julie, avait révélé Marthe en rougissant.

– Qui est-ce ?

– C'est – ou plutôt c'était – l'employée de maison de Clarisse.

– Que va-t-elle devenir ? avait poursuivi Gaétan.

Marthe s'était montrée hésitante.

– Rien n'est encore décidé.

– Tu as pourtant hérité de cette maison, d'après ce qu'on raconte. Il se murmure même que tu as hérité de tout.

Marthe avait grimacé un sourire, à la fois triste et gêné.

– Je vois que les nouvelles vont toujours aussi vite, au pays ! L'avantage, dans la capitale, c'est que presque personne ne se connaît. On ignore tout de ses voisins. Ça ne supprime pas complètement les mauvaises langues, mais ça limite les ragots.

– Tu n'as pas totalement répondu à ma question. Si rien n'est décidé, c'est que tu vas retourner à Paris, n'est-ce pas ?

Marthe avait cueilli une marguerite, puis deux, puis trois. Elle avait finalement constitué un bouquet, qu'elle déposerait sur la tombe de sa tante, en rentrant.

– Je ne peux pas faire autrement. Je dois régler tout un tas de détails. Maître Durand m'accompagnera. Les paperasses sont de son ressort, pas du mien.

Gaétan avait pris Marthe par la taille.

– Et tu comptes y rester longtemps ?

– Le temps de régler la succession.

– Et Julie, dans tout ça ?

– Qu'est-ce que Julie vient faire là-dedans ? Je ne suis pas mariée avec elle. Julie ira où elle voudra.

Gaétan avait souri.

– C'est rigolo, ce que tu dis là.

– Qu'est-ce que j'ai dit de drôle ? avait demandé Marthe en arrangeant son bouquet.

Maître Durand envoya un courrier aux trois héritières, pour leur annoncer qu'il avait pris rendez-vous avec la Banque de France. L'ouverture du coffre était prévue le mardi suivant, à quatorze heures. Seule Marthe y était conviée. Alice et leur mère avaient reçu une lettre, pour information, car les cinq cents louis revenant à chacune devaient être prélevés sur le contenu du coffre.

Marthe préféra partir le dimanche matin, afin d'avoir le temps de passer rue de la Tour-des-Dames. Alphonsine voulut l'accompagner, mais sa fille la rassura en disant qu'elle connaissait maintenant le chemin. Elle n'avait plus dix ans et pouvait se débrouiller seule.

– Garde-toi de ces vieux beaux qui traînent dans les gares !

– Je voyage de jour, tu n'as rien à craindre. Si quelqu'un m'embête, j'appellerai le contrôleur.

– Tout de même, reprit Alphonsine en secouant la tête, j'aurais pu aller avec toi. À moins que… Ah ! oui, c'est ça ! Tu as peur que je t'accompagne à la banque pour l'ouverture du coffre !

– Maman, qu'est-ce que tu vas chercher là ?

Marthe avait prévenu Julie de son retour. Celle-ci l'attendait à la gare. Les deux jeunes femmes s'étreignirent avec émotion.

– Je commençais à trouver le temps long, toute

seule, dans ces grandes pièces, Mademoiselle ! dit Julie en écrasant du doigt une larme naissante.

Un fiacre patientait. Le cocher s'occupa des bagages. Julie s'épancha pendant tout le trajet. Elle avait besoin de parler. Marthe l'écoutait d'une oreille distraite. Elle avait le cœur serré. Dans le train, elle s'était assise en sens inverse de la marche. Pendant le voyage, elle avait regardé le paysage défiler en songeant à sa tante. Marthe ne pouvait croire qu'elle ne la reverrait plus. Qu'allait-elle devenir ? Elle avait envoyé sa démission à Joseph Oller. Pourrait-elle rester dans cette grande maison, à ne rien faire ? Apparemment, elle allait disposer de suffisamment d'argent pour vivre de ses rentes. Toutefois il faudrait bien s'occuper. C'est en traversant la Sologne qu'elle crut avoir trouvé une idée : elle mettrait son temps libre à profit pour écrire des poèmes. On ne pouvait cependant pas en écrire toute une journée. Et puis elle finirait peut-être par se lasser. Son esprit s'était alors tourné vers son amie Sidonie, qui jetait des souvenirs depuis des mois sur des cahiers. Elle aussi pourrait s'essayer à ce genre. Mais pour raconter quoi ? Ses souvenirs de modiste ? La vie d'une trieuse de charbon, cela n'intéressait personne.

Marthe s'était assoupie quelques instants, alors que le convoi entrait en gare d'Orléans. C'est le sifflet de la locomotive qui l'avait réveillée.

Et si elle se lançait dans le roman ? Il fallait certes avoir de l'imagination, mais elle n'en manquait pas. Et les faits divers abondaient. L'un d'eux avait défrayé la chronique, l'hiver précédent, dans la région. Marthe aurait pu s'intéresser au cas de ce Charles Michaud, accusé du crime d'un paisible agriculteur retraité, dans la nuit du 20 août 1893, au village de Mornat, où il résidait lui-même. Charles Michaud était âgé de vingt-huit ans. Il avait été un temps mineur à Lavaveix et s'était reconverti lui aussi un an plus tôt dans l'agriculture. Michaud avait été condamné aux travaux forcés à perpétuité, en janvier 1894. Il n'avait échappé à la guillotine qu'à deux voix près. Et pourtant, il était innocent. Seulement, comment Marthe aurait-elle pu le deviner ?

Lors du procès, des incohérences avaient été relevées, qui auraient dû plaider en la faveur de l'accusé. Mais il fallait un coupable. Les juges avaient tranché. Pendant dix-sept ans, des témoins de ce procès lutteront et prouveront finalement l'innocence de Michaud, qui sera réhabilité et rentrera de Cayenne en avril 1910, après que le coupable aura avoué le meurtre sur son lit de mort. Charles Michaud racontera au journaliste ayant obtenu la révision du procès que sa condamnation était due pour partie à une broutille.

Quelques mois avant le crime, son chien avait en effet dérobé une fouine chez l'un de ses voisins, alors que lui, Michaud, croyait qu'il l'avait attrapée dans la nature. Le voisin l'avait dénoncé. Charles Michaud s'était retrouvé au tribunal. Il avait été condamné à un mois de prison ferme et à seize francs d'amende – sans compter les cent francs de frais de procédure. Aux yeux des juges, Michaud avait donc des antécédents.

Dans les jours qui suivront son retour dans la vallée de la Creuse – retour immortalisé par le photographe

Devoyon –, l'un de ses plus ardents défenseurs le promènera dans sa voiture à âne, à travers tous les villages de la région de Lavaveix, coiffé de son éternel melon.

Marthe aurait pu bâtir également une histoire autour de cette femme que l'on avait retrouvée noyée dans un creux d'eau du ruisseau de Chevillade, en plein mois d'août, et que l'on n'avait jamais réussi à identifier. Ou autour de cette étrange série d'empoisonnements présumés : une dizaine de vaches étaient mortes dans les environs d'Ahun, dans trois grosses exploitations. Les bêtes présentaient toutes les mêmes symptômes. On n'avait jamais arrêté le – ou les – coupable(s). Ou encore autour de ces incendies à répétition qui avaient réduit en cendres plusieurs granges, quelques années plus tôt, dans la commune de Marsat, entre Noël et le premier de l'An.

Tout cela demandait réflexion. Marthe allait avoir le temps d'étudier la question. L'écriture était un plaisir extrême. Une souffrance, aussi. Mais Marthe avait appris que l'on n'obtenait rien sans effort – dans ce domaine comme dans d'autres – et que l'on ne parvenait à ses fins dans cette entreprise créative qu'au terme d'un dépassement de soi. *Vingt fois sur le métier, remettez votre ouvrage.* Ce vers du bon Nicolas Boileau avait guidé ses premières saillies littéraires.

Marthe savait que la poésie était un art terriblement exigeant, qui ne pouvait en aucune façon se satisfaire de l'à-peu-près. Les vers devaient couler, sans anicroches. Il fallait se laisser guider par la musique des mots.

Perdue dans ses pensées, Marthe ne s'était pas

rendu compte qu'elle était arrivée devant la maison de sa tante. Julie la héla du trottoir.

– J'étais loin d'ici, pardonne-moi ! s'excusa-t-elle.

Le cocher avait déposé ses bagages devant la porte. Elle le remercia et régla la course. La pendule de l'entrée affichait quatorze heures.

– Vous devez avoir faim, Mademoiselle ! dit Julie. Je vous ai préparé un ris de veau à la niçoise. Je sais que vous adorez ça.

Depuis le matin, Marthe n'avait effectivement mangé que deux croissants, achetés à Lavaveix, en descendant à la gare. Elle fit honneur à son plat favori. Julie lui avait également concocté une tarte, avec de la rhubarbe du jardin, cueillie le matin même.

– Madame adorait la rhubarbe. Elle me demandait toujours de faire de la compote. Elle serait contente de vous voir manger avec autant d'appétit.

– Tu n'aurais pas dû me dire ça, fit Marthe en repoussant son assiette. J'ai un peu honte de bâfrer ainsi sous son toit. Je suis fatiguée ; je monte me reposer.

Sur le point de quitter la pièce, elle se retourna et regarda Julie dans les yeux.

– Je te garde à mon service. Mais après ce qui s'est passé, dorénavant…

– N'en dites pas plus, Mademoiselle ; je comprends tout à fait.

Marthe somnola jusqu'à dix-neuf heures. À son réveil, Julie lui proposa un peu de potage. Marthe en accepta un bol, puis elle regagna sa chambre, car elle avait besoin d'être seule.

Elle s'attabla à son secrétaire devant son armoire à glace, après avoir sorti de sa valise le gros cahier qui ne la quittait jamais, et qu'elle avait emporté dans la Creuse. Lorsqu'elle partait en voyage, elle utilisait un crayon à papier, car elle trouvait cela plus pratique que de s'encombrer d'une écritoire. Sinon, elle écrivait à la plume. Au détour d'une conversation avec Sidonie, elle avait découvert qu'elles utilisaient l'une et l'autre des plumes Flament numéro 2. Elles en avaient souri.

Marthe dénoua son chignon et songea plus que jamais à sa tante. Et puis, petit à petit, ses pensées se tournèrent vers Sidonie.

Elle contempla l'image qui se reflétait dans sa glace et commença avec fébrilité d'aligner des vers de huit pieds.

19

Une lettre était arrivée pendant l'absence de Marthe. Julie la lui remit. Elle contenait une carte de condoléances, signée de la main de Sidonie, laquelle terminait par ces mots : « Soyez courageuse. Et si vous avez besoin de quoi que ce soit, vous savez où me joindre. »

À midi, Marthe insista pour que Julie mangeât à la même table qu'elle.

– Cela ne se fait pas, Mademoiselle !

– Eh bien, à partir d'aujourd'hui, cela se fera ! décréta Marthe. Je n'aime pas me faire servir. Je n'ai pas été habituée ainsi. Et puis c'est triste de manger toute seule. Si j'avais soixante-dix ans, je comprendrais, mais je n'en ai que vingt et un.

Après le repas, Marthe fit quelques confidences à Julie. Elle lui apprit que sa tante lui avait légué l'ensemble de ses biens. Et qu'elle avait rendez-vous le lendemain à la Banque de France, avec le notaire. Elle ne parla cependant pas du coffre. Julie n'était pas obligée d'être au courant de tout.

– Qu'est-ce que je vais faire de tout ça ? s'exclama Marthe, avec un petit sourire amer.

Julie faillit lui dire que dans la vie, il valait mieux avoir trop d'argent que pas assez, mais cela n'aurait pas été correct de la part d'une domestique. Chacun devait tenir son rang.

Un grand soleil flambait sur la Butte. Marthe éprouva le besoin d'aller faire brûler un cierge au Sacré-Cœur. Elle demanda à Julie de l'accompagner. Mais sitôt arrivée au coin de la rue, elle changea d'avis. Réflexion faite, elle préférait se rendre à l'église de la Sainte-Trinité, qui était à deux pas. Après tout, un cierge était un cierge. Qu'on l'allumât ici ou ailleurs, Dieu n'y verrait pas de différence. Et la prière serait la même. Seule l'intention comptait.

Les jeunes femmes pénétrèrent dans l'édifice juste au moment où sonnait la demie de treize heures. Elles en ressortirent dix minutes plus tard. Lorsque Marthe fit part de son désir de pousser jusqu'au boulevard Hausmann, Julie ne chercha pas à dissimuler sa joie.

Aux devantures des Grands Magasins du Printemps étaient présentés les modèles de la saison d'été. Marthe ne savait où donner de la tête. Elle volait d'une vitrine à l'autre.

– Entrons ! dit-elle à Julie.

Marthe voulut voir tous les comptoirs.

À celui des peignoirs et matinées, elle repéra une robe d'intérieur en serge très fine, vieux rose et noir, avec manchettes et berthe en dentelle. Elle ne fut pas effrayée par le prix – cinquante-cinq francs – et consulta l'avis de Julie sur cette merveille.

Au comptoir suivant, elle fut attirée par un costume à pois, en tulle fantaisie, avec corsage froncé rentrant dans une jupe ronde garnie de deux galons pailletés, à cent quatre-vingts francs. Costume agrémenté d'une élégante capote de roses rubis, avec nœud et brides en velours, qu'elle eut envie de poser sur sa tête, pour voir l'effet produit, mais elle craignit que le vendeur ne se moquât d'elle.

Marthe rêva ensuite quelques instants devant les robes de mariée, puis elle se dirigea vers les manteaux et confections, toujours flanquée de Julie, qui la suivait comme son ombre et s'extasiait avec elle.

Au rayon des chapeaux, les deux demoiselles essayèrent plusieurs modèles, sous l'œil de plus en plus intéressé d'un monsieur d'un âge certain, qui les suivait depuis leur entrée dans le magasin.

– Il est collant, celui-là ! s'exclama Julie, en reposant son couvre-chef pour en saisir un autre. Le mois dernier déjà, il nous avait embêtées, avec Madame Clarisse.

– Va-t'en lui dire qu'il n'est pas notre genre ! lui ordonna Marthe suffisamment fort pour que l'intéressé pût l'entendre. Et qu'il peut aller voir ailleurs si nous y sommes !

Julie s'exécuta.

L'importun ne parut pas décontenancé outre mesure. Il se frisa ostensiblement la moustache, en arborant un grand sourire. Marthe le fustigea du regard et les deux jeunes femmes lui tournèrent le dos.

Au comptoir des corsets, elles eurent le coup de foudre pour un modèle de forme empire, en fil de satin écru, éventaillé de soie bleue. Elles planifièrent un détour par la cabine d'essayage, lors de leur prochaine visite.

Julie tint absolument à se rendre au comptoir des parapluies, pour acheter un en-cas, en remplacement de celui qu'elle avait oublié dans l'omnibus, deux jours plus tôt. Elle opta pour un spécimen en satin de Lyon, avec des rayures en long, bleu marine et blanc, à neuf francs soixante-quinze.

– Je te l'offre ! lui lança Marthe, en se dirigeant vers la caisse.

– En quel honneur ? Vous n'y pensez pas, Mademoiselle !

– En l'honneur de ta nouvelle maîtresse. C'est mon cadeau de bienvenue.

Julie voulut protester, mais Marthe lui fit comprendre qu'il était inutile d'insister.

Avant de sortir du magasin, elles passèrent au rayon parfumerie. Marthe acheta de la pâte dentifrice à la glycérine, de l'eau de quinine et trois pains de savon à la bruyère des Vosges. Julie, elle, fit l'acquisition d'un flacon d'eau de toilette à la violette, d'une pâte printanière à la fraise – pour les mains – et d'une boîte de poudre de riz *À la Maréchale*, parfumée à l'héliotrope.

Sur le trottoir, Marthe jeta machinalement un coup d'œil à la grande horloge qui trônait à l'angle de la rue de la Chaussée-d'Antin et prit Julie à témoin : elle n'arrivait pas à croire qu'elles étaient restées plus de deux heures à l'intérieur du Printemps.

Les deux jeunes femmes rentrèrent par la rue de Mogador. Marthe avait songé un instant pousser jusqu'au boulevard des Capucines, afin de passer devant l'Olympia, mais elle y renonça. Elle ressentait encore la fatigue de son voyage et avait vraiment besoin de rompre avec certains épisodes douloureux de sa vie parisienne. Elle avait surtout besoin de tranquillité, pour faire le point.

Sitôt arrivée dans la maison de sa tante – Marthe ne pouvait se faire à l'idée que cette ravissante bâtisse fût désormais la sienne –, elle monta dans sa chambre, comme la veille, et pria Julie de ne pas la déranger, car « elle devait mettre ses idées au clair ».

Marthe déverrouilla la porte de son armoire. Une petite clé était cachée sous une pile de draps. Elle s'en saisit et ouvrit le tiroir dans lequel était rangé le gros cahier auquel elle confiait ses états d'âme.

Marthe était soucieuse. L'avenir la préoccupait. Certes, elle allait être débarrassée des contingences matérielles, et aurait le lendemain une idée plus précise du montant de sa fortune, mais l'argent ne faisait pas – nécessairement – le bonheur. Elle se plaisait à ajouter « nécessairement ». L'avait-elle entendue, cette maxime, dans la bouche de sa grand-mère maternelle !

Chaque fois que Marthe se sentait gagnée par le spleen, une image s'imposait à elle : celle de la pluie. En dépliant son cahier, elle eut envie de coucher cette impression sur la feuille vierge. La pluie dont elle avait envie de parler serait une pluie d'orage. Peut-être même allait-elle décrire ce qui se passait… juste après la pluie.

Marthe se souvenait avoir écrit un autre poème, deux ans plus tôt, où il était question d'eau, de rivière, de rivages. Elle pensa que sa lecture serait une excellente « mise en bouche ». Et puis elle ne voulait pas accumuler les redites.

Elle feuilleta son cahier, ne trouva pas ce qu'elle cherchait, remonta le temps et finit par tomber sur le texte en question. Il n'avait pas de titre. Elle lui en avait trouvé un, au départ, pour ensuite le biffer d'une ligne ondulée semblable à des vagues. On ne sortait décidément pas de la métaphore aquatique.

Marthe aimait plus que tout les vers de six pieds, qui eussent pu facilement se changer en alexandrins – avec, éventuellement, rime intérieure à l'hémistiche.

Bercée par la musique du poème qu'elle venait de lire, elle se concentra sur sa pluie d'orage. Les deux premiers vers jaillirent de sa plume. Après un temps d'arrêt, trois autres se bousculèrent. Le sixième, lui, se fit attendre un peu, mais il amena une suite d'images qui alluma un sourire sur ses lèvres.

Le lendemain, un fiacre vint prendre Marthe à midi et demi. Elle avait rendez-vous à la succursale de la Banque de France, rue de Vaugirard, à quatorze heures. Comme elle était en avance, elle alla se promener dans le Jardin du Luxembourg, juste en face. Marthe s'installa sur un banc, afin d'admirer à son aise un charmeur d'oiseaux en haut-de-forme, qui attirait les moineaux avec de la mie de pain. L'homme en avait trois sur chaque épaule, qui venaient tour à tour lui manger dans la main, pendant qu'une trentaine de leurs congénères se contentaient de recueillir les miettes tombant à terre. De temps à autre, l'un d'eux venait se poser sur son bras droit, tendu comme un perchoir.

Tout absorbée dans la contemplation de la scène qui se déroulait devant elle, Marthe n'avait pas vu le temps passer. Le clocher d'une église sonna deux heures. Elle se leva d'un bond. Dans sa précipitation à rejoindre la sortie du jardin, elle faillit s'entraver dans l'attelage d'une voiture à chèvres qui promenait des enfants. Elle arriva devant la banque en même temps qu'un fiacre, d'où descendit Maître Durand en personne.

– Voilà ce que j'appelle être ponctuel ! dit-il en saisissant Marthe par le bras. Entrons, voulez-vous ; nous sommes attendus !

Le directeur les reçut dans son bureau. Il leur demanda une pièce d'identité. Après quelques échanges d'informations, le banquier pria ses clients de le suivre, non sans s'être assuré auparavant que Marthe possédait bien la clé nécessaire.

La salle des coffres était impressionnante. Jamais Marthe n'eût imaginé qu'elle fût aussi vaste. Le directeur se dirigea sur sa droite et enfonça une clé dans l'une des serrures du numéro 126. Il fit signe à Marthe d'engager la sienne dans l'autre, puis il se retira, après voir entrouvert la petite porte. Une table à roulettes et deux chaises avaient été avancées au plus près du coffre.

Maître Durand sortit une première boîte métallique, puis une deuxième. Il les posa sur la table.

– C'est lourd ! chuchota-t-il en jetant un coup d'œil circulaire, pour vérifier qu'ils étaient bien seuls.

La première boîte contenait dix lingots d'or d'un kilo. La seconde était pleine de sachets de pièces d'or.

– Apparemment, ce sont des sacs de vingt-cinq, précisa Maître Durand. Ce sera plus facile pour les compter. Car je crois vous l'avoir dit : je dois établir un inventaire du contenu du coffre.

Il y avait soixante sachets.

– Je prélèverai mille louis, comme indiqué dans le testament de votre tante, poursuivit le notaire, à partager pour moitié entre votre mère et votre sœur. Il vous en restera cinq cents, à vous aussi.

Dans le fond du coffre, il y avait des titres et des bons au porteur. Maître Durand en dressa la liste.

Marthe n'avait aucune idée de la valeur des actions. Pour les bons, en revanche, il suffisait d'additionner les montants indiqués sur chacun. Ce que fit le notaire. Il y en avait au total pour cinq cent mille francs. Avec les quatre cent vingt mille qui se trouvaient sur le compte bancaire de sa tante, Marthe était presque millionnaire. Sans compter les lingots, ni les louis, ni les actions... ni la maison, rue de la Tour-des-Dames. Ces chiffres lui donnaient le vertige. La tête lui tournait. Elle crut défaillir. Par chance, elle était assise. Maître Durand avait remarqué sa pâleur.

– Vous ne vous sentez pas bien ? s'inquiéta-t-il en lui prenant la main.

– Si, si, ça va aller ! C'est que tout cela représente beaucoup d'argent. Il va falloir que je m'habitue.

– Croyez-en mon expérience, on s'y fait très bien !

Le notaire recopia l'inventaire au propre, en double exemplaire. Il invita sa cliente à le parapher et à le signer, et fit de même.

Il préleva ensuite quarante sachets de pièces d'or, après avoir établi un reçu en bonne et due forme à Marthe, laquelle attestait que mille louis avaient été pris dans le coffre de Clarisse, pour être remis pour moitié à sa mère et pour autre moitié à sa sœur.

– Comme je vous l'avais laissé entendre lors de notre dernière entrevue à mon étude, il y aura des droits à payer sur la succession de votre tante, précisa Maître Durand.

Avant de quitter la pièce, il indiqua à Marthe qu'elle pouvait emporter ce que bon lui semblait, puisque désormais, le contenu du coffre lui appartenait. La banque avait préparé un nouveau contrat de location à son nom. Elle devait le signer avant de partir.

– Je vais me retirer quelques instants, ajouta-t-il. Prenez votre temps.

– C'est inutile, dit Marthe. Remettez tout en place. C'est encore là que ce sera le plus en sécurité. Et puis dix lingots, c'est lourd à traîner !

– Vous avez entièrement raison. J'ai moi-même plus de six kilos rien qu'en pièces dans ma sacoche !

Le notaire sortit de la salle et revint bientôt avec le directeur, qui attendait dans une pièce attenante. Le banquier poussa la porte du coffre et reprit sa clé. Marthe récupéra la sienne.

Maître Durand prit congé dans le hall, non sans avoir consulté sa montre.

– Il est trois heures vingt. Je vais essayer d'attraper l'omnibus d'Austerlitz. Avec un peu de chance, j'ai peut-être le temps d'avoir le train de quatre heures.

Marthe suivit le directeur dans son bureau. Celui-ci lui fit signer le contrat de location du coffre et lui remit un chéquier établi à son nom. Marthe se renseigna pour savoir si elle pouvait retirer un peu d'argent.

– Je vous conduis à la caisse, répondit-il. Et si vous avez besoin de conseils pour gérer vos biens, n'hésitez pas à nous le faire savoir, Mademoiselle. Nous sommes à votre entière disposition.

Le banquier l'avait accompagnée jusqu'à la sortie et s'était confondu en courbettes. Marthe n'avait cependant pas été impressionnée par son manège, car Maître Durand l'avait mise en garde : l'onctuosité de ces gens-là était à nulle autre pareille.

Ce soir-là, vers vingt et une heures trente, on sonna à la porte. Julie alla ouvrir et vint prévenir Marthe que quelqu'un la demandait.

– Qui est-ce ?

– Une dame qui n'a pas voulu donner son nom.

Marthe suivit Julie dans le vestibule. Une jeune femme brune, très belle, très élégante, attendait dans l'entrée.

– Bonjour, Mademoiselle, dit la jeune femme d'une voix grave. Je suis confuse de vous déranger à cette heure. Clarisse m'a beaucoup parlé de vous. Je suis Agnès.

Marthe n'avait pas bronché. Elle attendait la suite.

– Je n'avais plus de nouvelles depuis plusieurs semaines. J'ai appris avant-hier, par des amies communes, sa disparition brutale.

La jeune femme était au bord des larmes.

– Je suis allée me recueillir sur sa tombe. J'arrive à l'instant de la Creuse.

Elle sortit une feuille de son sac et la tendit à Marthe.

– Clarisse avait écrit ce mot. Elle m'avait dit de vous le montrer, au cas où il lui arriverait quelque chose.

Marthe se saisit de la feuille. Un court texte y était griffonné, suivi de la signature de sa tante :

« En cas de malheur, je souhaite que Mademoiselle Agnès Cotineau puisse récupérer mon portrait, peint par Henri de Toulouse-Lautrec, portrait qui se trouve dans ma chambre, rue de la Tour-des-Dames, afin qu'elle le conserve, en souvenir de moi. »

Marthe était restée impassible. Elle releva la tête et dévisagea un instant l'amie de Clarisse. Sa tante avait du goût. Elle en avait toujours eu.

Après une brève hésitation, Marthe la pria de s'asseoir dans le salon et fit signe à Julie de la suivre. Les deux jeunes femmes montèrent à l'étage, décrochèrent le tableau et l'emballèrent dans du papier kraft.

Une demi-heure plus tard, Agnès Cotineau salua Marthe.

Après l'avoir remerciée une dernière fois, la visiteuse du soir s'enfonça dans la nuit.

20

Marthe dormit peu ce soir-là. Elle fit une série de cauchemars. On n'arrêtait pas de sonner à sa porte. Des conseillers en tout genre défilaient dans le hall. Ils prétendaient gérer son patrimoine et placer son capital sur des valeurs sûres. Certains n'hésitaient pas à venir frapper à la porte de sa chambre. D'autres se cachaient sous les tables, derrière les rideaux du salon, dans le placard à balais et jusque dans son armoire.

Elle rêva aussi qu'un courtier en assurances avait réussi à gagner sa confiance. Elle avait signé pouvoir et procurations par-devant notaire. L'homme avait vidé son coffre et ses comptes bancaires. Marthe s'était retrouvée sans le sou.

C'était sans doute cela, être riche. Vivre dans la crainte de se faire dépouiller. N'accorder sa confiance à personne. Trembler d'angoisse, le soir, au fond de ses draps. Disséquer le moindre bruit.

Entre deux périodes de sommeil, Marthe eut tout le temps de ressasser ses craintes.

Qu'allait-elle faire de tout cet argent ? Le partager ? Avec qui ? Avec Gaétan ? Mais l'aimait-il encore ? En faire profiter ses amis ? En avait-elle ? Sidonie était-elle une amie ? Marthe aurait été bien embarrassée pour répondre à cette question.

Julie, elle, n'était pas vraiment une amie. Elle avait cependant envie de la récompenser, car elle avait servi plus qu'honnêtement sa tante. Marthe allait revoir ses appointements à la hausse. Elle décida dans l'instant de les doubler et se promit de lui annoncer la bonne nouvelle le soir même.

Marthe se dit aussi qu'elle allait pouvoir profiter de la vie. Elle avait toujours eu envie de voyager. C'était l'occasion rêvée. Sa visite au musée du Louvre lui avait ouvert les yeux sur des civilisations inconnues : les Phéniciens, les Sumériens, les Babyloniens, les Étrusques. Elle était attirée par la Méditerranée. Elle voulait voir Rome, Pompéi, Carthage, Alexandrie, Byblos, Pétra, Delphes. Athènes également, bien sûr. Fouler aussi le sol de l'île de Lesbos et partir sur les traces de la délicieuse Sappho. Peut-être l'âme de la poétesse lui inspirerait-elle l'un de ses plus beaux poèmes.

Marthe ne voulait pas voyager seule. Elle demanderait à Julie de l'accompagner. Elle avait un instant imaginé emmener la belle Agnès, pour parler de sa tante, avant de chasser cette incestueuse pensée de son esprit. Un frisson d'horreur coula dans son dos. Mais on n'était pas responsable de ses fantasmes.

Il ne lui aurait pas non plus déplu de partir avec ce beau jeune homme, rencontré dans un restaurant de Montmartre, lors d'un repas d'anniversaire. Ce jour-là, Henri de Toulouse-Lautrec avait convié Clarisse à sa table, laquelle n'avait accepté l'invitation qu'à la condition que sa nièce fût elle-même invitée. Marthe ne connaissait que son prénom : Lucien. Elle n'avait pas osé demander son nom à sa tante. Pendant tout le repas, il lui avait adressé des sourires, depuis l'autre bout de la table.

Il y avait du beau monde, à ce dîner, ce soir-là : Alphonse Allais, Lucien Guitry, Jules Renard, Ève Lavallière, Marguerite Moreno, Curnonski, Thadée Natanson, Jeanne Granier, Liane de Pougy, Cléo de Mérode. Tristan Bernard, Alfred Jarry, Bonnard et Vallotton avaient fait une apparition au dessert. Marthe avait eu la chance d'approcher tous ces illustres personnages, soit au Moulin Rouge, soit à l'Olympia.

Elle gardait un excellent souvenir de cette soirée. D'abord parce qu'elle y avait rencontré le beau Lucien, et aussi parce que Toulouse-Lautrec avait tenu à ce qu'elle s'installât à sa droite. Il n'avait pas cessé de lui raconter des bêtises tout au long du repas. Monsieur Henri lui avait aussi appris à manger du caviar et lui avait fait boire de la vodka. Nicolas II, le tsar de toutes les Russies, venait d'être reçu par le président de la République. La mode était au goût russe. Le Moulin Rouge avait d'ailleurs créé à cette occasion une revue qui célébrait l'amitié franco-russe.

Marthe n'avait pas revu le beau Lucien. Celui-ci avait essayé de l'aborder à la fin du repas, mais Clarisse avait pris sa nièce par le bras et l'avait entraînée à sa suite.

– Excusez-nous, il se fait tard ! avait-elle dit au jeune homme, sur un ton qui ne souffrait pas de réplique.

Puis à Marthe, à mi-voix :

– Méfie-toi de ce garçon ! Il se dit peintre, or il ne

l'est pas plus que toi ou moi. Il fait croire aux dames qu'il cherche des modèles pour des études de nus. Seulement avant de peindre, il veut tester la marchandise, si tu vois ce que je veux dire. Il prétend que cela exalte « le rapport à l'art ». Monsieur Henri, lui, affirme, en parlant des toiles de cet individu, que « ce n'est pas de l'art, mais du cochon ».

– Alors, pourquoi l'a-t-il invité à sa table ? s'était étonnée Marthe.

– Sans doute parce que ce Lucien est un noceur de première !

Au cours du repas, Toulouse-Lautrec avait manifesté son désir de faire un nouveau portrait de Marthe. Elle avait été plutôt flattée et n'avait pas dit non. Maintenant que sa tante n'était plus là pour veiller sur elle, Marthe ne se voyait pas rester seule avec lui dans son atelier. Monsieur Henri aimait les femmes, tout le monde le savait. Cela se disait au Moulin Rouge, à l'Olympia, à Montmartre. Et les paroles que Clarisse avait prononcées un jour lui revenaient en mémoire : « Il t'estropierait, ma chérie !

Depuis le décès de sa tante, une angoisse la rongeait. Sa place était-elle encore à Paris ? Pourrait-elle affronter les obstacles qui se dresseraient fatalement devant elle ? Mille dangers la guettaient. Tandis qu'à Chanteloube...

Mais quand on avait goûté au parfum de la capitale, il était difficile de s'en détacher. À Lavaveix, il n'y avait ni Grands Magasins, ni instituts de beauté, ni cinématographe. Sa tante avait assisté, le 28 décembre de l'année précédente, à la première projection des Frères

Lumière, dans le salon indien de l'Hôtel Scribe, boulevard des Capucines. Jour mémorable. Tout le gotha parisien était là. Clarisse avait emmené Marthe au cinématographe à plusieurs reprises.

Le jour était levé depuis longtemps. Selon son habitude, Julie avait ouvert les volets de la chambre à huit heures ; Marthe avait alors dit qu'elle voulait dormir encore un peu. Elle avait surtout rappelé Julie pour la prévenir qu'elle ne voulait plus jamais entendre parler de cette Agnès.

Marthe somnola jusqu'à dix heures, tout en faisant le point sur son parcours. Si son horizon pécuniaire semblait dégagé, son avenir sentimental était au point mort. Elle était bien consciente qu'à vingt et un ans, il n'était pas sérieux d'envisager de ne faire reposer sa vie que sur des amitiés féminines. Elle ne concevait le plaisir partagé avec Julie ou Sidonie que comme un hors-d'œuvre. Elle sentait confusément que c'était le moment de songer à fonder un foyer et qu'il fallait pour cela qu'elle se prenne en main.

Lorsque Marthe descendit de sa chambre, elle respira une bonne odeur dans l'escalier. Elle en sut l'origine en entrant dans la cuisine : Julie venait de sortir une tarte aux abricots du four.

– J'ai pensé que cela vous ferait plaisir, Mademoiselle ! lui lança-t-elle avec un grand sourire.

– Tu me gâtes, répondit Marthe. Tu es une vraie petite fée du logis. Celui qui t'épousera aura de la chance. À tous points de vue !

Le compliment la fit rougir. Une image traversa l'esprit de Marthe.

– Pourquoi ne me parles-tu jamais de ton amoureux ?

Le regard de Julie effleura le sien.

– Parce que je n'en ai pas, Mademoiselle.

– Belle comme tu es ? Ta silhouette a pourtant le don d'attirer les garçons. Et quand je dis les garçons… je devrais plutôt dire les hommes. Ils se retournent sur ton passage. Ne me dis pas que tu ne l'as jamais remarqué !

– Ça m'est bien égal, avoua Julie en baissant les yeux.

– Regarde-moi ! ordonna Marthe en la prenant par le bras. Tu n'aimes que les femmes, n'est-ce pas ?

Julie acquiesça d'un mouvement de tête.

– Tu n'as jamais connu d'hommes ?

– J'en ai connu deux.

– Et alors ?

– Ils ne pensaient qu'à me faire faire des cochonneries.

– Et Sidonie ?

– Quoi, Sidonie ? demanda Julie, une légère pointe d'agacement dans la voix.

– Elle n'aime pas les hommes non plus ?

– Sidonie est mariée.

– Il paraît que cela ne veut rien dire, objecta Marthe.

– Son mari la trompe, lâcha Julie.

– Depuis quand ?

– Depuis le début.

– Alors, c'est pour ça qu'elle recherche de la compagnie féminine, en fréquentant les bars louches ?

Julie reprenait de l'assurance. Elle fixa Marthe droit dans les yeux.

– Détrompez-vous, Mademoiselle ! Sidonie adore les hommes. Ceux d'un certain âge, mais aussi les plus jeunes.

– Comment sais-tu tout ça ?

– Elle m'a fait des confidences, un soir.

– Sur l'oreiller ?

Julie se tut. Elle se contenta de soulever les épaules et passa dans la salle à manger. Marthe la suivit.

– Tu n'as pas répondu à ma question !

Julie s'était avancée jusqu'à la fenêtre donnant sur la rue. Elle porta son index à sa bouche, pour signifier à sa maîtresse de ne pas faire de bruit. Puis elle écarta imperceptiblement le rideau et lui fit signe d'avancer. Entrant dans son jeu, Marthe s'approcha sur la pointe des pieds.

– Qu'y a-t-il ? chuchota-t-elle.

– Vous voyez ce jeune homme, là-bas, de l'autre côté de la rue ? Il est là depuis plus de deux heures et il n'arrête pas de lorgner dans notre direction.

– Il attend peut-être quelqu'un, ou une voiture. Tu le connais ?

– Non, et vous, Mademoiselle ?

– Moi non plus. Il a l'air plutôt beau garçon.

Julie sembla réfléchir.

– Je veux en avoir le cœur net ! trancha-t-elle en se précipitant dans le vestibule. Je cours de ce pas chez la boulangère.

Marthe la regarda partir. Au moment où Julie sortait sur le trottoir, le jeune homme fit mine de traverser la rue, puis il reprit son poste d'observation.

En attendant le retour de Julie, Marthe récupéra

ses jumelles de théâtre dans le tiroir de son armoire et reprit sa place. Elle se positionna de biais, derrière le rideau de la fenêtre, afin de ne pas se faire repérer. L'homme avait une trentaine d'années. Il portait une barbe en collier, taillée court. Il était élégamment vêtu d'un pantalon à rayures et d'une jaquette en cheviotte, fermée par un unique bouton, qui laissait entrevoir une chemise en madapolam très léger, avec plis et col de toile fine. Il était coiffé d'un chapeau de soie et maniait avec dextérité une canne milord, au pommeau d'argent ciselé.

Pendant l'absence de Julie, il ne cessa d'arpenter le trottoir d'en face, tout en jetant, à intervalles réguliers, un regard sur la porte d'entrée de la maison de Marthe. Un fiacre tourna au coin de la rue et s'arrêta à sa hauteur. Marthe crut que le cocher venait chercher son client, mais lorsque l'équipage disparut, l'homme était toujours là. Une vieille dame était descendue de la voiture. Marthe reconnut la propriétaire du numéro 5.

Dix minutes plus tard, lorsque Julie revint de la boulangerie, le jeune homme hésita à traverser, pour finalement renoncer.

Les deux jeunes femmes se concertèrent. Chacune fit part de ses impressions.

– Visiblement, c'est vous qu'il attend, Mademoiselle, assura Julie. Cela ne fait pas de doute.

– Puisque je te dis que je ne connais pas ce garçon ! se fâcha Marthe.

– Vous ne le connaissez peut-être pas, mais lui doit vous connaître. Si vous aviez vu sa déception, quand il s'est rendu compte que c'était moi ! Manifestement, il s'attendait à quelqu'un d'autre.

Marthe était prête à classer cette affaire. Elle avait d'autres préoccupations et n'avait pas de temps à perdre. Néanmoins, la curiosité l'emporta.

– Je vais m'habiller ! lança-t-elle. Moi aussi, je veux en avoir le cœur net.

Une demi-heure plus tard, Marthe redescendit du premier.

– Je m'apprêtais à monter voir si vous n'étiez pas restée coincée dans la baignoire, Mademoiselle ! la taquina Julie.

– Comment me trouves-tu ?

– Ravissante. Vous allez faire tourner des têtes… et des cœurs.

– Ne raconte pas de bêtises et dis-moi plutôt quelles chaussures je dois mettre, avec cette tenue.

Julie lui conseilla les souliers Richelieu, en chevrette glacée. Marthe s'arma de son ombrelle et sortit. En entendant claquer la porte, le jeune homme leva la tête et traversa cette fois-ci la rue avec assurance.

Tout en préparant le repas, Julie n'arrêtait pas de scruter l'horloge. Marthe était sortie depuis plus d'une heure. Il allait être midi. Elle essayait d'imaginer ce qui s'était passé depuis son départ, car cela ne faisait aucun doute : le bel inconnu avait dû inviter sa nouvelle patronne à prendre un verre. Elle savait que Marthe n'était pas de nature à se laisser charmer par le premier venu. Pourtant quelque chose lui disait que cet éphèbe n'était précisément pas le premier venu. Julie l'avait déjà vu quelque part. Où ? Elle ne le savait.

Pour tromper sa faim, elle grignota un morceau de fromage. Une heure plus tard, Marthe n'avait toujours pas réapparu. L'instant était grave. Elle n'avait tout de même pas suivi cet homme dans sa garçonnière ! Julie bouillonnait de rage. On ne pouvait plus se fier à personne. Le monde allait trop vite. Tout filait à vau-l'eau. Sans compter que les rognons au madère étaient fichus. Depuis le temps qu'ils marinaient sur le coin de la cuisinière, ils étaient desséchés. Elle avait fait ce qu'elle avait pu, rajoutant de-ci de-là quelques cuillerées d'eau. En désespoir de cause, elle avait retiré la casserole du feu.

Julie n'avait plus faim. L'absence de Marthe lui avait coupé l'appétit. Ne voulant entamer sa tarte, elle grignota deux abricots, qu'elle trouva horriblement acides. Elle mangerait mieux ce soir.

Lorsque Marthe revint chez elle, il était quinze heures sonnées. Elle était toute pimpante et avait les yeux qui brillaient.

– Ne me dites pas que cet individu vous a fait boire, Mademoiselle !

– Qu'est-ce que tu vas chercher là, ma bonne Julie ? Nous avons simplement déjeuné chez Drouant. Au champagne. Nous avons mangé du caviar et du homard flambé au whisky. C'est meilleur qu'à l'américaine !

– Il vous a emmenée déjeuner ? Chez Drouant ! Vous le connaissiez donc ?

Marthe s'effondra sur le canapé.

– Je ne l'avais jamais vu, mais lui m'avait aperçue hier, à la banque. Jacques y est employé.

– Jacques ? Vous l'appelez par son prénom ?

– Comment veux-tu que je l'appelle, pardi ?

Julie contenait son indignation.

– Et moi qui vous avais préparé des rognons au madère ! geignit-elle.

– Je les mangerai ce soir, la consola Marthe. En revanche, je veux bien goûter ta tarte aux abricots !

21

Le lendemain matin, on sonna à la porte. Julie était sortie faire des courses. Comme il était à peine neuf heures, Marthe était encore dans la salle de bains. Croyant que c'était Jacques, elle enfila sa robe de chambre et ouvrit la fenêtre. C'était Sidonie. Le moment de déception passé, Marthe lui cria qu'elle descendait.

– Je suis désolée de vous dérrranger, s'excusa la visiteuse, mais je viens d'accompagner une amie à la garrre Saint-Lazarrre. Comme c'est à deux pas d'ici, je suis venue prrrendrrre de vos nouvelles.

Les deux jeunes femmes s'embrassèrent.

– Finissez d'entrer, dit Marthe, mais ne faites pas attention, j'étais en train de me maquiller. Je dois être laide à mourir.

– Au contrrairrre, vous êtes rrravissante, en toute cirrrconstance, vous le savez bien !

– Julie est au marché.

– Figurrrez-vous que nous nous sommes crrroisées ! Je me suis perrrmis de lui demander si vous étiez chez vous.

Marthe conduisit Sidonie au salon. Celle-ci renouvela ses condoléances.

– Je suis allée hierrr à l'Olympia, poursuivit-elle. Je comptais vous y voirrr, mais vous n'y étiez pas.

– Je n'y travaille plus, avoua Marthe. J'ai donné ma démission. Je ne vais plus au Moulin Rouge non plus.

Elle voulait en taire la raison, mais elle décida de ne rien cacher à son amie, car cette bavarde de Julie ne savait pas tenir sa langue. Elle avait peut-être déjà parlé.

– Ma tante m'a laissé un bel héritage. Si je sais gérer mon capital, je suis à l'abri du besoin jusqu'à la fin de mes jours.

– Eh bien, voilà une bonne nouvelle ! lança Sidonie. Cela ferrra une rrrentière de plus. Et vous comptez vivrrre à Paris, ou en prrrovince ?

– J'ai un grand jardin dans la Creuse. Ce jardin me manque. Ici, je n'en ai qu'un tout petit.

Un large sourire éclaira le visage de Sidonie.

– C'est vrrrai que c'est trrrès imporrrtant, un jarrrdin. Dans mon enfance, j'habitais une grrrande maison, avec un grrrenier. Cette maison possédait deux jarrrdins : le Jarrrdin-du-Haut et le Jarrrdin-du-Bas. Dans le Jarrrdin-du-Haut, deux sapins jumeaux balançaient leurrrs cimes, les jourrrs de grrrand vent, en d'interrrminables rrrévérrrences. Il y avait également des massifs de lilas – dont les fleurrrs compactes étaient bleues dans l'ombrrre et pourrrprrres au soleil –, un noyer – dont l'ombrrre omniprrrésente tuait les rrroses et toutes les autrrres fleurrrs – et une tonnelle, disloquée parrr le temps, dans laquelle nichait chaque année un couple de rrroitelets. Le Jarrrdin-du-Bas était consacrrré au potager. Ma mèrrre y cultivait des auberrrgines, des tomates, du piment et d'énorrrmes pieds de salades qui rrrendaient jaloux tout le quarrrtier. J'ai le souvenirrr aussi d'abrrricotiers en espaliers, appuyés contrrre le murrr d'enceinte. Une vigne d'automne s'y crrramponnait également. Une parrrtie de ce murrr était rrrehaussée d'une grrrille, à moitié torrrdue parrr les brrras invincibles d'une glycine plus que centenairrre. Ma sœurrr, mes deux frrrèrrres et moi grrrimpions dans le noyer, pourrr nous cacher dans le feuillage, ou dans les brrranches des sapins. Ma mèrrre passait son temps à nous cherrrcher. Comme elle ne nous trrrouvait pas, elle levait la tête et jetait son appel en l'airrr : « Les enfants ! Où sont les enfants ? »

– Votre mère est toujours en vie ? s'enquit Marthe.

– Ne parrrlez pas de malheurrr ! Elle m'écrrrit tous les jours. C'est une femme exceptionnelle. Elle m'adorrre ! Elle m'a rrraconté que lorrrsqu'elle était enceinte de moi, elle était grrrosse comme une tourrr. Elle me porrrtait trrrès haut. Avant de me mettrrre au monde, elle avait soufferrrt pendant trrrois jours et deux nuits. Elle m'a expliqué que les enfants lents à descendrrre étaient toujourrrs des enfants chérrris, parrrce qu'ils avaient voulu se loger prrrès du cœurrr de leur mèrrre. Un jourrr, il faudrrra que je rrraconte la vie de Sido – c'est son nom. Celle de mon pèrrre n'est pas mal dans le genrrre non plus. Il était capitaine au I[e] Zouaves et avait perrrdu une jambe à la bataille de Melegnano, pendant la campagne d'Italie.

Mais il nageait plus vite avec une seule jambe que la pluparrrt de ses amis.

Sidonie s'arrêta et regarda Marthe bien en face.

– Je vous ennuie, avec mes histoirrres de famille ! dit-elle, en s'excusant d'un sourire.

– Pas le moins du monde. Je vous écoute avec attention. Vous racontez si bien ! Je crois que vous êtes faite pour écrire.

– C'est ce que prrrétend mon marrri. Ou disons plutôt qu'il aimerrrait me convaincrrre d'écrrrirrre. Pourrr me piquer mes idées, sans doute, ou même publier mes écrrrits sous son nom. Je ne serrrai jamais qu'un nègrrre de plus. Je n'ose dirrre une « négrrresse ».

Son rire fit étinceler ses prunelles. La barrette maintenant ses cheveux glissa, libérant une mèche canaille qui vint masquer la mouche dessinée sous son œil droit. Outre sa natte, Sidonie usait souvent de certains effets de chevelure. Nul ne savait résister à son charme. C'était une séductrice née. Elle ne laissait personne indifférent et s'amusait des dégâts causés par sa vénusté. Les pommettes de Marthe trahissaient son émoi.

– Et vous, avez-vous commis d'autrrres poèmes ? s'enquit Sidonie en relevant sa mèche.

– Quelques-uns ; mais rien qui ne mérite que l'on s'y attarde.

– Toujourrrs aussi modeste. Votrrre humilité vous perrrdrrra ! Me les ferrrez-vous lirrre quand même ?

– N'y comptez pas !

– Méchante, vous avez bien parrrcourrru mes souvenirrrs d'école !

– Vous allez vous moquer de moi, reprit Marthe.

Sidonie lui avoua qu'elle aussi avait le sentiment d'écrire parfois des choses inégales. Et que d'ailleurs son mari ne se privait pas de le lui faire remarquer.

– Pour la suite des aventurrres de Claudine, il veut que j'« échauffe » un peu ma prrrose, qu'il qualifie d'« enfantillages ».

– Qu'entendez-vous exactement par « échauffer » ? se renseigna Marthe.

– Pimenter le rrrécit de situations suggestives. Sans attenter aux bonnes mœurrrs, bien entendu.

Marthe s'en voulait d'avoir demandé des précisions. Son amie allait la prendre pour une inculte. Mais Sidonie changea de conversation.

– J'aimerrrais que nous déjeunions ensemble. Je vous invite au D'Harcourt. Je vous prrrésenterrrai à Pierre Louÿs et à Jean de Tinan.

Marthe éprouva un sentiment de gêne.

– Je ne me vois pas côtoyer ces gens-là. Ils sont trop instruits pour moi, dit-elle en baissant les yeux.

– Voyons, Pierre Louÿs est un garrrçon charrrmant ! reprit Sidonie, en passant sa main sous le menton de son amie, l'obligeant à redresser la tête. Je suis sûrrre que vous lui plairrriez. Il adorrre les jolies filles. Quant à Jean de Tinan, c'est un poète, comme vous. Il vient de publier un livrrre de contes, qui est un purrr rrravissement. Et puis je vais vous confier quelque chose. Mais vous devez me jurrrer de garrrder cela pourrr vous.

Marthe regarda son amie dans les yeux et opina d'un mouvement de tête.

– Jean de Tinan est l'un des nègrrres de mon marrri. Il trrravaille en ce moment pourrr lui à un rrroman qui devrrrait êtrrre publié à la fin de cette année. C'est un ami de Toulouse-Lautrec. Vous l'avez cerrrtainement rrrencontré. Il est adorrrable.

Marthe se souvenait effectivement l'avoir vu à deux ou trois reprises à l'Olympia, en compagnie de Monsieur Henri.

– Jean de Tinan aime beaucoup les femmes ! se rappela-t-elle, en revoyant défiler certaines images. Il paraît même qu'il partage certaines avec ses amis !

– Il m'arrrive aussi de les aimer ! s'esclaffa Sidonie en effleurant la poitrine de Marthe avec le dos de la main. Je ne déteste pas les hommes non plus, carrr ils ont une chose qui manque à notrrre panoplie, et dont nous avons beaucoup de mal, il faut bien le dirrre, à nous passer. Je vous accorrrde, hélas, que ce ne sont pas tous des gentlemen. Il faut le reconnaître, il existe également des femmes vénales parmi les trrribades.

Aussi fugace qu'elle fût, Marthe avait frémi sous la caresse. Elle avait senti la pointe de ses seins se durcir et quelque chose s'était noué dans son ventre. Simultanément, son pouls s'était accéléré et avait cogné à ses tempes ; ses jambes s'étaient amollies. Un relâchement soudain avait envahi son être. L'espace d'un instant, son corps avait rompu les amarres. Il s'était dissocié de son esprit et avait échappé au contrôle de ses sens.

Marthe se reprit et réprima un second frisson, qu'elle sentait monter, comme une réplique au premier. Chez elle, les vagues du plaisir cheminaient toujours par deux.

Sidonie avait perçu l'émoi de Marthe. Elle lui caressa tendrement la joue, en fermant à demi les yeux. Mais elle ne devait pas s'abandonner à des poses lascives, Julie pouvant survenir d'une minute à l'autre. Elle se ressaisit et se détacha de son amie.

– Alorrrs, pourrr cette invitation au D'Harcourt, c'est oui ou c'est non ?

– Je n'ai pas envie de sortir, répondit Marthe, en recouvrant ses esprits. En revanche, ma table vous est ouverte. Je suis sûre que Julie va nous rapporter plein de bonnes choses.

Sidonie déclina l'offre, prétextant que la présence de Julie la rendrait mal à l'aise. Marthe ne releva pas l'allusion. Elle se contenta de hocher gravement la tête.

Une embrassade plus tard, en prenant congé, Sidonie glissa quelques mots à l'oreille de Marthe :

– Venez au moins prrrendre le café, rrrue Saint-Benoît. Mon amie Rosine est toujourrrs à Rome. Je vous attendrrrai demain, à parrrtirrr de quatorrrze heurrres. Ne me faites pas trrrop languirrr… et apporrrtez-moi vos derrrniers poèmes.

– C'est entendu, accepta Marthe. Cette fois, je serai à l'heure. De votre côté, j'espère que vous aurez vos cahiers.

– Je les aurrrai !

Lorsque Marthe arriva rue Saint-Benoît, deux heures sonnaient à l'église Saint-Germain. Elle portait son sac dans une main et une grosse boîte de pâtes de fruits dans l'autre. Quand Sidonie ouvrit la porte, de suaves effluves s'échappèrent de l'appartement.

– Je vous ai prrréparrré un bon marrragogype, annonça son hôtesse en lui faisant signe d'entrer. Il vient tout drrroit de Colombie.

Les deux jeunes femmes prirent place au salon. Après avoir bu leur café, elles se prêtèrent mutuellement leurs cahiers et se plongèrent dans la lecture. Au bout d'une heure, les deux amies échangèrent leurs impressions. Chacune était épatée par le travail de l'autre.

– Vous avez du talent, ma chérrrie, conclut Sidonie. Vos poèmes sont rrremarquables. Ils sont tous bien tourrrnés. L'un d'eux est parrrticulièrrrement amusant.

Elle feuilleta les pages du cahier de Marthe et fit plusieurs allers-retours jusqu'à trouver ce qu'elle cherchait. Le poème était intitulé *Entracte*. Elle se mit à lire les premiers vers à voix haute.

L'orrrage a tu son rrrâle,
Il fait plus frrrais soudain,
Les rrrus gorrrgés d'eau sale
Se toisent avec dédain.
Le vent chasse un nuage,
Le soleil fait sa peau,
C'est le grrrand nettoyage,
Le verrr met son chapeau…

– Qu'est-ce que c'est drrrôle ! s'exclama Sidonie.

Marthe ne savait plus où se mettre. Elle n'avait

pas l'habitude d'être sous les projecteurs. Entendre quelqu'un « lire sa prose » était extrêmement gênant. Elle se contenta de sourire poliment.

– Pourrr moi, deux poèmes sorrrtent du lot. Naturrrellement tout ceci est subjectif. S'il fallait fairrre un choix et décerrrner une palme, je crrrois que je les classerrrais ex æquo. Il y a le merrrveilleux *Femmes*, que je connaissais déjà – femmes, avec un « s » –, et un autrrre, intitulé *Femme* – sans « s » –, que j'ai découverrrt à l'instant.

Sidonie tourna une page et tomba directement sur le texte. Elle ne put résister au plaisir de le relire à voix basse, au grand soulagement de Marthe, qui était doublement au supplice, avec l'épouvantable accent de son amie.

Subjuguée par la force – et la plénitude – du dernier vers, Sidonie resta un long moment sans parler. Elle avait reçu un bouquet d'images en pleine figure. Elle était comme envoûtée. Marthe crut qu'elle lisait toujours. C'est lorsqu'elle surprit son regard vide qu'elle comprit que son amie était encore sous le choc.

– C'est rrremarquable, lâcha Sidonie. J'ai rrrarrrement lu quelque chose d'aussi beau. Il faut absolument publier ce rrrecueil. Mon marrri connaît tous les éditeurrrs de Paris. Confiez-moi votrrre cahier ! Mais avant, rrrrecopiez-le, parrr prrrécaution. Il ne faudrrrait pas qu'il se perrrde.

– Vous n'y pensez pas ! s'écria Marthe, avec une spontanéité désarmante. J'écris pour moi. Rien que pour moi. Cela suffit à mon bonheur.

Sidonie jouait avec sa natte.

– Je pourrrais aussi demander à Paul Léautaud ou Marcel Schwob ce qu'ils en pensent.

– N'insistez pas ! se fâcha Marthe en reprenant son cahier.

– Comme vous voudrrrez, ma chérrrie ; c'est bien dommage. N'est pas publié qui veut. Dois-je vous avouer que le cahier que je vous ai confié tout à l'heurrre ne le serrra sans doute jamais, carrr Willy trrrouve finalement que ces souvenirrrs de petite fille sont sans intérrrêt. Six autrrres cahiers de moleskine noirrre – comme celui-ci – dorrrment dans un tirrroirrr...

– Permettez-moi de vous dire que votre mari n'y connaît rien ! réagit Marthe, offusquée.

– Détrrrompez-vous ! Il sait estimer les capacités d'un écrrrivain à leurrr juste valeur. Il ne choisit pas ses nègrrres au hasarrrd. La façon qu'il a de crrritiquer ne rrrabaisse jamais les gens, mais les stimule, au contrairrre. Il s'arrrange également pourrr ne pas trrresser de laurrriers, afin que « ses auteurrrs » ne s'enorgueillissent. On s'y perdrrrait facilement, d'ailleurrrs, dans les « auteurrrs » de Willy. Je pourrrais vous citer plusieurrrs rrromans, signés de son nom, dont les manuscrrrits ont séjourrrné chez trrrois ou quatrrre « thérrrapeutes », avant d'êtrrre publiés.

– Vous direz ce que vous voudrez, moi je trouve votre Claudine très attachante. Vous racontez son histoire avec beaucoup de talent. Quelque chose me dit qu'un jour, vous serez un écrivain reconnu.

Sidonie éclata de rire. Mais bientôt, ses yeux se voilèrent. Elle cacha son visage entre ses mains. Un sanglot secoua ses épaules. Marthe la prit tendrement dans ses bras.

– Qu'ai-je dit de si terrible ?

Sidonie poussa un long soupir.

– Il ne s'agit pas de ça.

– Alors dites-moi ce qui ne va pas.

– Willy me trrrompe !

– Depuis quand ?

– Depuis le début.

– Il a une maîtresse, c'est ce que vous voulez dire ?

Sidonie ne put s'empêcher de sourire.

– S'il n'en avait qu'une ! Elles y passent toutes. Les mondaines, les demi-mondaines, les actrrrices, les modèles, les femmes de lettrrres. Vous-même, ma chérrrie, s'il vous rrrencontrrrait, vous passerrriez à la casserrrole. Ce n'est pas ça le pirrre…

Marthe attendit patiemment la suite.

– Il m'oblige à parrrticiper à leurrrs jeux ! Willy est un homme qui adorrre l'harrrmonie terrrnairrre de l'amourrr. Moi, je hais les aspects gymniques de ces pyrrramides humaines, ainsi que leurrrs choquantes varrriations. En peu d'heurrres, un homme sans scrrupules fait d'une fille ignorrrante un prrrodige de liberrrtinage, qui ne compte avec aucun dégoût. Le dégoût n'a jamais été un obstacle. Il vient plus tarrrd, comme l'honnêteté. Willy m'emmène rrrégulièrrrement avenue Victor-Hugo, chez une mondaine qui prrrogramme des soirrrées trrrès spéciales. La piste de danse est rrréserrrvée aux dames.

Marthe se garda de tout commentaire, mais elle se dit que ce Willy avait l'air d'être un sacré phénomène.

Elle pensait aussi qu'il se passait de drôles de choses à Paris. Surtout dans le monde des arts et des lettres. Marthe commençait de regretter sa Creuse natale. Elle n'était assurément pas faite pour cette vie de patachon. Un jour ou l'autre, elle prendrait ses cliques et ses claques et retournerait vivre à Chanteloube.

Sidonie avait recouvré ses esprits. Elle observait la réaction de son amie et lui passa son bras autour du cou.

– Je vous sens soucieuse, ma chérrrie. Quelque chose vous a contrrrarrriée ?

– Comment peut-on vivre avec un mari qui vous trompe ?

– Au début, c'est un peu difficile ; aprrrès, on s'y fait. Depuis pas mal de temps, je me suis rrrendu compte que je ne laissais pas les hommes indifférrrents. J'ai ma courrr ; parrrmi les nègrrres de Willy, notamment. Plusieurrrs sont amourrreux de moi. Je n'aurrrais qu'un mot à dirrre ; et même aucun mot. Pourrr les amener dans mon lit, un simple rrregarrrd suffirrrait. D'ailleurrrs…

– D'ailleurs… répéta Marthe d'une voix douce.

– Non, je prrréfèrrre garrrder cela pourrr moi. En rrrevanche, je vous avouerrrai que beaucoup paierrraient pour avoirrr le drrroit de défairrre ma natte et voirrr quelles parrrties de mon corrrps mes cheveux peuvent masquer, poursuivit Sidonie, les yeux brillants. Les hommes sont de grrrands enfants. Ce n'est pas à vous, ma chérrrie, que je vais l'apprrrendre. Vous devez crrrouler sous la demande !

Marthe choisit de ne pas répondre.

– Avouez-le, petite cachottièrrre, avouez-le donc, que vous avez un petit ami !

– J'ai en effet rencontré quelqu'un, depuis la mort de ma tante, concéda Marthe, après un silence coupable.

– Comment s'appelle cet heurrreux homme ? s'informa Sidonie.

– Il s'appelle Jacques. Il est beau comme un dieu et prévenant comme personne. Il a de nombreuses autres qualités. C'est un garçon parfait.

– La perrrfection est trrrompeuse, ma chérrrie. Défiez-vous-en ; je n'y crrrois guèrrre. Vous l'avez connu aprrrès la morrrt de votrrre tante, dites-vous ? Tenez-vous surrr vos garrrdes… Si ça se trrrouve, ce bellâtrrre n'en veut peut-êtrrre qu'à votrrre porrrte-monnaie !

22

Marthe n'avait pas goûté la critique de Sidonie à l'endroit de Jacques. Elle lui avait fait remarquer que l'on ne devait pas juger les gens sans les connaître. Elle avait écourté sa visite et remis les caresses à un autre jour. Avant de prendre congé, Marthe avait confié son ressenti à Sidonie : à Paris, les gens étaient superficiels, inintéressants, hypocrites.

– La vraie vie, ce n'est pas ça, lui avait-elle asséné. La vraie vie – la vraie de vraie –, c'est la vie à la campagne. La nature, elle, ne ment pas.

– Moi aussi, j'ai vécu à la campagne, dans un petit village de Bourrrgogne, avait repris Sidonie. Cela s'entend à mon accent, non ?

Sur sa lancée, Marthe avait appris à son amie quel métier elle faisait avant de « monter » à Paris. Sidonie l'avait interrogée sur les détails de son travail.

– Modiste, quel joli nom ! avait-elle relevé.

– Parlons-en ! avait lâché Marthe, dans un soupir à fendre l'âme.

Et elle en avait parlé, de ce travail si pénible.

Sidonie était désolée pour elle. Elle avait délicatement

pris les mains de son amie dans les siennes et les avait tournées dans tous les sens, afin d'éprouver la douceur et la finesse de ses doigts.

– Vous n'avez pas garrrdé de séquelles, ma chérrrie.

– J'ai une ongle cassante comme du verre, et qui repousse de travers.

– Vous voulez dirrre « un » ongle ? avait rectifié Sidonie.

– Chez moi, on dit « une ». En patois, c'est féminin. De la même façon, on dit « une » lièvre. En revanche, on dit « un » vipère.

En sortant de l'immeuble, Marthe avait le sourire aux lèvres. Elle n'était pas mécontente d'avoir fait savoir à Sidonie qu'elle n'était pas issue d'une famille d'intellectuels.

Le soir même, Marthe avait rendez-vous avec Jacques. Celui-ci l'emmena dîner dans une brasserie de la place de l'Opéra.

Les jours passaient. Marthe voyait Jacques après son travail. Le samedi soir était réservé à des séances de cinématographe. Le dimanche, ils allaient au théâtre ou à l'opéra. Ils avaient ainsi assisté à la générale d'une pièce d'Alfred Jarry, au Théâtre de l'Œuvre – *Ubu roi* –, mémorable soirée, marquée par un chahut gigantesque. Le public n'avait manifestement pas apprécié la mise en avant par l'auteur de l'imbécillité humaine. Il ne lui avait surtout pas pardonné d'avoir piétiné les valeurs de la société bourgeoise. Les amoureux avaient croisé Toulouse-Lautrec dans les couloirs. Monsieur

Henri avait rappelé à Marthe son souhait de réaliser un second portrait. Marthe avait promis de passer à son atelier.

Le jeune couple se rendait souvent à la Comédie-Française. Marthe adorait fouler les épais tapis rouges des couloirs. À la fin du spectacle, ils allaient dîner dans les restaurants à la mode. Jacques raccompagnait ensuite Marthe en voiture, rue de la Tour-des-Dames. Il tentait à chaque fois de se faufiler à l'intérieur de sa maison ; elle, résistait à la tentation.

Un soir pourtant – Marthe avait peut-être bu un peu plus de champagne que d'habitude –, elle ne s'opposa pas à ce qu'il vînt prendre une infusion pour « faire passer » les choux à la crème. À compter de ce jour, Jacques dormit régulièrement chez Marthe, le samedi soir, mais il ne faisait qu'y dormir – dans une chambre à part. Marthe lui avait fait comprendre que pour le reste, il faudrait attendre. Elle voulait savoir si Jacques tenait à elle. Il lui avait dit qu'il attendrait.

Depuis le début, Julie n'avait pas vu cette idylle d'un bon œil. Comme elle ne tenait pas à perdre sa place, elle se concentra néanmoins sur son travail, tout en évitant de se trouver seule avec Jacques, qui avait la main leste.

Un après-midi, Marthe l'avait prise à part, dans la cuisine.

– Ma vie est en train de changer. Je suis amoureuse. Mais je voulais te dire que je me souviendrai des moments que nous avons vécus ensemble.

– Moi aussi, Mademoiselle, avait répliqué Julie. Avec tout le respect que je vous dois. Et si un jour…

Marthe avait plaqué sa main sur sa bouche.

– Tais-toi, petite polissonne ! Tu allais dire une bêtise. Plus jamais, tu entends ; plus jamais. On oublie tout ça. C'est de l'histoire ancienne.

Marthe avait ôté sa main et ses lèvres avaient effleuré celles de Julie. Avant de quitter la pièce, cette dernière lui avait lancé :

– Il ne faut jamais dire « jamais ».

Un matin, Marthe trouva parmi le courrier une enveloppe portant le tampon de Lavaveix. Avant même de la décacheter, elle avait reconnu l'écriture de Gaétan. Celui-ci lui demandait de ses nouvelles. Il espérait qu'elle s'était remise de la mort de sa tante et qu'elle allait bien. Il lui avouait que le carreau de la mine était triste sans elle et lui annonçait la fermeture définitive du Puits Saint-Antoine. Il avait appris qu'elle avait hérité des biens de sa tante et lui souhaitait bonne chance pour sa future vie à Paris. Gaétan terminait en disant qu'il n'oublierait jamais les instants délicieux qu'ils avaient passés ensemble et que son cœur serait toujours libre pour elle.

Agacée, Marthe déchira la lettre en petits morceaux et la jeta dans la cuisinière. Il y avait plusieurs vies, dans une vie. Tout ça, c'était du passé. Elle ne cessa pourtant de penser à la vallée de la Creuse durant toute la journée. Et puis elle ne devait pas perdre de vue que Gaétan l'avait sauvée des griffes d'Émile Mativon.

Marthe s'en voulait d'avoir fait brûler sa lettre. Il était important de ne pas oublier ses racines. Un coup du sort avait fait d'elle une femme riche, l'argent n'était cependant pas une finalité dans la vie. Était-elle vraiment prête à vivre en ville ? À Paris, qui plus est ? Elle n'en était pas sûre. Marthe était même convaincue du contraire. À Paris, il n'y avait pas de ruisseaux. On ne pouvait pas pêcher d'écrevisses ni prendre de truites à la main. Ici, les couchers de soleil n'avaient pas d'âme. Et les Parisiens ignoraient tout du foin coupé et de son odeur aphrodisiaque. Il y avait encore une ferme à Montmartre, cela participait seulement du folklore, à l'instar du carré de vigne implanté sur les flancs de la Butte.

Marthe avait certes côtoyé du « beau monde ». Des écrivains, des peintres, des artistes. Mais la nature ne s'apprenait ni dans les livres ni dans les tableaux et encore moins sur une scène de cabaret ou de music-hall. De nombreux écrivains étaient d'ailleurs bien incapables d'en parler. Il y aurait toujours des rats des villes et des rats des champs.

Pouvait-on rompre avec son enfance, son adolescence, sa famille, sur commande ? Elle était venue à Paris rejoindre sa tante. Or Clarisse n'était plus là. Il lui fallait désormais voler de ses propres ailes.

Jacques avait l'air de tenir à elle. Il lui avait dit qu'il l'aimait. Que dès qu'il l'avait aperçue dans le hall de la banque, il avait eu un coup de foudre. Il était aux petits soins pour elle et devançait ses désirs.

Marthe était plus réservée, plus pudique aussi, d'une certaine façon. Elle s'était toujours arrangée pour ne pas avouer ses sentiments. En tout cas, elle n'avait jamais osé prononcer la phrase fatidique et se contentait de répondre par l'affirmative lorsqu'il lui posait cette question qui revenait régulièrement dans sa bouche, au cours de leurs enlacements : tu m'aimes? Cependant Marthe n'arrivait pas à se projeter dans l'avenir. Elle était trop indépendante pour imaginer convoler pour l'instant, avec Jacques ou un autre. L'exemple de sa sœur, mariée de force à son vieux barbon de beau-frère, ne plaidait pas en faveur d'une union devant monsieur le maire. Ce que lui avait dit Sidonie de son mari non plus.

Sidonie. Étrange jeune femme. Libre et soumise à la fois. Sa résignation devant les forfaitures laissait Marthe perplexe. Comment pouvait-on accepter d'être humiliée de la sorte, au vu et au su de la capitale entière? Sidonie lui avait fait comprendre qu'elle passait de bons moments avec certains écrivains, mais tout de même! Marthe estimait que la licence n'avait pas sa place ici. Elle avait la faiblesse de croire à la dimension sacrée du mariage. On ne pouvait pas concevoir des enfants avec le premier venu. Marthe doutait du reste que Sidonie en eût programmé avec Willy. Et elle, aurait-elle un jour des enfants? Elle n'y avait encore jamais songé. Et avec qui les faire?

Jacques ne donnait pas l'impression d'être du genre à désirer des enfants. En revanche, elle voyait assez bien Gaétan à la tête d'une petite famille. Elle l'imaginait parfaitement assumer son rôle de père. Ce garçon était la bonté même. En tant qu'aîné, il s'était occupé de ses quatre frères et sœurs; surtout de la petite dernière.

Depuis six mois que Marthe vivait à Paris, elle y avait ses habitudes. Si la nature n'y était présente qu'à titre anecdotique – encore que certains parcs et jardins bruissaient au printemps d'une multitude de chants d'oiseaux –, les distractions étaient nombreuses. Entre les soirées au théâtre, au cabaret ou à l'opéra, les séances de cinématographe, les emplettes dans les Grands Magasins, les dîners dans les restaurants, les visites de monuments, les musées, les promenades au Bois de Boulogne voisin, on avait le choix. La plupart des divertissements étaient payants, certes, mais Marthe avait maintenant les moyens de tout s'offrir. Elle ne connaissait d'ailleurs pas le montant exact de sa fortune, si ce n'est l'argent qu'elle détenait sur ses comptes. Elle venait précisément d'acquitter les droits de succession sur l'héritage de sa tante. Avec la maison de la rue de la Tour-des-Dames, elle était plus que millionnaire.

Marthe ne s'était intéressée pour l'heure que de très loin au contenu du coffre. Elle savait qu'il y avait dix lingots d'or, plus cinq cents louis, et pour cinq cent mille francs de bons au porteur. Sans compter le paquet d'actions. Marthe n'avait pas encore eu le temps de s'en occuper.

Le hasard voulut que Jacques lui conseillât à cette époque d'acheter des actions d'une mine de cuivre au Pérou.

– Je crois savoir que tu as un peu d'argent de côté, avança-t-il un soir. Deux grands groupes européens sont entrés au capital de cette société. C'est le moment d'acheter.

Marthe expliqua à Jacques qu'elle n'avait aucune confiance dans ces « morceaux de papier » et qu'elle désirait au contraire négocier les siens, afin de les transformer en or. Tant qu'elle y était, elle ferait de même avec les bons au porteur.

– Comme tu voudras, lui dit-il ; enfin, c'est dommage. Passe demain à la banque. Tu descendras dans la salle des coffres les récupérer. Le directeur te recevra. Il te fera signer les pièces nécessaires. Sois là à neuf heures !

Ainsi fut fait. Le lendemain matin, Marthe fut la première cliente de l'agence. Jacques l'accompagna au sous-sol. Chacun enfonça sa clé. Jacques fit pivoter la porte du coffre et fit mine de se retirer.

– Tu peux rester, lui proposa Marthe. Il n'y a rien de secret. Les actions sont au fond, avec les bons au porteur. Il faut d'abord enlever les boîtes en fer. Mais je préfère t'avertir qu'elles sont lourdes.

Jacques les déposa sur la petite table à roulettes qu'il avait avancée. Il se saisit du rouleau d'actions et sortit également les bons, puis il remit les boîtes en place et récupéra sa clé. Marthe reprit la sienne et la rangea dans son sac. Jacques se chargea des actions et des bons au porteur.

Marthe fut reçue par le directeur dans son bureau. Elle en ressortit une heure plus tard, avec le sourire. Dans quelques semaines, « les morceaux de papier » seraient transformés en or !

Jacques la raccompagna sur le trottoir.

– À ce soir ! lui fit-il en l'embrassant furtivement sur la joue.

Comme il faisait beau, Marthe décida de marcher un peu. Elle prendrait une voiture en bord de Seine. Elle s'engagea dans la rue Bonaparte et se retrouva dix minutes plus tard au carrefour du boulevard Saint-Germain. Mue par une pulsion soudaine, elle se dirigea vers la rue Saint-Benoît, s'arrêta devant le numéro 23, repartit, revint sur ses pas, hésita un instant, puis franchit finalement le seuil de l'immeuble.

Elle grimpa les trois étages, le cœur battant, et frappa deux coups discrets à la porte. N'obtenant pas de réponse, elle frappa un peu plus fort et tendit l'oreille. Il lui sembla percevoir des bribes de conversation, comme si l'on se concertait à voix basse. Elle allait partir lorsque le battant s'entrouvrit, découvrant une épaule dénudée, puis le visage d'une jolie blonde, en petite tenue.

– Qu'est-ce que c'est ? interrogea la jeune beauté, en plaquant sa chemise contre sa poitrine.

– Excusez-moi, je suis une amie de Sidonie. Vous êtes Rosine, n'est-ce pas ? Je ne savais pas que vous étiez rentrée, bredouilla Marthe, livide.

– Ah, non, je ne suis pas Rosine ! s'esclaffa la poupée blonde. Mais Sidonie est là. Si vous voulez la voir, repassez plutôt dans l'après-midi !

Marthe n'avait pas attendu d'être congédiée. Elle s'était retrouvée dans la rue et ne se souvenait pas avoir dévalé les escaliers. Elle s'adossa à la devanture d'une épicerie. Elle haletait comme si elle avait couru un quatre cents mètres.

– Ça ne va pas, ma p'tite dame ? se soucia un gros bonhomme coiffé d'un bonnet, en coinçant un crayon derrière son oreille.

– Si, si, ça va, merci, articula-t-elle en s'éloignant.

Craignant que Julie ne l'inondât de questions, Marthe n'avait pas voulu rentrer tout de suite chez elle, car son désappointement devait se lire sur son visage. Elle bifurqua dans la rue Jacob, puis s'engouffra dans la rue des Saints-Pères et rejoignit les quais. Elle les descendit jusqu'au pont Royal et traversa la Seine. Sur la rive droite, elle se sentait un peu chez elle.

Marthe eut soudain la rive gauche en horreur. Plus jamais elle n'y remettrait les pieds. Elle allait transférer ses comptes au siège social de la Banque de France, rue de Valois, ou mieux, à la succursale du boulevard de Clichy, ce qui serait bien plus commode. Elle n'en serait qu'à dix minutes et pourrait s'y rendre à pied. Jacques comprendrait. Il lui faudrait aussi vider le coffre de la rue de Vaugirard, le clôturer et en louer un autre dans la nouvelle agence. Elle serait ainsi plus indépendante vis-à-vis de Jacques et n'aurait plus à voir la tête du directeur.

Un drôle de coco, celui-là, pensa-t-elle en pénétrant dans le Jardin des Tuileries. Qui lui avait fait des ronds de jambe, après l'avoir jaugée de la tête aux pieds. Il l'avait littéralement déshabillée du regard et lui avait dit en la raccompagnant dans le hall que si elle avait besoin de quelque chose, elle n'avait qu'à faire appel à lui. Il se ferait un plaisir « de la satisfaire ». C'était l'expression qu'il avait employée.

L'allusion était claire. Marthe commençait de connaître l'humour des hommes, axé essentiellement en dessous de la ceinture. Que n'avait-elle entendu, depuis son arrivée dans la capitale ! Il est vrai que sa silhouette ne laissait pas les messieurs indifférents, et que les dames elles-mêmes étaient loin d'être insensibles à sa beauté et à son charme, comme elle pouvait en juger par les frôlements dont elle était l'objet dans les Grands Magasins.

Marthe avait en mémoire la jolie frimousse de cette employée – très brune –, qui l'avait observée à travers la fente du rideau de la cabine dans laquelle elle essayait une paire de pantalons à cinq plis, formant jarretière. Ou de cette rousse sauvageonne qui, sous le prétexte de vérifier si le gilet en satinette qu'elle convoitait tombait bien, en avait profité pour lui palper outrageusement les seins. Rien que d'y penser, elle en frémissait encore.

Tout en circulant dans le Jardin des Tuileries, ses pensées glissèrent vers Sidonie, vers « sa douce perversité offerte, ses yeux couleur tabac d'Égypte », comme elle aimait à se décrire elle-même. Lorsque Sidonie « s'était penchée la première fois sur sa bouche sans défense, pressante et malhabile », Marthe « s'était laissé boire ». Toute sa personne fleurait un parfum de fougère et d'iris. Sidonie lui avait avoué un jour que rien qu'en la voyant, « elle était énervée de sa beauté, de son sourire mouillé, d'un aspect frais, comestible ». Sidonie avait pris ce jour-là le visage de Marthe entre ses mains douces et « avait regardé danser ses yeux ».

Marthe essaya de repousser ces troublantes images, mais son cerveau en était imprégné. Insaisissable Sidonie, qui avait écrit dans l'un de ses cahiers qu'après « le devoir conjugal », Claudine, son héroïne, se retournait « d'un saut de poisson » et s'en allait chercher le sommeil « à l'est du grand lit, dans des régions chastes et froides ».

Marthe reconnaissait que son amie – l'était-elle seulement ? – maniait avec brio les images et les figures de rhétorique. Sidonie tenait avec un talent égal les rênes de sa libido, butinant allègrement de l'une à l'autre ses conquêtes. Son appétit semblait insatiable. D'autant que si elle lui avait fait comprendre qu'elle aimait les femmes – ne le lui avait-elle pas prouvé ? –, elle n'en détestait pas pour autant les hommes. Sidonie lui avait même confessé un soir avoir une très nette préférence pour la gent masculine. À ses yeux, les amours saphiques n'étaient qu'une simple « mise en bouche » – pour ne pas dire une « mise en jambes ».

Marthe s'assit sur un banc. De l'autre côté de l'allée centrale, une vieille dame émiettait un quignon de brioche pour une volée de moineaux, qui s'était abattue autour d'elle. Marthe l'observa un instant, en chassant de son esprit l'image de Sidonie. Une autre prit sa place. Dans sa dernière lettre, Alphonsine avait annoncé à sa fille que le château de Chanteranne était à vendre. C'était une petite merveille du XVe siècle, dans la commune de Marsat, qui dominait la vallée de la Creuse et commandait un ancien gué. L'une des tours était légèrement dégradée, mais le reste était en bon état. Un domaine d'une cinquantaine d'hectares d'un seul tenant – sans compter les bois – était compris dans la transaction. Si Marthe n'en connaissait pas le prix, elle savait d'ores et déjà qu'elle pouvait acquérir l'ensemble sans engager – loin de là – l'intégralité de sa fortune.

Une interrogation, cependant, la travaillait. Acheter un château, pourquoi pas ; mais pour y vivre avec qui ?

23

En sortant du Jardin des Tuileries, Marthe pensa héler un cocher, pour finalement y renoncer. Un grand soleil musardait au-dessus de la flèche de Notre-Dame. Cela lui ferait du bien de marcher encore en peu. Elle décida de pousser jusqu'à sa future banque, afin de se renseigner au sujet des formalités de transfert.

Elle traversa la rue de Rivoli, coupa par la rue de l'Échelle et la rue Sainte-Anne, continua tout droit jusqu'à la rue Condorcet, puis obliqua sur sa gauche. En arrivant à hauteur de la place Pigalle, tout occupée à ses pensées, elle faillit renverser un petit bonhomme, qui sortait d'une épicerie.

– P'vez pas faire attention, ma p'tit' dame ! C't'inouï, ça ! proféra l'homme.

Au chapeau melon et à l'accent, Marthe avait tout de suite reconnu Toulouse-Lautrec. Elle se confondit en excuses et ramassa la canne, qui avait atterri sur le pavé.

– Mais c'est ma modiste ! tonna Monsieur Henri.

Il la dévisagea derrière ses binocles.

– Vous savez que j'vous attends toujours, vous ! On d'vait faire un aut' portrait. J'vous emmène !

Marthe voulut protester, dire qu'elle irait chez lui l'après-midi, mais le peintre insista.

– Chut ! Pas un mot ! Les désirs du comte de Toulouse-Lautrec sont des ordres, belle demoiselle. Suivez-moi !

Il montra la boîte de gâteaux qu'il venait d'acheter.

– D'abord, nous allons passer voir une dame. Chut ! Pas un mot. Mystère ! C't'à deux pas.

La dame en question habitait rue de Douai, au cinquième étage. Monsieur Henri s'arrêta au troisième, pour souffler un peu.

– La personne chez qui nous allons est plus célèbre que Monsieur Loubet, le président du Sénat. Elle a posé pour Manet. Elle s'appelle Victorine. C'est *l'Olympia*. Cette toile a fait scandale au Salon de 1865. Victorine Meurent est *l'Olympia*, de Manet. Chapeau bas.

Joignant le geste à la parole, Toulouse-Lautrec retira son melon.

– C'est une vieille dame, aujourd'hui dans la misère. Elle est obligée de vendre des fleurs dans les bars. Je viens souvent la voir.

Le peintre s'interrompit, soudain tenaillé par un doute.

– Vous connaissez ce tableau, n'est-ce pas ?

Marthe répondit que sa tante l'avait effectivement emmenée au musée du Luxembourg.

Monsieur Henri frappa à une porte du cinquième étage. Mais *l'Olympia* n'était pas chez elle. Dépité,

Toulouse-Lautrec sortit un bout de ficelle de la poche de son veston et attacha le paquet de gâteaux à la poignée.

– Tant pis ; je vous la présenterai une autre fois, dit-il en se dirigeant vers l'escalier.

Marthe commençait d'être un peu fatiguée, car elle avait beaucoup marché. Heureusement, la rue Caulaincourt était à deux pas.

Le peintre offrit un rafraîchissement à Marthe, qui refusa poliment. Elle se tenait sur ses gardes et n'avait aucune confiance en lui. Elle craignait qu'il n'ait mis un soporifique dans son verre. Sa tante lui avait raconté tellement de choses sur son compte ! Malgré la répulsion qu'il pouvait provoquer au premier abord, Clarisse lui avait dit que certaines femmes s'étaient laissé séduire par sa faconde et son esprit. Et que quelques-unes étaient même tombées amoureuses de lui.

Toulouse-Lautrec fit prendre la pose à son modèle sur un fauteuil. Il rectifia la position de ses bras, puis s'installa devant son chevalet, palette, brosse et pinceaux à portée de main. Il commença l'esquisse à grands coups de crayon, avant de s'arrêter brutalement.

– Non, décidément, ça ne va pas ! lança-t-il en reposant ses instruments.

Il s'avança vers sa table encombrée de bouteilles, en empoigna une aux trois quarts vide, la porta à ses grosses lèvres et la vida d'un trait.

– Trop habillée, quoi ! Faudrait en dévoiler davantage. *Tek-nik* du nu. Retirez-moi tout ça !

Terrifiée, Marthe se leva d'un bond, récupéra son sac au passage et quitta la pièce en courant.

En sortant dans la rue, elle avait hésité. Elle était trop essoufflée pour aller à la banque. Et puis son chapeau devait être de travers. Marthe préféra rentrer directement chez elle.

Julie était en train de préparer le repas. Elle s'inquiéta du désordre affiché dans sa tenue. Encore sous le choc, Marthe s'effondra sur une chaise et raconta sa mésaventure.

– Vous avez bien fait de vous sauver, Mademoiselle ! Toulouse-Lautrec fréquente les bas-fonds de Montmartre. Il va dans les maisons closes. Il peint les prostituées et s'exhibe avec elles. Mais il les entraîne aussi dans son lit. Il y a quelques années, il paraît qu'on le voyait avec Rosa la Rouge, l'un de ses modèles, qui avait fini par se retrouver à Saint-Lazare. Bruant parlait d'elle, dans l'une de ses chansons, qui disait comme ça :

> C'est Rosa, j'sais pas d'où qu'a vient
> All'a l'poil roux, eun' têt' de chien
> Quand a pass', on dit : v'là la Rouge
> À Montrouge…

Madame Clarisse m'avait dit qu'il prenait régulièrement du sirop de Gibert.

– C'est quoi, le sirop de Gibert ? demanda Marthe, en ouvrant de grands yeux.

– C'est une mixture qui contient des sels de mercure. C'est avec ça qu'on soigne la vérole.

– Dieu du Ciel ! lâcha Marthe.

Pendant le repas, Julie rapporta divers ragots qui circulaient sur Henri de Toulouse-Lautrec et apprit à Marthe les différents surnoms que lui avaient donnés ses maîtresses. Elle en connaissait déjà deux. En les entendant, Marthe avait rougi.

– Comment sais-tu tout ça ?

– Un jour, au Hanneton, j'ai rencontré Marie Charlet, l'un de ses anciens modèles. Elle m'a confié des choses que je n'oserai jamais répéter devant vous.

– Des choses sur quoi ?

– Sur l'anatomie de Monsieur Henri. Il paraît qu'il est « outillé ». L'un de ses amis raconte qu'avec lui, toute femme est vierge.

Pour illustrer son propos, Julie avait écarté les mains. Marthe mima une moue faussement admirative. Les deux jeunes femmes éclatèrent de rire.

À la fin du repas, Marthe monta dans sa chambre. Elle écrivit à Maître Durand pour lui faire savoir qu'elle était intéressée par le château de Chanteranne. Elle lui demandait de contacter le notaire chargé de la vente.

Après avoir prié Julie d'aller poster sa lettre, Marthe sortit le grand cahier dans lequel elle écrivait ses poèmes et s'installa à son secrétaire, en attendant Jacques.

Les amoureux dînèrent dans un restaurant de l'avenue de l'Opéra. Jacques emmena ensuite sa compagne aux Folies-Bergère. Quand ils quittèrent les lieux à minuit, trois bouteilles de champagne étaient alignées sur leur table. Marthe avait bu plus que de raison. Son compagnon l'avait encouragée à vider son verre.

– Assez ! lui répétait-elle. Je vais être pompettte !

– Demain, tu pourras faire la grasse matinée, lui fit remarquer Jacques. Tandis que moi, je dois être au boulot à neuf heures !

Lorsqu'ils rentrèrent rue de la Tour-des-Dames, Julie dormait déjà. Jacques soutenait Marthe. Ils montèrent directement dans sa chambre. Avant qu'elle ne se couche, il tira un feuillet de la poche intérieure de sa veste.

– Le directeur a oublié de te faire signer des papiers, pour la vente de tes actions et pour les bons au porteur. Il faut aussi marquer « Lu et approuvé ».

Il la fit asseoir à sa table et dut lui tenir la main. Marthe s'exécuta, dans un demi-sommeil, puis se précipita dans son lit. Jacques remit soigneusement le feuillet dans sa poche et regagna sa propre chambre.

Deux jours plus tard, Marthe reçut la réponse du notaire. Maître Durand avait fait diligence. C'était lui qui était chargé de la vente. Il conseillait de ne pas trop tarder, car une affaire « comme ça » ne se présenterait pas tous les jours. C'était la raison pour laquelle il répondait par retour. Il se tenait à sa disposition. Elle pouvait venir à l'étude sans prendre rendez-vous. Il s'arrangerait pour la recevoir.

Marthe lui envoya un télégramme pour annoncer qu'elle « descendait » dans la Creuse le jour même et qu'elle serait chez lui le lendemain à dix heures. Elle prévint également ses parents de son arrivée.

Marthe mit Jacques au courant de son voyage, sans toutefois lui en avouer la raison véritable.

– Ma grand-mère est souffrante, mentit-elle. À son âge, elle peut mourir d'un moment à l'autre. Je ne voudrais pas qu'elle parte sans que je l'aie revue. Je l'aime trop. Je resterai deux ou trois jours à Chanteloube. Je serai de retour lundi ou mardi.

– Reste auprès d'elle le temps que tu jugeras nécessaire ! Une semaine, s'il le faut. Et même deux. Moi, c'est mon grand-père que j'ai failli ne pas revoir. À un jour près, j'arrivais trop tard.

Jacques étreignit Marthe et l'embrassa dans le cou.

– Nous rattraperons notre retard à ton retour !

Julie aida sa maîtresse à faire ses bagages et l'accompagna à la gare. Dans la voiture, Marthe fit ses recommandations pour la maison.

– Surtout, verrouille bien les fenêtres, lorsque tu t'absentes. Il y a encore eu des vols cette semaine, dans le quartier. Et ferme bien la porte à clé. Ne laisse personne entrer. Pas même Jacques, qui n'a rien à faire chez moi, en mon absence. Il est capable de venir te conter fleurette. Je n'ai aucune confiance en lui. Ni en toi, d'ailleurs !

– Oh ! Mademoiselle, qu'allez-vous chercher là ? Et puis, vous savez bien que j'ai une préférence pour les jeunes filles !

– C'est toi qui le dis !

– Et si vous recevez la visite de Sidonie ? demanda Julie.

– Tu la jettes dehors ! Qu'elle aille faire ses cochonneries ailleurs !

– Comme vous y allez, Mademoiselle ! Si elle vous entendait, elle ne serait pas contente.

Marthe prit la main de Julie dans la sienne. Elle avait posé ses gants. Elle se pencha à son oreille.

– Vous vous voyez de temps en temps, elle et toi, n'est-ce pas ? murmura-t-elle.

Les pommettes de Julie se colorèrent. Sa non-réponse sonnait comme un aveu.

– Profitez-en, tant que vous êtes jeune, dit Marthe, souriante. C'est ce que n'arrête pas de me répéter mon grand-père.

– Et vous, Mademoiselle, vous en profitez ?

– Tu veux dire avec Jacques ?

Marthe se tut, pensive, avant d'ajouter :

– Je ne sais pas si je pourrais épouser quelqu'un comme lui. Parfois, je le trouve bizarre. Il dit qu'il m'aime, mais je ne sais pas s'il est sincère.

– Et vous, Mademoiselle, vous l'aimez ?

– Ça dépend des jours !

Le fiacre arrivait à destination. La grosse horloge de la gare affichait onze heures. Julie héla un porteur. Elle suivit sa patronne sur le quai et surveilla les bagages, pendant que Marthe prenait son billet. Le train ne partant qu'à la demie, Julie monta dans le wagon. Marthe avait demandé à voyager dans un compartiment réservé aux dames.

– Comme ça, je ne serai pas dérangée ! avait-elle expliqué à Julie.

Elles reprirent leur conversation.

– Où en étions-nous ? fit Marthe.

– Nous parlions de Jacques, Mademoiselle.

Elles en parlèrent encore, jusqu'à l'annonce du chef de gare, exigeant que les accompagnateurs descendent du train. Les deux jeunes femmes prirent congé.

Sur le quai, Julie fit signe à sa maîtresse de baisser sa vitre. Marthe tourna la manivelle.

– Il s'appelle comment, déjà, votre amour de jeunesse ?

La question de Julie avait pris Marthe au dépourvu. Celle-ci sentit une boule se nouer dans sa gorge. Elle s'efforça de dominer son émotion.

– Ce n'est pas un amour de jeunesse ! Il s'appelle... Gaétan.

Le sifflet de la locomotive couvrit la réponse de Marthe. Lorsque le train s'ébranla, Julie vit qu'elle pleurait.

Marthe se félicitait d'avoir pris un compartiment réservé aux dames. On ne risquait pas d'y être importunées par des goujats. Elle le partageait avec deux autres voyageuses. Après les politesses et les sourires d'usage, Marthe enfouit ses mains dans son manchon de fourrure, se cala dans le coin de la banquette, contre le montant matelassé de la fenêtre, et ferma les yeux.

Bercée par le halètement de la locomotive, et le roulis aidant, Marthe s'endormit bientôt. Elle s'enfonça peu à peu dans son rêve. Un rêve étrange. Le Puits Saint-Antoine était planté en plein ciel, dans un décor hivernal. Sauf que la neige était noire et que les modistes triaient du charbon blanc. Sur le carreau de la mine, légèrement à l'écart du puits, un attroupement s'était formé devant un poteau télégraphique fiché dans le sol. Un cortège – composé uniquement de femmes – s'avançait par la gauche, derrière un homme entravé par des chaînes, mains liées dans le dos. Des cordes, passées autour de son cou, étaient tirées par deux jeunes filles, habillées comme des vestales. Un bourreau cagoulé attacha l'homme au poteau et releva le visage du condamné, pour le montrer à la foule. Elle reconnut Émile Mativon. Au signal, les femmes saisirent des blocs de charbon et le lapidèrent. Quand le supplicié fut inconscient, le bourreau leva le bras. On lui passa des fagots, qu'il entreprit d'entasser autour du poteau. S'emparant alors d'une torche, il y mit le feu et ôta sa cagoule : c'était Gaétan.

Marthe fit plusieurs fois le même rêve, en boucle. Les cris d'Émile la réveillèrent, alors que le train entrait en gare de Vallon. Marthe ouvrit les yeux. Une élégante jeune femme était installée en face d'elle. En revanche, les deux autres passagères n'étaient plus dans le compartiment. La délicieuse créature aux yeux verts gratifia Marthe d'un sourire ravageur.

– Bien dormi ?

– Je crois.

– Vous avez crié !

– J'ai fait un cauchemar, précisa Marthe. Je suis désolée.

– Vous êtes tout excusée, susurra la charmante voyageuse, en effleurant du bout des doigts le genou de sa voisine.

Marthe avait fermé les yeux sous la caresse. Pour

fugace qu'elle fût, elle l'avait fait frissonner, ce qui n'avait pas échappé à la belle inconnue.

– Je m'appelle Irène, poursuivit la jeune beauté. Je vais à Lyon.

Marthe se présenta à son tour et annonça qu'elle se rendait à Guéret, pour couper court à toute explication d'ordre géographique.

– Quel dommage ! fit la jolie brune. Avec vous, je serais allée au bout du monde !

Marthe ne répondit pas, afin d'éviter de s'entendre dire qu'elle y serait allée aussi.

Sa voisine avait un charme fou. Elle dégageait un magnétisme redoutable. L'heure n'était pourtant pas aux fantasmes. Dans dix minutes, on allait entrer en gare de Montluçon. Marthe se fit la réflexion que dans les trains, on faisait des rencontres magiques. Même dans les compartiments réservés aux dames. Elle se promit de faire l'amour un jour sur une banquette – ou mieux, dans une couchette – d'un wagon de la Compagnie des chemins de fer d'Orléans. Mais pour cela, il convenait de voyager de nuit.

Juste avant le terminus, la jeune femme tendit sa carte à Marthe.

– Pour le cas où vous viendriez à Lyon, belle demoiselle ! Je loge chez une vieille tante. Elle vit dans une maison bourgeoise. Le quartier est tranquille. La chambre d'amis dispose d'un très grand lit. Il vous attendra le temps qu'il faudra.

Marthe voulut refuser la carte, mais elle la lui mit de force dans la main.

Prête à descendre sur le quai, Irène approcha sa bouche du visage de Marthe et l'embrassa dans le cou.

– J'emporte votre parfum sur mes lèvres. Ce soir, je le déposerai sur mon oreiller et je penserai à vous en m'endormant.

Marthe changea une seconde fois de train à Busseau. Quand le convoi entra en gare de Lavaveix, il était dix-sept heures trente. Dans la cour, elle partagea une voiture avec une vieille dame chargée de paquets, qui habitait sur la route d'Aubusson, à la sortie de la ville. Moyennant un supplément, le cocher emmena Marthe à Chanteloube. En passant dans la rue du Centre, elle s'était penchée à la portière, dans l'espoir d'apercevoir Gaétan, en vain. Lorsqu'elle arriva chez ses parents, les femmes n'étaient pas encore rentrées. Seul son grand-père était là. Son père, lui, était dans les champs.

Sa mère et sa grand-mère firent leur apparition une heure plus tard. Prudence était ravie de revoir sa petite-fille. Elle la trouva encore changée.

– Tu es une vraie demoiselle de la ville, maintenant. Les gens de Lavaveix ne vont pas te reconnaître.

Marthe voulut embrasser sa grand-mère sur le front, mais celle-ci se déroba.

– Je vais te mettre du noir. Donne-moi le temps de me débarbouiller !

Alphonsine ne manifesta aucun transport en voyant sa fille. Elle se contenta de lui envoyer un bonjour glacial. Depuis l'ouverture du testament de Clarisse, les deux femmes étaient en froid.

– Ne fais pas attention ! glissa Prudence à l'oreille de sa petite-fille. Tu sais bien que ta mère est têtue comme une bourrique. Ça ira mieux demain. Ton grand-père et moi, on est contents de te voir. J'espère que tu ne passes pas en coup de vent.

Marthe rassura sa grand-mère d'un sourire.

– Je compte rester quelques jours. Moi aussi, je suis très heureuse de te revoir. Mais je croyais que tu devais arrêter la mine.

– Tant que je peux travailler, je continue. Et puis ça fait toujours ça de plus !

– Justement, il faudra qu'on en parle. Je vais chez le notaire demain. Je lui en toucherai deux mots. Ma tante m'a gâtée. Il faut bien que j'en fasse profiter la famille !

– Tu peux garder ton argent ! lança Alphonsine, qui avait tout entendu. On n'a besoin de rien !

Le lendemain matin, Marthe se présenta à l'étude à dix heures précises. Maître Durand avait sorti le dossier. Il avait étalé une carte sur son bureau et punaisé au mur des extraits de la matrice cadastrale de la commune de Marsat. Au premier coup d'œil, Marthe constata que les parcelles hachurées au crayon bleu étaient toutes d'un seul tenant. Le château occupait le centre du plan.

Le notaire annonça le prix de vente : quatre cent cinquante mille francs pour l'ensemble, meubles compris.

– Il y a deux héritiers, ajouta-t-il. Aucun des deux ne

peut dédommager l'autre. Ils ont besoin d'argent. Je crois qu'ils seraient prêts à laisser le tout pour quatre cent mille.

Marthe opina du chef.

– J'aimerais visiter les lieux, précisa-t-elle. Le château, surtout. Pour les terres, vous verrez avec mon père.

– J'allais vous le proposer ! répliqua Maître Durand. J'ai annulé mes autres rendez-vous et je me suis permis d'atteler le cheval. Il nous attend. D'ici midi, nous pouvons faire le tour du propriétaire.

Il se dirigea vers la fenêtre de son bureau et souleva le rideau.

– Nous aurons beau temps !

L'équipage prit la route de Guéret, puis bifurqua à la sortie d'Ahun, en direction de Marsat. Cinq cents mètres avant le village de Bartouénas, la voiture s'engagea dans une allée bordée de chênes séculaires.

– À partir d'ici, tout ce que vous pourrez voir appartient au château. À ce titre, tout ce qui se trouve autour de nous est à vendre.

Marthe était émerveillée par la majesté des arbres qui jalonnaient le chemin. La ramure de ces chênes tourmentés – noueux à souhait – forçait l'admiration. Beaucoup étaient creux. Ils devaient être de précieux refuges pour la faune du voisinage. Deux écureuils venaient d'ailleurs de traverser devant le cheval. Marthe se rappela que c'était la période des amours.

Le chemin s'incurva et se mit à monter légèrement. Une première tour apparut bientôt. Puis deux. Puis trois. La quatrième, endommagée, n'était pas visible du chemin. La voiture se rangea à côté de la porte d'entrée, dont on devinait qu'elle avait dû remplacer un pont-levis.

L'attention de Marthe fut attirée par une magnifique hêtraie, sur leur gauche, en haut d'un monticule. Maître Durand lui expliqua que c'était l'emplacement du vieux château de Chanteranne.

– Les anciens propriétaires ont fait des fouilles, là-haut, croyant mettre la main sur un trésor. Mais ils n'ont trouvé – m'ont-ils dit – que des morceaux d'assiettes et des grains de blé carbonisés.

Le notaire aida Marthe à descendre de voiture.

– Il y a quelqu'un, actuellement, au château ? voulut-elle savoir.

– Non, répondit Maître Durand. À la mort de la châtelaine, le couple de domestiques a dû partir. La propriété est louée, mais le bail arrive justement à son terme cette année, à la Saint-Martin. Cela ne pouvait pas mieux tomber.

C'est en pénétrant dans la cour que Marthe découvrit la quatrième tour.

– Elle a du mal ! s'exclama-t-elle, en pointant du doigt le trou béant qui crevait la toiture.

– Moins que vous ne pensez. En prévision de la vente, j'ai fait établir un devis par un charpentier. Vingt mille francs devraient faire l'affaire ; le plus onéreux étant l'installation – et le démontage – de l'échafaudage.

– Comme vous y allez, Maître ! Vingt mille francs, ce n'est pas rien ! Dans ce cas, je révise mon offre à trois cent quatre-vingt mille.

– Vous êtes dure en affaires, Mademoiselle ! lui fit remarquer le notaire. Mais à votre place, je crois que j'aurais eu la même réaction.

Marthe tint à inspecter toutes les pièces. Jusqu'au moindre recoin. L'ensemble était en bon état. Et les meubles ne semblaient pas avoir trop souffert.

– La châtelaine est morte il y a huit mois. Les domestiques ont fait du feu tout l'hiver. Ils ne sont partis qu'au printemps. Il n'y a pas de traces d'humidité, comme dans certains châteaux. Il est vrai que les anciennes douves sont comblées depuis longtemps et que les toitures ont globalement été bien entretenues. La plupart des pièces sont habitables en l'état. Certaines, en revanche, mériteraient une bonne couche de badigeon. Cela dit, la tour nord mise à part, il n'y a pas vraiment de grosses réparations à prévoir.

Maître Durand fit également visiter les dépendances à Marthe. Cette dernière se renseigna pour savoir si des bâtiments étaient utilisés par les fermiers.

– Pas à ma connaissance, certifia le notaire. Les locataires ont une ferme, tout près d'ici. Ils y entreposent leur outillage et leur cheptel. Et puis je vous l'ai dit : leur bail se termine en novembre.

Sur le chemin du retour, Maître Durand apporta des précisions techniques au sujet des modalités de la vente et Marthe prit congé, après avoir rappelé le montant de son offre.

24

À Lavaveix, les nouvelles allaient vite. Le soir même de l'arrivée de Marthe, toute la ville savait qu'elle était là. Gaétan ne fut pas le dernier à l'apprendre. Il monta le lendemain à Chanteloube, après son travail. Marthe, qui ne tenait pas en place, avait décidé de son côté de descendre en ville. Les deux jeunes gens se rencontrèrent en chemin.

– Qu'est-ce que tu fais par là, à cette heure ? dit Marthe, le cœur battant.

– Je me promène, et toi ?

– J'ai oublié de noter les horaires des trains, pour le retour.

– Je t'accompagne à la gare, fit Gaétan en lui offrant son bras.

– Finalement, cela peut attendre demain ! lança Marthe. Si nous allions plutôt sur la route de Saint-Martial ?

– J'allais te le proposer. Ça nous rappellera de bons moments.

– Tu crois ?

Leurs lèvres s'effleurèrent.

– Hé là ! Pas si vite ! objecta Marthe.

– C'était histoire de rattraper le temps perdu ! plaisanta Gaétan.

– Le temps perdu ne se rattrape pas.

– Alors, on peut toujours essayer de prendre de l'avance sur celui à venir !

Les deux amis remontèrent la côte sur une centaine de mètres, puis bifurquèrent sur leur gauche. Une grand-mère revenait de la rivière, une lessiveuse débordante de linge chargée sur sa brouette. Ils la saluèrent et continuèrent leur promenade.

– La mère Boissière va raconter partout qu'elle nous a vus ! dit Gaétan.

– Si ça l'amuse. Ça te dérange ?

– Absolument pas ; et toi ?

– Moi non plus.

À leur endroit favori, ils s'assirent sur le rebord du coffre funéraire. Une question brûlait les lèvres de Marthe, depuis leurs retrouvailles sur la route : Gaétan avait-il une liaison ? Elle la lui posa en baissant la tête.

– Je n'ai pas de petite amie, répondit-il. Et toi, tu as quelqu'un ?

– Non.

– En es-tu vraiment sûre ? insista Gaétan. Regarde-moi dans les yeux !

Marthe tenta de réprimer le tremblement qui déferlait sur ses lèvres, mais elle n'y parvint pas. L'émotion la submergeait. Elle éclata en sanglots. Gaétan lui caressa les cheveux et la serra très fort contre lui. Il la laissa pleurer et attendit patiemment qu'elle évacue son émoi. Il savait qu'il ne fallait pas la brusquer. Lorsque les battements de son cœur se seraient assagis, elle s'épancherait. Il ne connaissait pas meilleure thérapie.

– J'ai rencontré un garçon, finit-elle par avouer, au bout d'un long moment. Mais la vie à Paris est tellement différente. On croise beaucoup de monde, tu dois t'en douter.

Gaétan avait reçu la nouvelle en restant impassible, mais ce n'était qu'une sérénité de façade. Il réussit néanmoins à masquer son inquiétude quelques instants, avant de revenir à la charge :

– Et ce garçon, tu l'aimes ?

– Je ne me suis pas encore posé la question. Ça fait deux jours que je suis partie et il ne me manque pas. Pourtant, c'est un garçon très prévenant. Il ne sait pas comment faire pour m'être agréable. Il m'emmène au théâtre, au restaurant. Mais...

– Mais ?

– J'ai l'impression que quelque chose cloche, dans cette relation. Comment dire ?

Marthe cherchait ses mots :

– C'est trop beau pour être vrai !

Gaétan risqua un sourire.

– Il est trop poli pour être honnête, comme on dit par ici !

– Oui, c'est un peu ça, approuva Marthe.

Elle sembla réfléchir.

– C'est même tout à fait ça !

– Et tu le connais depuis longtemps ?

– Environ deux mois.

– Est-ce qu'il sait que tu as hérité de ta tante et que tu es une jeune fille riche ? hasarda Gaétan.

Marthe laissa échapper un petit rire nerveux.

– Il ne peut pas être mieux placé : il travaille à la Banque de France ! Dans l'agence où ma tante avait ses comptes. Même que c'est là qu'il m'a vue pour la première fois !

– Bah ! Les banquiers ne sont pas tous des bandits, assura Gaétan, en la serrant contre lui. Tu feras bien ce que tu voudras avec ce garçon. Quant à moi, tu sais ce que je t'ai dit. Je t'attendrai le temps qu'il faudra.

Marthe posa sa tête sur son épaule et lui offrit ses lèvres. Ils s'embrassèrent tendrement. Gaétan voulut pousser plus avant ses caresses. Marthe le laissa faire un instant, puis elle se dégagea, sans brusquerie.

– Non, pas ici ; pas comme ça. Pas maintenant.

– Quand ? murmura Gaétan à son oreille.

– Dans quelque temps. J'ai besoin de faire le point.

– Je comprends. Je te le redis ; j'attendrai. J'ai bien attendu jusque-là !

Ils échangèrent un nouveau baiser, pour sceller ce pacte, et Marthe donna le signal du départ.

Tout en revenant vers le village de Chanteloube, Gaétan lui confessa à brûle-pourpoint qu'il aimerait bien lire ses poèmes.

– Je n'oserai jamais te les faire voir ! dit-elle en souriant.

– Pourquoi donc ?

– Parce que la plupart sont nuls. Et puis tu te moquerais de moi !

– Quelle idée ! lâcha Gaétan.

Il avala sa salive avant de poursuivre.

– Tu ne les as jamais fait lire à personne ?

– Si, admit Marthe, après une hésitation. Je les ai montrés à une amie. Enfin, elle en a lu deux ou trois.

– Tiens, tiens, une amie ! la taquina Gaétan. Je ne savais pas que tu aimais les femmes !

– Idiot !

Elle l'embrassa sur la joue. Il lui rendit son baiser… sur la bouche.

– Elle s'appelle Sidonie, précisa Marthe. Elle est mariée. On a le même âge. Elle écrit des histoires et m'en a fait lire des extraits.

– Et alors ?

– Elle se débrouille pas mal. C'est son mari qui l'oblige à écrire des souvenirs d'école. Il veut les publier. Je crois qu'un jour, cette fille fera parler d'elle. Sa façon d'écrire est totalement nouvelle.

Gaétan embrassa de nouveau Marthe.

– Et pour tes poèmes, alors ?

– Ils sont à Paris, mentit-elle. Mais je te promets de te les montrer un jour.

Marthe prit son ami par le bras.

– À moi maintenant de poser des questions. Hier, dans le train, je me suis endormie et j'ai fait un drôle de rêve. Un rêve complètement idiot, même. Émile Mativon était attaché à un poteau. Des femmes, venues en procession, l'ont lapidé avec des morceaux de charbon. Même que le charbon était blanc. Un rêve idiot, je te dis. À un moment donné, le bourreau – qui était masqué – a entassé des fagots au pied du poteau, avant d'y mettre le feu. Puis il a ôté sa cagoule. Le bourreau, c'était toi. Alors, je te le demande une dernière fois : Est-ce que c'est toi qui as mis le feu à la maison de ce salaud ?

– Non, c'est un accident ; je te l'ai déjà dit. Je te jure que je n'y suis pour rien !

Marthe resta une semaine à Chanteloube. Le notaire avait contacté les vendeurs, qui avaient abaissé leurs prétentions à quatre cent mille francs. Sachant que Marthe n'était là que pour quelques jours, il envoya un télégramme, afin de lui annoncer la nouvelle. Pour gagner du temps, Marthe répondit par la même voie qu'elle ne démordait pas de son offre à trois cent quatre-vingt mille. Le lendemain, un compromis fut trouvé : trois cent quatre-vingt-dix mille.

Marthe attela l'ânesse de sa grand-mère et se rendit à Ahun. Maître Durand la reçut. Sur ses conseils, elle accepta cet arrangement.

– Je vais préparer l'acte de vente, dit le notaire. Étant donné tous les documents que je vais devoir réunir, il faut compter un bon mois. Je vous demanderai de me faire envoyer par votre banque un chèque de caution de cinquante mille francs.

Marthe assura qu'elle n'y manquerait pas. Elle remontait à Paris le lundi suivant. Elle passerait à son agence bancaire dès le lendemain de son retour.

On était début juillet. Avec les pluies de la semaine précédente, les paysans n'avaient pu commencer les foins. Le père de Marthe préférait encore quelques jours, afin que les prés soient ressuyés avant de couper. La faux « était d'affût ». Elle n'attendait plus que son signal.

En revenant d'Ahun, Marthe arrêta l'ânesse à

l'entrée du pont qui enjambait la Creuse et descendit de voiture. Les eaux étaient plus hautes qu'elle ne l'imaginait. La pêche à la main qu'elle comptait organiser le samedi avec Gaétan était compromise. Encore qu'il n'était pas impossible que le débit du ruisseau de Chamberaud fût suffisamment bas pour autoriser une incursion dans son lit. Le seul moyen de le vérifier était de descendre à la rivière, à partir de Chanteloube. Les jours étaient longs, en cette saison. Marthe se promit d'y aller en reconnaissance le soir même avec Gaétan.

Trop heureux d'accompagner l'amour de sa vie, celui-ci ne se fit pas prier.

Partis du village à dix-neuf heures, ils ne revinrent que trois heures plus tard, après s'être égarés dans les chemins creux, sous l'œil vigilant du croissant de lune, qui veilla sur eux.

Après avoir repéré les lieux, les amoureux conclurent qu'il n'était pas raisonnable d'envisager une pêche à la main. Il était plus sage d'aller taquiner le goujon. En soulevant des pierres dans le lit de la rivière, Gaétan avait pris soin de s'assurer qu'ils pourraient s'approvisionner en vers d'eau.

Lorsqu'ils remontèrent à Chanteloube, il faisait presque nuit. Les chouettes se répondaient en écho dans le vallon et les chauves-souris voletaient au-dessus de leurs têtes.

Ils s'embrassèrent sur la petite place, devant l'église. Gaétan redescendit sur Lavaveix. Quand Marthe rentra chez elle, sa mère était déjà couchée, car elle devait se lever à cinq heures, pour commencer le travail à sept. Le matin, son père avait repéré des coulées, le long des haies. Il devait être en train de poser des collets dans la prairie, derrière la maison. Le grand-père fumait sa pipe sur le banc, près du tilleul.

Prudence terminait la vaisselle dans la souillarde. Marthe lui proposa son aide, avant de monter dans sa chambre.

– J'ai fini, je te remercie, lui répondit sa grand-mère.

– Tant pis pour toi, mémé ! Si tu n'as pas besoin de moi, je vais me coucher, dit Marthe, en l'embrassant sur le front.

– Je ne te demande pas avec qui tu étais, la taquina sa grand-mère.

– Tu le sais bien !

– Dame, j'ai des yeux, ma grande. Il te plaît, ce petit Gaétan, pas vrai ?

– Il ne me déplaît pas ! corrigea sa petite-fille, en souriant.

L'été, Marthe dormait à côté de la chambre de ses grands-parents, à l'étage. Orientée au nord, la pièce était relativement fraîche. Même pendant les grosses chaleurs, la toiture en chaume amortissait les chocs thermiques. Par comparaison avec les conditions estivales de sa maison parisienne, Marthe reconnaissait que le chaume n'avait pas son pareil : il battait la tuile à plate couture. On n'avait encore rien inventé de mieux que la bonne vieille paille de seigle pour couvrir les maisons. Évidemment, elle abritait parfois des locataires. Si les moineaux ne posaient guère de problèmes – on en capturait même avec des parapluies, la nuit, en hiver, pour les faire griller sur des rôties –, les rats et les couleuvres étaient moins ragoûtants.

Marthe ne trouva pas immédiatement le sommeil. Son esprit était tiraillé entre deux mondes. La vie parisienne et la vie au fin fond de la campagne creusoise étaient à l'opposé l'une de l'autre. Il fallait être né dans la Creuse pour y rester. Et son cœur balançait entre deux garçons. Jacques accepterait-il de venir y vivre ? Si elle achetait le château de Chanteranne, c'était pour l'habiter, mais aussi pour faire tourner la propriété, chose qui ne s'improvisait pas. S'il n'était pas très difficile pour un mineur de travailler la terre, pour un employé de banque, la reconversion n'était pas évidente. Certes, il y avait des établissements bancaires dans la région de Lavaveix, qui pouvaient éventuellement accueillir Jacques. Aubusson n'était pas très loin ; Guéret non plus. Il faudrait également louer un pied-à-terre pour lui – avec tous les inconvénients que devinait Marthe –, car elle n'avait pas l'intention de coucher ailleurs qu'au château. Dans ce cas, il faudrait surtout abandonner le domaine entre les mains des ouvriers agricoles qu'elle avait l'intention d'embaucher, ce qui ne l'enchantait guère. Une ferme de cinquante hectares nécessitait la présence du propriétaire matin, midi et soir.

Marthe se tourna sur le côté. Un sourire lui vint aux lèvres. Pour une telle responsabilité, Gaétan tenait la corde. Mais pour le reste, au fond, ne remportait-il pas également la partie haut la main ?

Bien qu'elle s'en défendît parfois, Marthe devait admettre qu'elle éprouvait pour lui une certaine tendresse. Seulement la tendresse était-elle de l'amour ? Depuis son retour à Lavaveix, elle reconnaissait pourtant qu'il lui était difficile d'imaginer un avenir sans ce garçon.

D'un autre côté, elle n'était pas indifférente à Jacques non plus. Il avait su la séduire par son élégance, sa prévenance… et son charme. À la réflexion cependant, elle s'était peut-être emballée un peu vite.

Décidément, la vie n'était pas simple.

Marthe s'endormit en songeant que s'il ne devait pas être très valorisant de devoir toujours subir les événements, il n'en restait pas moins que certains choix étaient particulièrement cornéliens.

25

Dans le train qui la ramenait à Paris, Marthe avait collé sa joue contre le rideau. Les yeux vides, elle regardait le paysage défiler. Son esprit était resté sur les bords de la Creuse.

L'avant-veille, elle était allée, comme convenu, à la pêche avec Gaétan. Ils avaient pique-niqué au bord de l'eau. Le matin, ils avaient attrapé une quarantaine de goujons et une jolie friture de vairons. Ils avaient pris les plus beaux à l'aide de la bouteille que Gaétan avait préparée avec soin, la veille. À midi, ils avaient déjeuné à l'ombre d'un bouquet de chênes. Délaissant les cannes à pêche, ils étaient allés voir ensuite s'il n'y avait pas de girolles dans le bois qui surplombait la rivière et n'en avaient pas trouvé. Ils avaient emprunté la passerelle en se tenant par la main, comme deux amoureux qu'ils étaient. Gaétan l'avait emmenée un peu à l'écart. Ils s'étaient allongés sur la mousse…

Marthe ferma les yeux. Un spasme secoua son ventre. Elle revivait la scène. Leur étreinte avait été d'une intensité rare.

La journée qu'elle avait passée au bord de l'eau resterait gravée à jamais comme le tournant de sa vie.

Marthe avait eu la révélation d'être faite pour vivre au grand air. À Chanteloube, elle était dans son élément. Elle ne regrettait cependant pas d'être « montée » à Paris avec sa tante. Elle avait côtoyé des gens qui sortaient de l'ordinaire. Mais à présent, elle en était sûre : c'était à deux pas de chez elle qu'elle avait rencontré l'amour.

Étendue sur la mousse, Marthe avait failli parler du château de Chanteranne. Finalement, elle n'en avait rien dit. Gaétan aurait la surprise.

En attendant, il lui restait à régler un problème de taille : rompre avec Jacques. Jamais elle n'oserait lui dire en face que c'était fini, car il avait des arguments redoutables. Jacques avait l'art de la dialectique ; il était capable de retourner n'importe quelle situation en sa faveur.

Le plus simple était de lui envoyer un télégramme. Elle le ferait en arrivant. Marthe passa en revue les différentes formulations possibles pour lui annoncer la nouvelle. Toutefois, le texte lui paraissait toujours trop long. Il fallait faire court. Après tout, elle n'avait pas besoin de lui fournir d'explications. Elle écrirait simplement : « Excuse-moi, c'est fini entre nous. »

S'excuser, ce n'était déjà pas si mal. Jacques ne le prendrait sans doute pas très bien. Sur l'instant, son orgueil de mâle en souffrirait. Charmeur comme il était, il n'aurait aucun mal à lui trouver une remplaçante. En tout cas, c'était décidé, elle ne voulait plus le revoir.

Soulagée d'avoir trouvé les mots qu'elle allait envoyer à Jacques, elle s'endormit en rêvant à sa future vie de châtelaine, entre Gaétan et les enfants qu'ils ne manqueraient pas d'avoir. C'est le contrôleur qui la réveilla à Montluçon.

– Dépêchez-vous, mademoiselle, vous allez rater votre correspondance !

En sortant de la gare d'Austerlitz, Marthe monta dans l'omnibus. Quarante minutes et un changement plus tard, elle arriva rue de la Tour-des-Dames. Julie s'apprêtait à sortir.

– Mademoiselle a fait bon voyage ?

– Excellent, Julie ; excellent !

Les deux jeunes femmes se donnèrent l'accolade.

– Vous devez avoir faim !

– J'ai pris une collation dans le train.

– Je n'ai rien préparé de spécial, reprit Julie, mais il y a des œufs tout frais. Je retourne à la boulangerie chercher du pain, car la première fournée était brûlée. J'en ai pour cinq minutes.

Elle était sur le pas de la porte, lorsqu'elle revint en arrière. Elle souleva une première enveloppe, posée sur le guéridon, puis une seconde.

– J'ai trouvé ça dans la boîte aux lettres, hier matin. Le courrier n'est pas timbré. Quelqu'un l'y aura déposé.

Marthe saisit les enveloppes. Son nom était écrit sur la première. La seconde ne portait aucune inscription. Elle était légèrement renflée et semblait contenir un petit objet assez pesant.

Julie partit en claquant la porte. Marthe décacheta la première missive et déplia le billet qu'elle contenait.

« Adieu ! Excuse-moi pour tout ! Je pars ce matin pour l'Italie. »

Le mot était signé « Jacques ».

Marthe manqua pouffer de rire. Le bellâtre la quittait avant qu'elle ne le fasse. Évidemment, elle aurait préféré le contraire. On a sa fierté. Après tout, seul comptait le résultat. Intriguée par la rigidité de l'objet qu'elle sentait à l'intérieur de la seconde enveloppe, elle déchira le papier à la hâte et crut défaillir en découvrant la clé de son coffre. Par réflexe, elle ouvrit son sac et plongea la main dans la poche intérieure.

Aucun doute possible : c'était bien sa clé !

Marthe se précipita dans le salon. À quel moment Jacques avait-il pu la lui voler ? Elle se rappela soudain cette soirée aux Folies-Bergère, deux jours avant son départ. Jacques lui avait fait boire beaucoup de champagne. C'était certainement ce soir-là qu'il l'avait subtilisée. Mais pour ouvrir un coffre en l'absence de l'intéressé, il fallait obligatoirement une procuration signée en bonne et due forme. Il n'était pas dit que Jacques ait réussi à l'ouvrir. Il n'avait même certainement pas pu le faire. Beau joueur, il lui rendait la clé.

Et puis Marthe se souvint que Jacques lui avait demandé de signer des feuilles, ce même soir. Elle l'avait fait, dans un état second, sans les lire. Qu'avait-il dit, déjà ? Elle ne se rappelait plus très bien. Ah oui ! Qu'elle avait oublié de parapher des papiers pour la vente de ses actions et pour la conversion des bons au porteur. Marthe craignait le pire : elle avait dû signer des procurations. Pour quoi, elle ne le savait pas exactement ; en tout cas, elle ne se faisait aucune illusion, le coffre devait être vide !

Elle jeta un rapide coup d'œil à l'horloge. Il était quatorze heures passées. La banque était ouverte. Il n'y avait pas une seconde à perdre.

Julie revint avec un pain tout chaud, juste au moment où Marthe allait franchir le seuil. Elle avait remarqué la pâleur de sa maîtresse.

– Vous avez reçu de mauvaises nouvelles, Mademoiselle ?

– Viens vite avec moi, je suis peut-être ruinée ! Je t'expliquerai dans la voiture.

– Mais vous n'avez pas déjeuné !

– J'ai l'appétit coupé. Viens-tu, oui ou non ?

Pendant le trajet, Marthe raconta ce qui lui arrivait.

– J'avais pourtant prévenu Mademoiselle que ce garçon ne me disait rien qui vaille, gémit Julie. Pourvu qu'il ne vous ait pas tout pris !

– On va bientôt le savoir.

Alerté par le caissier, le directeur reçut Marthe dans son bureau, pendant que Julie attendait dans le hall. Quelques instants plus tard, Marthe se retrouva dans la salle des coffres, aux côtés du directeur et de son adjoint.

Ses craintes étaient justifiées : le coffre était effectivement vide. Marthe se sentit défaillir. Le directeur la recueillit dans ses bras et la fit asseoir.

– Vite, des sels ! lança-t-il à son adjoint.

Il avait sorti sa pochette et s'en servait pour éventer sa cliente, qui revenait à elle. L'adjoint réapparut avec un flacon. Il le déboucha à la hâte et voulut le passer sous le nez de Marthe, mais elle le repoussa du bras.

– Non, ça va mieux, merci !

Avant de refermer le coffre, on vérifia une nouvelle fois qu'il était vide et tout le monde se retrouva dans le bureau du directeur, lequel se fit apporter le dossier de sa cliente. Il consulta fébrilement plusieurs documents et aligna deux feuilles côte à côte.

– Vous avez signé les deux procurations que voici, au nom d'une demoiselle Odile Cabale. L'une pour l'autoriser à accéder au coffre en votre absence, et l'autre pour lui permettre de gérer votre compte. Pour une cabale, c'en est une !

Marthe prit les feuilles et les lut tour à tour.

– Je n'ai jamais rien signé de tel ! Enfin… je ne pense pas. J'ai cependant le vague souvenir que Jacques Barbet m'a effectivement fait croire que vous aviez oublié de me faire parapher des documents. Je ne sais plus très bien. J'avais un peu bu.

Le directeur prit son adjoint à témoin.

– Si ces procurations ont été signées au domicile de Mademoiselle, comment ont-elles pu être validées et enregistrées au siège ? Elles ont apparemment été signées contre le gré de notre cliente, mais même si celle-ci l'avait fait de son plein gré, les procurations ne seraient pas valables non plus. Il aurait fallu que les deux personnes se présentassent à la banque. C'est Jacques Barbet qui a établi les bordereaux. Une chose est sûre, Odile Cabale est venue le jour même à notre guichet. Elle voulait retirer quatre cent mille francs sur le compte de Mademoiselle. Le caissier lui a dit que c'était impossible, et ce, pour deux raisons. Premièrement, il n'avait pas cette somme à disposition, et deuxièmement, les retraits étaient limités à cinquante mille francs. Il lui a précisé que pour les retraits d'un montant supérieur, il fallait faire une demande écrite une semaine à l'avance.

Marthe avait blêmi.

– Combien lui avez-vous donné ? demanda-t-elle.

Le directeur et son adjoint se regardèrent.

– Cinquante mille francs ! répondit ce dernier, qui parlait sous couvert de sa hiérarchie.

Il hésita, avant de poursuivre.

– Le caissier pensait que la procuration avait été établie dans les règles. Or une procuration est opérationnelle immédiatement.

– Et comme par hasard, Jacques Barbet ne s'est pas présenté à son poste depuis deux jours ! mentionna le directeur.

– Il m'a laissé un mot, précisa Marthe. À cette heure, il doit être en Italie.

– Il peut tout aussi bien avoir pris un bateau au Havre. Notre oiseau vogue peut-être en ce moment avec sa complice vers les Amériques. La Banque de France va porter plainte. Je ne peux que vous inviter à en faire autant, Mademoiselle. Dans votre malheur, vous avez de la chance. Certes, vos dix lingots et vos cinq cents louis ont disparu, mais vos actions et vos bons au porteur sont dans notre propre coffre, en attendant d'être transformés en or, selon votre souhait. C'est un capital important, qui a pu être sauvé grâce à vous. Il y a pour cinq cent mille francs de bons et environ trois cent cinquante mille d'actions, au cours du jour. Pensez que vous pourriez n'avoir plus aujourd'hui que les trois cent soixante-dix mille francs qui restent sur votre compte !

Le directeur s'épongea le front avec sa pochette. Un rapide coup d'œil vers sa cliente l'avait quelque peu revigoré. Il avait réussi – autant que faire se pouvait – à la rassurer.

En venant à la banque, Marthe s'était imaginé que Jacques lui avait peut-être tout volé. Dans son désarroi, elle ne s'était plus souvenue que les actions et les bons étaient en sécurité. Elle pensait que son compte avait également été totalement vidé. Cinquante mille francs avaient disparu. C'était une somme ; cependant, il en restait presque huit fois plus. Dans la voiture qui l'avait conduite à la banque, elle s'était dit que son rêve s'effondrait : adieu vaches, château !

Depuis quelques instants, Marthe avait refait mentalement ses comptes. Huit cent cinquante mille plus trois cent soixante-dix mille : elle était encore millionnaire. Elle allait quand même pouvoir s'offrir son château.

Le directeur la persuada d'aller déposer plainte à la police.

D'un certain côté, Marthe était soulagée. Sa route était maintenant toute tracée. Et c'était elle – et elle seule – qui avait fait le choix de vivre avec Gaétan. Elle avait fait ce choix avant. Ce n'était pas un choix par défaut. C'était très important pour elle. On ne pouvait pas construire une famille sur un malentendu. Elle pourrait se regarder dans sa glace et n'aurait pas à rougir de sa vie. Elle avait pris sa décision avant de revenir à Paris.

Quand Marthe réapparut dans le hall, Julie se précipita vers elle en l'interrogeant du regard.

– Ça va ! lui lança-t-elle avec le sourire. Cela aurait pu être pire. Cet escroc ne m'a pas tout pris. Va m'attendre à la maison ; je dois accompagner le directeur de l'agence au commissariat. Je te rejoins.

Julie l'embrassa sur les deux joues, en sautillant comme une enfant.

– Prépare-moi une omelette ! ajouta Marthe en la serrant très fort. J'ai une faim de loup !

26

La police avait envoyé le signalement de Jacques Barbet et de sa complice aux frontières du pays. Elle avait également pris contact avec la police italienne de Vintimille, mais cette dernière démarche n'avait aucune chance d'aboutir. Deux jours plus tôt en effet, les intéressés avaient pris au Havre un cargo en partance pour Valparaiso.

Marthe pria sa banque d'envoyer le chèque de caution à Maître Durand, pour l'achat du château de Chanteranne. Elle chargea le directeur de lui ouvrir un compte à la Banque de France de Guéret et d'y transférer ensuite l'ensemble de ses avoirs, une fois survenues la régularisation des bons au porteur et la vente des actions. Le total devait dépasser les douze cent mille francs, ce qui représentait une fortune.

Marthe avait pris la résolution de quitter la capitale au plus vite. Elle n'avait plus rien à faire à Paris. Elle allait demander en outre à son notaire de liquider la maison de la rue de la Tour-des-Dames, qui avait été évaluée à cent vingt mille francs, dans la succession de sa tante.

Marthe avait prévenu Julie de son départ imminent, et de la mise en vente de la maison.

– Je suis navrée d'en arriver là, lui avait-elle dit, mais il n'y a pas d'autre solution.

– Je comprends, Mademoiselle.

– Que vas-tu devenir ?

– Je me débrouillerai, avait répondu Julie, un brin d'émotion dans la voix. Je connais pas mal de monde dans le quartier.

Marthe l'avait prise dans ses bras.

– Écoute, je te fais une proposition : si tu ne trouves rien à Paris, fais-le-moi savoir. Je promets de t'embaucher à mon service, au château de Chanteranne. J'ai l'intention de me marier au plus vite et j'ai envie d'avoir des enfants. Tu ne resteras pas sans travail.

Julie avait baissé les yeux.

– Après les moments que nous avons passés ensemble, je ne sais pas si je pourrai vivre sous le même toit que votre époux.

– Bien sûr que tu pourras ! avait affirmé Marthe.

– En tout cas, je vous remercie pour votre proposition, avait souligné Julie. Je vais y réfléchir.

Marthe pensait tous les soirs à Sidonie. Elle n'avait pas envie de la revoir, mais elle ne pouvait pas quitter définitivement la capitale sans l'en avertir. Elle choisit de lui écrire une lettre. Julie la lui ferait passer.

Elle s'installa un soir devant son secrétaire et lui raconta ce qu'elle avait sur le cœur. Le plus difficile fut de trouver la bonne formulation. Elle hésitait entre « Ma chère Sidonie » et « Chère Sidonie ». Après réflexion, elle ne fit figurer que son prénom.

« Sidonie,

Quand vous lirez cette lettre, j'aurai quitté la capitale. Je n'étais pas faite pour vivre à Paris. Jacques m'a laissé tomber. Vous aviez raison. Il n'en voulait qu'à mon argent. J'aurais dû vous écouter. Il est parti avec une belle somme. Qu'il aille au diable ! Il m'en reste assez pour finir mes jours. Je repars dans ma Creuse natale. Je suis en train d'acheter un château – avec de grandes terres tout autour –, et je vais épouser l'homme de ma vie. Dans un an ou deux, lorsque je serai bien installée, vous pourrez venir me voir, seule ou avec votre mari. Je serai très heureuse de vous recevoir.

Je voulais vous remercier pour les instants passés en votre délicieuse compagnie. Sachez que je ne les oublierai jamais.

Je voulais vous redire également le plaisir que j'ai eu à découvrir les extraits que vous m'avez si obligeamment fait lire. Je ne doute pas que vous en tiriez – vous ou votre époux – plusieurs volumes. Ils devraient avoir beaucoup de succès. En tout cas, cette Claudine – qui est un peu vous –, est un personnage terriblement sympathique. De mon côté, j'essaierai de commettre d'autres poèmes, si toutefois la vie de châtelaine m'en laisse le loisir. J'aimerais écrire aussi des nouvelles, et, pourquoi pas, des romans. J'aurai peut-être l'occasion de solliciter votre avis. À moins que je ne m'aperçoive de la nullité de mes écrits, auquel cas je ferai un grand feu de joie de mes cahiers, poèmes compris.

Voilà. Je vais m'arrêter là.

Merci pour tout.

Je vous embrasse tendrement. »

Marthe relut sa lettre. N'ayant rien à corriger ni à rajouter, elle la mit sous enveloppe, la cacheta et la rangea provisoirement dans le tiroir de sa table de nuit. Le jour de son départ, elle la confierait aux bons soins de Julie.

Marthe quitta la capitale trois jours plus tard. Elle était retournée une dernière fois à la banque, pour s'assurer que le transfert de ses avoirs était en bonne voie.

Julie accompagna sa maîtresse à la gare. Marthe lui avait versé six mois de salaire, en remerciement de ses bons et loyaux services. Elle l'avait autorisée à rester dans la maison le temps qu'elle fût vendue, ce qui prendrait sans doute plusieurs semaines, car elle avait confié l'affaire à Maître Durand, qui n'était pas sur place. Elle lui avait également donné les meubles et laissé la quasi-totalité de la garde-robe de sa tante. Marthe avait cependant conservé les affiches de Monsieur Henri, ainsi que le portrait qu'il avait fait d'elle.

En se disant adieu sur le quai de la gare, les deux jeunes femmes fondirent en larmes. Julie était inconsolable. Marthe la prit dans ses bras.

– Écoute, dès que l'acte de vente du château sera signé, je t'envoie un télégramme. Tu peux commencer à préparer tes valises.

– Mais, Mademoiselle… voulut protester Julie.

– Il n'y a pas de Mademoiselle qui tienne ! la gronda gentiment Marthe. Je vais avoir besoin de toi, là-bas.

Ça ne t'intéresserait pas d'être au service d'une châtelaine ?

– Oh ! Si, Mademoiselle ! Surtout que c'est vous, la châtelaine.

– Alors, marché conclu !

Marthe avait prévenu Gaétan de son arrivée. Comme elle avait beaucoup de bagages, il l'attendait à la gare de Lavaveix, en ce radieux samedi de juillet.

Le soir même, ils allèrent se promener, main dans la main, sur leur chemin familier. Marthe annonça à son amoureux son intention de l'épouser.

– C'est toi qui décides ! lui dit Gaétan en souriant. Tu sais bien que c'est toujours toi ! Or là, pour le coup, je n'y vois aucun inconvénient. Il faut cependant que je t'avertisse. Comme j'ai vingt ans dans un mois, je vais être appelé sous les drapeaux. Si je tire un mauvais numéro, j'en prends pour trois ans.

– C'est un risque, mais un risque calculé. Tu peux aussi bien n'en prendre que pour un an ! Et qu'est-ce que tu fais des permissions ?

Ils s'embrassèrent et continuèrent leur promenade jusqu'aux bords de la Creuse. C'est en observant le gobage d'une truite, en aval du pont, que Marthe apprit à son ami l'achat du château de Chanteranne. Gaétan crut qu'elle se moquait de lui.

– Ai-je l'habitude de plaisanter ? demanda-t-elle en lui volant un baiser.

Gaétan répondit par la négative. Il savait que Marthe

avait hérité de sa tante. Mais dans sa famille, on ne posait guère de questions.

– Alors, je vais être châtelain ! résuma-t-il.

L'acte de vente du château fut signé le 16 août. Julie fut prévenue par télégramme le 17. Elle prenait ses fonctions le 1er septembre.

Le mariage avait été fixé au jour de la Saint-Michel.

Une semaine avant, Marthe avait prévu de revêtir son ancienne tenue et de se présenter symboliquement à l'entrée du bâtiment de triage du Puits Saint-Antoine, désormais fermé à la production.

Elle avait pour projet de se faire photographier par la maison Mothe, d'Aubusson, et d'accrocher sa photo au mur de sa chambre, à côté de *La modiste du Puits Saint-Antoine.*

DU MÊME AUTEUR

Aux Éditions Albin Michel

LE VENT SOUFFLAIT SUR LA RIVIÈRE, 2013

LE SECRET DU PRESBYTÈRE, 2014

Aux Éditions Lucien Souny

LE MEUNIER DE LAVAULT, 1998

À L'OMBRE DE LA SEIGLIÈRE, 2000

LA MALÉDICTION DES BARBARANT, 2002

LE TERRIBLE AFFRONT, 2004

L'HÉRITIER DE HAUTEFAYE, 2011

Aux Éditions M. Blondonnet (albums)

LA CREUSE OUBLIÉE (3 TOMES), 1993, 1995, 1997

REGARDS SUR LA CREUSE D'AUTREFOIS, 2004

www.michel-blondonnet.com

Composition : IGS-CP
Impression : CPI Bussière en mars 2015
Éditions Albin Michel
22, rue Huyghens, 75014 Paris
www.albin-michel.fr
ISBN : 978-2-226-31711-7
N° d'édition : 21717/01 – N° d'impression : 2014798
Dépôt légal : avril 2015
Imprimé en France